미지의 섬으로 가는 길

글ㅣ소피 커틀리　옮김ㅣ최지현

ШВ
위니더북

래스린 섬

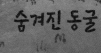

모이얼 해협

무법자의
만

돌고래의 길

숨겨진 동굴

스와드
해류

올빼미
바위

미지의 섬으로
가는 길

떠나라, 인간의 아이야!

호수로 거친 숲으로

W.B. 예이츠, '도둑맞은 아이'

1. 수사슴

나나는 나무 위 두꺼운 가지에 걸터앉아 드넓은 초록 숲을 유심히 둘러보았다. 연기 한 자락 피어오르는 곳이 있는지, 강물을 첨벙이며 노 저어 오는 배가 있는지 눈을 크게 뜨고 살폈다. 화살에 맞은 멧돼지의 울부짖는 소리가 들리는지 귀를 바짝 기울였다. 나나는 오빠를 찾고 있었다.

하지만 아무것도 보이지 않았다. 나무도 강물도 바람도 어제와 다르지 않았다.

"하비, 어디에 있나?"

하비는 달이 두 번 차고 기우는 동안 집에 돌아오지 않았다. 물론 하비는 다 큰 사내였다. 곰처럼 힘이 세고 늑대처럼 용감했다. 이제 밖에서는 수사슴 아이 하비가 아니라 수사슴이라 불렸다. 그래도 나나는 오빠 걱정에 가슴 졸였다.

나무 위에서 나나가 눈을 가늘게 뜨고 숲 너머 대평원을 바라보았다. 아빠는 하비가 오룩스 떼가 어슬렁거리는 대평원 사냥터로 갔다고 믿었다.

"하비 곧 온다. 오면 잔치한다. 큰 잔치."

해가 저물 때마다 아빠는 이 말만 되풀이했다. 하지만 날이 갈수록 아빠의 목소리가 흔들리기 시작했다. 대평원의 끝에는 래스린 산이 있었다. 나나의 눈에 가파른 래스린 산 윤곽이 어렴풋이 보였다. 래스린 산 너머로는 큰 바다가 펼쳐져 있었다.

"래스린 산."

나나가 떨리는 목소리로 혼잣말을 중얼거렸다. 그러고는 흰 토끼 가죽 망토를 단단히 여몄다. 나나의 마음속에서 래스린 산에 떠도는 잠들지 못하는 영혼의 전설이 울려 퍼졌다. 아빠가 걸핏하면 들려주는 옛날이야기였다.

"오빠…."

나나는 한숨을 내쉬었다. 하비가 집을 비운 시간이 너무 길어지고 있었다. 잠들지 못한 영혼에게 잡혀갔으면 어쩌지? 머나먼 얼음 나라에서 온 침입자에게 끌려갔으면? 나나는 눈을 찡그리며 저 멀리 흐릿하게 보이는 지평선을 바라보았다. 온몸의 솜털이 곤두섰다.

그때 아래쪽에서 컹 하고 날카롭게 짖는 소리가 들렸다. 나나는 가슴이 철렁했다.

나무둥치를 흘깃 내려다보니 나나의 늑대 친친이 매서운 눈으로 주위를 살피고 있었다. 노란 호박색 눈이 마주치자 나나에게 무언가를 이르듯 낮게 으르렁거렸다.

나나는 귀를 쫑긋 세웠다. 누군가 나무 사이를 헤치며 저벅저벅 걸어오는 소리가 들렸다.

살금살금 나뭇가지를 타고 내려가 친친 옆으로 가볍게 뛰어내렸다. 친친이 나나에게 코를 비볐다. 나나도 친친의 목덜미에 얼굴을 파묻었다. 둘은 그림자처럼 소리 없이 빈터 옆 오래된 주목나무 쪽으로 움직였다. 움푹 팬 옹이구멍으로 잽싸게 들어가 숨었다.

단내를 머금은 축축한 썩은 냄새가 코를 찔렀다. 나나는 고개만 빼꼼 내밀어 누가 오는지 살폈다. 콘도르 부족 사람이 아니길 빌며 창을 꼭 쥐었다. 친친의 부드러운 온기에 볼을 갖다 대며 어깨에 두른 토끼 가죽 망토를 더욱더 세게 여몄다. 그리고 기다렸다.

저벅저벅 발소리가 점점 가까이 다가왔다. 나나는 도망치거나, 싸울 준비를 하며 조심스럽게 숨을 내쉬었다.

드디어 나무 구멍 앞으로 그림자가 드리웠다. 익숙한 그림자였다. 발소리의 주인은 아빠였다!

나나는 안도의 한숨을 내쉬었다. 나무 구멍에서 나가려는데 아빠의 창이 높이 들려 있었다. 아빠는 사냥하는 중이었다.

"친친, 기다려."

나나가 친친의 목덜미를 쓰다듬으며 속삭였다.

그때 갈색 토끼 한 마리가 빈터로 풀쩍 뛰어들었다. 토끼는 늙었는지 움직임이 둔했다. 나나의 입에 침이 고였다. 손쉽게 잡을 수 있는 먹잇감이었다. 친친도 같은 생각을 하는지 근육이 단단하게 솟아올랐다. 둘은 아빠가 창을 던지길 기다렸다.

하지만 아빠는 뜸을 들이고 있었다. 마침내 창이 날아갔을 때 아빠의 손이 덜덜 떨렸다. 나나는 눈이 휘둥그레졌다. 아빠의 창은 얼마 못 가 힘없이 바닥에 툭 떨어졌다. 마치 아이가 던진 것 같았다. 노련한 사냥꾼의 솜씨가 아니었다.

토끼는 수풀 속으로 사라졌다. 아빠가 작게 욕설을 내뱉었다.

나나는 아빠에게서 눈을 뗄 수 없었다. 아빠가 창을 주워 천천히 언덕을 올랐다. 숨소리가 점점 거칠어졌다. 오래전 뱀에 물린 상처 때문에 다리를 절뚝거렸다. 나나는 정신이 번뜩 들었다. 아빠는 더 이상 천하무적이 아니었다. 힘이 약해지고 있었다.

황금빛 나무이파리 하나가 팔랑이며 떨어졌다. 곧 초록빛 온화한 여름이 가고 무시무시한 겨울이 올 것이다. 해마다 나뭇잎이 떨어지기 시작하면 나나 가족은 호숫가로 거처를 옮겼다. 그 멀고 먼 길을 아빠가 걸을 수 있을까? 달이 한 번 더 찰 때까지 오빠가 돌아오지 않으면 먼저 길을 나서야 했다. 차디찬 모닥불 잿더미만 덩그러니 남은 빈터를 마주할 오빠를 생각하니 눈시울이 붉어졌다. 친친이 나나의 마음을 알아채고 주둥이를 슬며시 비볐다.

그때 친친의 몸이 뻣뻣해졌다. 귀와 뒷덜미 털이 곤두섰다.

깡마른 남자 하나가 발이 보이지 않을 정도로 날쌔게 빈터를 가로질렀다. 너무 빨라서 얼굴을 알아볼 수도 없었다. 하지만 공기 중에 퍼지는 피비린내는 알 수 있었다.

"콘도르 부족이야."

나나의 얼굴이 일그러졌다.

왜 여기서 사냥하지? 이곳은 콘도르 부족의 땅도 아닌데! 화가 난 나나는 옹이구멍에서 빠져나와 숨죽인 채 남자의 뒤를 따라갔다. 친친이 나나의 옆에 바짝 붙었다. 북슬북슬한 회색 털이 나나의 맨다리를 간지럽혔다. 친친은 나나의 발걸음과 박자를 맞추어 한 발 한 발 내디뎠다.

둘은 남자가 옆 골짜기 콘도르 부족의 땅에 빈손으로 돌아갈 때까지 몰래 따라갔다. 나나는 얼굴을 찡그리며 숲길에 움푹 팬 남자의 발자국에 침을 뱉었다. 만약 오빠가 있었다면 콘도르 부족이 감히 이글 부족의 땅에 발을 내딛지 못했을 것이다.

하지만 오빠가 없었다.

나나는 마른침을 삼켰다. 옆 골짜기에서 뱀처럼 구불구불하게 피어오르는 연기가 보였다. 콘도르 부족 사람들은 오빠가 사라졌다는 사실을 알고 있는 걸까? 아빠와 나나와 올빼미 아이 올리와 뱀장어 아이 메이만 있다는 걸 알았을까? 나나는 몸서리가 쳐졌다. 그 사실을 안다는 건 위험하다는 의미였다. 심각한 위험이었다. 친친이 천둥이 다가오듯 낮고 길게 울었다.

2. 바다

다라는 천천히 모래 언덕을 올랐다. 마른 해초가 맨다리를 따갑게 긁어도 내버려 두었다. 모래 언덕을 오르는 일은 쉽지 않았다. 한 발 한 발 걸을 때마다 가루처럼 부드러운 모래가 미끄러져 발이 푹푹 빠졌다. 하지만 발에 닿는 모래의 온기와 촉감이 좋았다. 다라는 힘들어도 끝까지 올랐다.

꼭대기에 이르렀을 때 쿵쾅대는 심장에 잠시 손바닥을 갖다 댔다. 소금기 실린 상쾌한 바람이 오랜만에 만난 친구의 포옹처럼 다라를 감싸며 뺨을 간지럽혔다. 다라는 가슴이 벅차 가쁜 숨을 내쉬면서도 크게 웃었다. 두 팔을 양옆으로 활짝 펼치자 티셔츠가 돛처럼 부풀었다. 돌풍이 불어와 땀으로 끈적거리는 몸을 식혔다. 또다시 웃음이 터졌다.

집에 있을 때는 세상이 꼭 맞물린 나사와 못과 경첩처럼 답답했다. 눈앞의 일들을 해치우기에 급급했다. 열두 살의 다라 메리엄은 평일에는 일곱 시 반, 주말에는 여덟 시 반에 일어났다. 바나나를 좋아하고 파인애플을 싫어하며 자기 전에는 꼭 양치하고 약을 챙겨 먹었다. 하지만 이곳, 바다 앞에서는 모든 것이 느슨해졌다. 왜 그런지 몰라도 세상이 부드럽고 말랑하게 느껴졌다. 오늘 아침 다라는 해가 뜨자마자 일어나 맨발로 돌집을 나섰다. 핑크빛으로 동이 터오는 하늘 아래 이 세상이 깨어나는 모습을 보고 싶었다.

다라는 여전히 가쁜 숨을 내쉬며 활짝 웃었다. 끝없는 수평선을 바라보았다. 해변이 무척 넓어서 어렸을 때는 모래사장을 사막이라고 상상하며 놀았다. 찰리와 함께 개를 낙타처럼 거느리고 모래사장을 누볐다. 심지어 바다는 신기루라고 불렀다. 환상이라기에는 시끄럽게 밀려오는 옅은 초록빛 파도를 물끄러미 보았다.

파도 위로 바다 안개가 서서히 움직였다. 저 멀리 수평선 너머 잿빛 바다와 잿빛 구름이 만나는 곳에 울퉁불퉁한 바위섬 래스린 섬이 있었다. 거친 바람이 부는 섬. 사람이 살지 않는 섬. 야생의 섬.

"래스린."

다라가 혼잣말을 중얼거렸다. 섬 이름을 입 밖으로 내뱉는 것만으로도 가슴이 두근거리고 간지러웠다.

수술만 끝나면 곧장 모래 언덕을 달려 항구로 가서 작은 배에 뛰어들 생각이었다. 바다 위에 둥둥 뜬 부표 사이로 혼자서 용감하게 노 저어 래스린 섬에 가고 싶었다. 아주 오랫동안 꾼 꿈이었다. 배를 섬 기슭에 묶어 두고 온종일 섬을 탐험하다 해가 지면 텐트를 치고 섬에서 밤새 머물고 싶었다. 어쩌면 황금 야생 토끼를 발견할지도 몰랐다. 황금 토끼! 짜릿한 설렘과 흥분이 등줄기를 오르내렸다.

다라는 숨을 깊이 들이쉬었다. 여전히 숨이 가쁘고 가슴이 조였다. 가방을 벗어 주머니를 열고 휴대용 산소 호흡기를 꺼내 크게 한 모금 빨았다. 폐가 꽃이 피듯 부푸는 게 느껴졌다. 빠르게 뛰던 심장도 가라앉았다. 호흡기를 다시 가방에 던져 넣고 작은 청동 토끼 조각상을 찾았다. 조각상이 손에 걸렸다. 다라는 늘 하듯이 행운을 빌며 청동 토끼를 손에 꼭 쥐었다. 그러고는 가방을 멨다. 바다를 향해 반은 걷고 반은 미끄러지며 모래 언덕을 내려갔다.

축축한 모래가 다라의 맨발에 시원하고 단단하게 닿았다. 다라는 고개를 돌려 뒤로 길게 나 있는 발자국을 바라보았다.

"달팽이 자국 같네."

문득 사람도 발자취를 남긴다면 세상이 얼마나 어지러울까 상상했다. 마치 호흡기록 그래프처럼 선 위에 선 위에 또 선이 마구 뒤섞여 있을 것이다. 이곳에 쌓인 모든 흔적을 헤아려보았다. 처음 이곳을 밟은 사람과 어제와 지난주, 작년의 다라와 모든 사람의 발자국. 시간을 더 거꾸로 돌려 모래가 바위이던 시절 그리고 바위가 산이던 시절 또….

빗방울이 다라의 팔뚝으로 똑똑 떨어졌다. 섬 너머에서 구름이 불길하게 피어올랐다. 돌집으로 향하는 차 안에서 엄마가 오늘 밤 폭풍우가 칠 수도 있다고 말했다.

"돌집에 내내 갇혀 있으면 되지, 뭐!"

아빠의 말에 모두 웃었다.

이번에는 빗방울이 다라의 뺨 위로 떨어졌다. 머릿속에서 엄마의 목소리가 울렸다.

"비 맞는 건 그다지 좋지 않아."

다라는 가방에서 빨간 비옷을 꺼내 입었다. 비옷에 달린 모자를 쓰고 바다 쪽으로 계속 걸었다. 후드득후드득 모자 위로 빗방울이 떨어졌다. 빗물에 젖은 모래에 동그랗게 잔물결이 퍼졌다.

질퍽한 모래 속으로 발이 푹푹 빠졌다. 부드럽고 서늘한 냉기가 발을 감쌌다. 바다 저 멀리서 파도가 높게 일었다. 사납게 밀려온 파도는 굉음을 내며 부서졌다.

뒤이어 밀려온 작은 파도가 모래 속에 파묻힌 다라의 발등을 쓸었다. 다라는 발가락을 꼼지락거리며 젖은 모래에서 발을 빼냈다. 빗줄기가 점점 더 굵어졌다. 바닷물 위로 수많은 작은 동심원이 생겼다. 거품이 보글보글 끓는 것 같았다.

다라는 바다를 향해 세 걸음 더 앞으로 나갔다.

"애애애애액 애애애액 애애애애애액!"

잿빛 먹구름 색 어린 재갈매기 한 쌍이 바람을 타고 빙빙 돌며 놀리듯이 울었다.

다라는 갈매기를 향해 혀를 쏙 내밀고는 한 발 더 내디뎠다. 파도가 다라의 반바지 밑단을 핥았다. 다라는 당장 물속으로 뛰어들어 헤엄치고 싶었다. 어깨 너머로 고개를 돌렸다. 뿌연 실안개 사이로 돌집이 보였다. 엄마 아빠가 가슴 졸이며 다라를 지켜보고 있을까? 수영을 하는 것도 그다지 좋지 않은 것 중 하나였다. 다라도 이해는 했다. 하지만 다른 아이들처럼 위험한 일도 시도해보고 싶었다. 아니 평범한 일이라도 마음껏 해보고 싶었다. 다라는 한숨을 쉬었다.

"조금만. 조금만 기다리면, 수술만 끝나면 돼. 이제 얼마 안 남았어."

다라는 혼잣말을 되뇌었다.

그러고는 주저앉아 파도가 발을 적시도록 두었다. 파도 너머 래스린 섬을 바라보았다. 잿빛 드넓은 바다 끝에 울퉁불퉁하게 솟아오른 섬. 다라는 입술을 깨물었다.

"얼마 안 남았어."

섬의 뾰족한 바위산 꼭대기에 밝은 불빛 하나가 반짝였다. 황금 토끼인가? 다라는 숨이 턱 막혔다. 불빛은 별똥별처럼 금세 사라졌다.

그때 다라 뒤편에서 이상한 소리가 들렸다. 쌩쌩 부는 바람과 철썩이는 파도와 쏴 퍼붓는 빗소리에 귀가 멍해 잘못 들었다고 생각했다.

다라는 눈을 깜빡였다.

모자를 벗고 귀를 기울였다.

아니었다. 잘못 들은 게 아니었다. 그 소리는 또다시 들렸다.

개가 우짖는 소리.

사나우면서도 고독한 소리였다. 다라는 목 뒤의 솜털이 쭈뼛 섰다. 입을 떡 벌린 채 개를 찾아 드넓은 해변을 두리번거렸다. 몹시 큰 개가 내는 소리임이 틀림없었다.

모래 언덕 너머에서 다시 소리가 들려왔다.

다라는 온몸에 전율이 일었다. 개가 아니었다. 개 짖는 소리가 아니었다. 어딘가 조금 달랐다. 소리는 귓속을 파고들어 뒤통수를 얼얼하게 만들었다. 핏줄을 타고 퍼져나가 뼛속을 울렸다.

다라는 속이 울렁거렸다. 말이 안 되는 걸 알았지만 이것은 늑대 소리였다. 확신할 수 있었다.

하지만 있을 수 없는 일이었다. 해변에 늑대가 있을 리 없었다.

또 우짖는 소리가 들렸다.

다라의 심장이 병에 갇힌 나방처럼 팔랑거렸다.

젖은 모래에서 발을 끄집어냈다. 그리고 달렸다.

3. 사냥

골짜기 어딘가에서 외로운 늑대 한 마리가 울부짖었다. 친친은 귀를 치켜세웠지만 따라 울지 않았다. 친친에게는 이제 나나가 가족이었다. 나나는 목덜미를 살살 쓰다듬으며 친친의 마음을 달랬다. 하지만 나나의 마음은 복잡하기만 했다. 숲에서 늑대들이 연달아 울부짖었다. 나나는 허기진 늑대에게 겨울이란 얼마나 가혹한 계절인지 생각했다. 모든 것이 얼어붙는 계절에 호숫가로 거처를 옮기지 않는다면 위협이 되는 것은 콘도르 부족만이 아니었다.

친친이 나나의 발목을 핥았다. 나나는 애정 어린 손길로 두툼한 털을 쓰다듬었다.

"넌 영리한 늑대다."

나나가 친친의 귓가에 속삭였다.

친친은 가장 중요한 것이 무엇인지 알았다. 너무 오래 생각하지 않고 준비된 자세로 잽싸게 움직여야 한다는 것, 친친은 나나의 것이고 나나는 친친의 것이라는 걸 알았다.

둘은 함께 강기슭으로 향했다. 뱀장어 아이 메이와 올빼미 아이 올리가 물수제비를 뜨고 있었다.

"아빠 왔어요?"

올리가 기대에 찬 눈으로 나나에게 물었다.

나나는 고개를 저었다. 나나도 하비가 그리웠지만 메이와 올리는 아빠 하비가 두 배로 더 그리웠다.

"네 아빠 곧 돌아온다."

나나는 고개를 돌리며 목소리에 힘을 주었다. 먹구름 같은 근심어린 눈빛을 조카들에게 들키고 싶지 않았다.

나나는 통발을 살피러 강물 속으로 첨벙첨벙 들어갔다. 통발은 텅 비어 있었다. 차갑고 빠른 강물 속에 서 있는데 나뭇잎 하나가 떨어져 빙글빙글 돌며 하류로 떠내려갔다. 나뭇잎은 대평원으로, 사냥터로, 래스린 산으로 흘러가 오빠에게까지 닿을까.

나나도 나뭇잎처럼 떠내려가고 싶었다. 배를 저어 바다까지 가고 싶었다. 어쩌면 거기 오빠가 있을지도 몰랐다. 오빠를 찾아서 집으로 데려올 수 있을지도 몰랐다.

"나 좀 봐요, 나나! 나 봐요!"

메이가 외쳤다. 나나가 고개를 돌리자 조약돌을 강으로 비스듬히 던졌다.

"하나…, 둘…, 셋…."

메이는 조약돌이 강물 위로 튀어 오르는 횟수를 큰 소리로 셌다.

"하! 너 할 수 있나?"

19

메이는 동생 올리에게 의기양양하게 외쳤다.

"나 물수제비 안 한다. 나 못 해. 내 돌 다 깨졌다."

올리는 시무룩하게 발을 꼼지락거렸다.

나나는 웃음을 참았다. 가엾은 올리. 올리는 막내였다. 태어나서 여름을 네 번밖에 보내지 않았다.

"어이, 올리. 봐라. 이 돌 안 깨졌다."

나나는 얕은 물가로 다가가며 외쳤다. 완벽하게 납작하고 매끄러운 조약돌을 주워서 내밀었다. 올리는 참방대며 물속으로 들어가 돌을 홱 낚아챘다. 울상이던 얼굴이 다시 환해졌다.

올리는 돌을 쥐고 비스듬히 자세를 낮췄다. 돌을 홱 날리려는 순간 고사리 수풀이 들썩이더니 어린 사슴 한 마리가 튀어나왔다. 모두 그 자리에 얼어붙었다.

나나는 천천히 숨을 죽인 채 창을 들었다.

사슴을 향해 정확히 창을 던졌다. 창이 쉭 하고 날아가는 소리에 깜짝 놀란 사슴이 풀쩍 뛰어 덤불 아래로 달아났다. 친친이 재빨리 쫓아갔다. 메이도 소리를 지르며 추격했다. 올리는 나나에게 조약돌을 불쑥 내밀고는 누나 메이를 따라갔다. 작은 막대기를 치켜들고 마구 흔들었다.

나나는 조약돌을 허리춤에 달린 주머니에 집어넣었다. 심장이 여전히 두근거렸다. 덩그러니 바닥에 놓인 창을 주워들고 어두운 숲을 유심히 살폈다. 귀를 바짝 기울였다. 친친이 사슴을 잡으면 빈터로 사슴을 물고 돌아올 것이다. 그럼 오늘 밤은 모두가 배불리 먹을 수 있을 것이다. 나나도 친친과 아이들을 뒤쫓아 사냥에 합류하고 싶은 마음이 굴뚝같았다. 하지만 날이 저물고 있었다. 집으로 돌아가 불을 피워야 했다.

땅거미가 지자 메이와 올리 남매가 빈터로 돌아왔다. 친친은 아직이었다. 넓적한 돌판이 모닥불에 달궈졌다. 나나는 호두를 으깬 반죽을 돌판 위에 철퍼덕 올렸다. 반죽이 지글지글 소리를 내며 익었다.

나나는 길게 늘어진 숲 그림자를 바라보며 한숨을 내쉬었다. 사냥하고 싶은 마음이 더욱 간절해졌다. 어스름한 이 시간은 사냥하기에 더없이 좋은 때였다. 날카로운 창을 한 손에 들고 푸짐한 사냥감을 어깨에 메고 돌아오는 자신을 상상하자 안달이 나서 손발이 근질거렸다.

"하!"

나나는 코웃음 치듯 나지막이 한마디를 뱉었다. 나나는 사냥에 소질이 있었다. 하비가 사냥에 대한 모든 것을 나나에게 일러주었다. 하지만 그뿐이었다. 이 숲에서 가장 사냥을 잘한다고 해도 달라질 건 아무것도 없었다. 나나는 여름을 열두 번 보낸 소녀일 뿐이었다. 이제 심장이 터지도록 숲을 뛰어다니며 사냥하던 날들로부터 빠르게 멀어질 것이다. 곧 아빠는 나방 아이 나나가 아니라 나방이라고 부를 때가 왔다고 말할 것이다. 나나는 이제 여자의 삶을 살아야 했다. 호두 빵을 굽고 사슴 가죽으로 옷을 짓고 모닥불 연기에 고깃덩이를 굽는 삶. 나나는 생각만으로도 따분하고 지루했다.

돌판 연기에 눈이 매웠다. 나나는 주먹으로 눈을 비비며 호두 빵을 휙 뒤집었다. 하비가 있다면 여자의 삶을 살아도 사냥을 할 수 있을 것이다. 하비는 늘 사냥꾼이 많아야 먹을 것도 많다고 외치고 다녔다. 하지만 하

21

비가 없었다. 아빠는 하비와 생각이 달랐다.

"나나, 여자는 여자답게 살아야 한다. 사냥은 남자의 일이야."

나나는 마음속에서 아빠의 목소리가 들리자 얼굴이 벌겋게 달아올랐다.

그러고는 고개를 숙였다. 힘이 쭉 빠지며 풀이 죽었다. 사냥할 수 있는 날은 정말 지나간 걸까?

지난겨울 하비의 아내 두더지가 영혼의 잠이 든 이후 호두 빵을 굽고 죽을 끓이는 일은 나나의 몫이 되었다. 나나의 여자의 삶은 너무 일찍 시작되었다.

"나방."

나나는 어른의 이름을 음미하듯 되뇌었다. 콧잔등이 일그러졌다. 단단한 초록색 앵두처럼 아직 익지 않은 맛이었다.

무거운 마음으로 발갛게 타오르는 불을 바라보았다. 여자의 삶과 남자의 삶에 대해 생각했다. 덩굴에 바짝 옥죄인 듯 나나는 가슴이 답답해졌다. 그때 구수한 냄새가 나뭇잎 위로 퍼져나갔다. 모닥불의 어슴푸레한 불빛이 나뭇잎에 노랗게 스쳤다.

"호두 빵 다 되어간다."

메이가 나무 위 구부러진 가지에 걸터앉아 외쳤다.

"아직 안 됐다, 메이! 배고프면 올리 도와서 산딸기 따라. 너 여섯 살이다! 네 배는 네가 채워라."

나나가 톡 쏘아붙였다.

"하!"

메이가 코웃음 치며 나나의 머리 위로 애벌레 한 마리를 떨어뜨렸다.

나나는 화가 나서 소리를 질렀다. 메이는 키득거리며 다람쥐처럼 나무에서 훌쩍 뛰어내려 언덕 위로 달려갔다. 호두 빵이 익는 동안 나나는 아빠 생각에 산사나무 이파리를 땄다. 으깬 산사나무 잎은 숨을 잘 못 쉬는 환자에게 특효약이었다. 이 약만 있으면 아빠가 겨울 거처까지 걸어갈 수 있을지도 모른다. 나나는 주머니에 잎을 가득 담았다. 그때 친친이 어둠 속에서 달려왔다.

나나는 쭈그리고 앉아 손바닥을 내밀었다.

"사슴 어딨나? 우리 저녁거리 어딨나?"

친친은 나나를 보며 눈만 끔뻑거렸다.

물론 친친은 가끔 자기 배를 먼저 채웠다. 하지만 늘 어느 정도는 가족을 위해 남겨서 집으로 가져왔다. 그들이 살아가는 방식이었다. 서로 기대고 서로를 필요로 하며 서로 나누는 것. 나나는 친친의 주둥이를 쓸어내리며 피가 묻어 있는지 살폈다. 핏자국이 보이지 않았다. 사슴을 놓친 것이다.

나나의 배에서 꼬르륵 소리가 요란하게 울렸다. 자기도 모르게 한숨이 나왔다. 친친이 젖은 코로 나나의 어깨를 쿡 찔렀다.

호두 빵 타는 냄새가 코끝을 스쳤다. 숲에서 아빠의 느리고 무거운 발소리도 들렸다. 나나는 돌판으로 달려가 새까만 숯이 되기 전에 호두 빵을 겨우 뒤집었다. 집 근처 수풀을 헤치며 다가오는 아빠의 숨소리가 거칠었다. 친친은 평소처럼 아빠에게 달려가지 않았다.

대신 뒷덜미의 털을 곤두세우며 낮은 소리로 으르렁거렸다.

23

"친친, 왜 그래?"

나나가 속삭였다. 그때 나나의 귀에도 낯선 소리가 들렸다.

조금 멀리서 누군가 수군대며 아빠를 따라오고 있었다. 아빠는 혼자가 아니었다.

나나가 모닥불 옆에서 엉거주춤 일어섰다. 몸이 딱딱하게 굳었다. 메이가 보이지 않았다. 올리는 근처에 있었다. 나나가 입으로 올빼미 소리를 내 신호를 보냈다. 올리가 돌아보자 나나는 손가락을 입술에 갖다 댔다. 올리는 나무딸기 덤불에 몸을 숨겼다.

"가. 메이를 찾아!"

나나가 친친에게 속삭였다. 친친은 그림자처럼 소리 없이 언덕 위를 기어올랐다.

나나는 창을 꼭 쥐고 움막 입구의 가죽 덮개를 들었다. 어두움 속으로 미끄러지듯 조용히 들어가 몸을 숨겼다. 그리고 기다렸다.

4. 협상

어두운 움막 안에서 나나는 숨을 죽였다. 빈터로 점점 가까워지는 아빠의 절뚝거리는 발소리에 귀를 기울였다. 갑자기 발소리가 멈췄다. 아빠는 모닥불에 나뭇가지를 던져 넣는 것 같았다. 탁탁 튀는 불꽃 소리와 함께 지친 한숨 소리가 들렸다. 그 뒤로 또 다른 소리도 점점 가까워지고 있었다. 누군가가 나뭇가지를 부러뜨리고 고사리 수풀을 발로 헤치며 수군거렸다.

호이이이이이 호우우우우우 호이이이이이 호우우우우우.

나무 사이로 뼈 피리 소리가 울렸다.

나나의 가슴 속에서 안도와 두려움이 뒤섞인 채 솟구쳤다. 콘도르 부족이었다. 뼈 피리 소리는 콘도르 부족의 평화 신호였다. 나나는 창을 바닥에 내려놓았다. 섣불리 움막 밖으로 모습을 드러내지는 않았다. 콘도르와 그의 부족 사람들을 생각하면 가슴에 돌덩이가 얹히는 것 같았다. 그들의 매서운 눈빛은 이해할 수도, 좋아할 수도 없었다.

부족장 콘도르가 낙엽을 밟으며 저벅저벅 걸어왔다. 긴 망토가 꼬리처럼 뒤로 끌렸다.

탁 탁 스윽.

탁 탁 스윽.

호이이이이이 호우우우우우우우우우!

뼈 피리 소리가 귀를 찔렀다.

"평화를 빕니다. 오, 위대한 이글. 곰의 아들! 불의 산의 자랑스러운 큰 사슴의 자손! 평화가 당신과 당신의 자녀와 그 자녀의 자녀에게 함께 하기를…."

콘도르가 웅얼거리며 인사말을 건넸다.

"물고기 내장이나 드시지, 역겨운 콘도르."

나나가 코를 찡그리며 중얼거렸다. 피비린내가 움막 안까지 풍겼다. 콘도르 부족은 몸에 피를 발랐다. 나나는 코를 막고 입으로 숨을 쉬며 가죽 덮개 사이로 밖을 훔쳐보았다.

콘도르는 아빠의 절반만 하고, 시든 사과처럼 쭈글쭈글했다. 길고 두꺼운 곰 가죽 망토를 둘러 덩치를 커 보이게 꾸미고 얼굴과 가슴과 다리에 줄무늬로 피를 칠했다. 콘도르 부족은 그의 외모가 훌륭하다고 여겼다. 나나의 눈에는 그저 거짓말쟁이 같아 보였다. 고약한 냄새가 나는 거짓말쟁이.

"평화를 빕니다, 콘도르."

아빠가 말했다.

콘도르는 더 긴 인사를 기대하며 숨죽여 기다렸다. 하지만 끝이었다. 나나는 씩 웃었다. 아빠의 몸은 약해도 마음만은 굳셌다. 영혼에서 우러나

26

오는 말은 영혼이 움직일 때만 입 밖으로 나왔다.

콘도르는 본래 모습을 감추고 거짓말을 밥 먹듯 하지만 아빠는… 늘 그저 아빠였다.

"콘도르, 불 가에 앉으시오. 이걸 먹어보시오."

아빠가 말했다.

콘도르는 아빠가 건넨 호두 빵을 마치 김나는 늑대 똥이라도 되는 듯 말없이 바라보았다. 그래도 먹지 않을 수 없었다. 콘도르가 달갑지 않은 표정으로 호두 빵을 깨작거리자 나나는 속이 부글거렸다. 몸에 피나 칠하고 다니는 바보를 위해 뜨거운 돌판에서 그런 수고를 한 게 아니었다!

콘도르는 반쯤 먹은 호두 빵을 돌 위에 내려놓았다.

"우리 부족은 오늘 먹고 놀려고 이글 부족을 찾은 게 아니오. 아니고말고! 협상하려고 왔소. 정말이오! 보물도 가져왔소. 사슴 가죽, 고기, 화살 촉. 오, 많기도 하지. 이글! 정말 많지 않소!"

콘도르가 목소리를 한껏 높여 살살 꾀는 말투로 말했다.

그러고는 자리에서 일어나 양팔을 옆으로 활짝 펼쳤다.

"자!"

뼈 피리 소리가 울려 퍼졌다. 나나는 움찔했다. 콘도르의 보물이 궁금해 가죽 덮개 빈틈으로 바짝 다가갔다.

"보시오!"

콘도르가 다시 한번 외치자 피를 칠한 남자가 무릎을 꿇고 하나도 둘도 아닌 세 개의 사슴 가죽을 펼쳤다. 윤기가 좔좔 흐르고 크기도 컸다.

"또 보시오!"

이번에는 다른 남자가 갓 잡아 피가 뚝뚝 흐르는 멧돼지를 어깨에 메고 왔다. 남자는 아빠의 발밑에 퍽 소리를 내며 멧돼지를 내려놓았다. 아빠는 눈만 깜빡거릴 뿐 아무 말도 하지 않았다.

"자, 이것도!"

소금에 절인 생선 한 꾸러미가 등장했다.

"또 보시오!"

이번에는 잘 깎은 창 두 개였다. 하나는 독수리, 하나는 수사슴이 조각되어 있었다.

"또!"

날카로운 회색 화살촉 열두 개였다. 콘도르의 부하가 바위 위에 나란히 펼쳤다.

"이것도 보시오!"

콘도르가 허리춤에서 작은 꾸러미를 꺼내 손바닥 위에 대고 탈탈 털었다. 그러고는 주먹을 쥐고 달가닥거리며 흔들었다. 바위 위 화살촉 옆에 사슴 이빨을 우르르 쏟았다. 작고 하얀 더미가 생겼다.

아빠는 그때까지도 강물 속 바위처럼 미동도 없이 가만히 앉아 있었다.

콘도르의 얼굴에 못마땅한 기색이 스쳤다. 콘도르는 허리를 곧게 펴고 곰 가죽 망토의 매무새를 가다듬었다. 그러고는 피를 칠한 소년에게 고개를 까딱했다. 소년이 뼈 피리를 불기 시작했다. 얼굴이 빨개질 정도로 세게 불었다. 귀청이 따가워 나나는 귀를 막았다.

콘도르가 다시 두 팔을 양옆으로 뻗었다. 곰 가죽이 날개처럼 팽팽하게 펼쳐졌다. 목걸이에 긴 칼이 달려 있었다. 나나는 숨이 턱 막혔다. 수사슴의 가지진 뿔을 갈아서 만든 멋진 칼이었다. 나나의 팔만큼 길고 초승달처럼 하얗게 빛나고 스라소니의 발톱처럼 날카로웠다. 나나는 늘 칼이 갖고 싶었다. 저런 칼만 있다면 어떤 동물도 사냥할 수 있을 것 같았다. 콘도르가 칼을 잡아당겼다. 목걸이 줄이 툭 끊어졌다. 콘도르는 아빠에게 가까이 다가갔다. 칼끝을 아빠 가슴에 겨누었다. 삑 소리와 함께 뼈 피리가 멈추었다.

"잘 한번 보시라니까."

콘도르는 목소리를 낮춰 음흉하게 속삭였다.

아빠는 꿈쩍도 하지 않았다. 모닥불이 타오르며 타닥타닥 불꽃이 터졌다.

콘도르가 아빠의 손을 홱 낚아채 손바닥을 칼자루로 지그시 눌렀다.

"이글! 당신 거요. 다 당신 거요! 보시오. 이 모든 걸 다 드린다니까."

콘도르 목소리에서 기름기가 번드르르 흘렀다.

아빠가 콘도르의 눈을 바라보았다. 나나는 숨을 죽였다.

아빠는 수사슴 뿔로 만든 칼을 바위 위에 내려놓았다.

"콘도르. 보고 있소. 협상하기 위해 왔다고 말하지 않았소? 이 모든 것의 대가가 무엇이오?"

콘도르는 뼈 피리를 부느라 여전히 얼굴이 벌건 소년에게 다시 고개를 까딱했다. 소년은 다시 숨을 깊이 들이쉬고 뼈 피리를 입에 댔다.

"됐소. 음악은 그만하면 충분하오."

아빠가 말했다.

뿌우우우우우.

실수로 뼈 피리에 대고 숨을 빨아들인 소년이 움찔했다. 나나는 자기도 모르게 웃음이 새어 나왔다. 소년도 눈동자를 반짝이며 피식거렸다.

콘도르의 눈빛은 무섭게 번득였다.

"좋소. 좋습니다, 이글. 이 콘도르가 얼마나 자비로운지 알았을 거요. 얼마나 대단한 것들을 가지고 왔는지 보았을 거요. 아주 대단하지요. 이렇게 대단한 것들을 이렇게 많이! 이렇게나 많이⋯. 그러니 얼마나 자비로운지⋯."

"간단히 이야기하시오, 콘도르. 원하는 게 뭐지?"

콘도르가 눈을 감았다 뜨며 씩 웃었다. 뾰족한 이가 드러났다.

콘도르는 웅얼거렸다. 하지만 나나는 그의 말을 알아들을 수 있었다.

"딸을 주시오, 이글. 콘도르는 당신의 딸을 원해."

5. 좋지 않은 것

늘대가 또 울부짖었다.

다라는 더 빨리 달렸다. 젖어서 단단해진 모래 위로 찰싹 소리가 났다. 달리는 것은 다라에게 '좋지 않은 것'이었다. 늘대는 있을 수 없었다. 하지만 다라는 분명 늘대가 울부짖는 소리를 들었다. 두려움이 어지럽게 소용돌이치며 팔과 다리와 온몸의 근육이 팽팽해졌다.

빗줄기가 얼굴에 따끔하게 몰아치고 심장이 천둥처럼 쿵쾅거렸다. 바람은 피리처럼 삑삑거려 귀가 따가웠다. 얼마나 빨리 달렸는지 잠시 놀라움에 두려움마저 녹아내렸다. 마치 전기가 온몸을 관통한 듯했다. 어두컴컴한 물에 사는 전기뱀장어가 내는 푸른 빛 같은 전류에 거추장스러운 것들이 날아가고 살아있다는 느낌만이 가득했다. 아무것도 두렵지 않았다. 늘대마저도 겁나지 않았다. 이 거대한 해변을 영원히 달릴 수 있을 것만 같았다.

다라를 둘러싼 두려움이 달걀 껍데기처럼 부서져 내렸다. 다라는 소리내어 웃었다. 평소답지 않게 미친 듯이 키득거렸다.

그러다 웃음소리가 꼬이며 숨이 막히는 듯 캑캑거리더니 기침을 쏟아냈다. 발도 점점 무거워졌다. 다라는 천천히 속도를 낮추다 멈춰 섰다.

더 이상 한 걸음도 달릴 수 없었다.

다라는 허리를 굽힌 채 헐떡였다. 말 수백 마리가 전속력으로 달리는 것처럼 심장이 쿵쾅거렸다. 다라는 눈을 감았다.

푹 퍼진 스파게티처럼 다리에 힘이 풀려 주저앉고 말았다. 모래는 무릎이 닿는 순간 설탕처럼 부드럽게 퍼졌다.

온통 잿빛으로 변한 세상이 빙빙 돌았다. 마치 연필로 그린 솜사탕 기계에 갇힌 것 같았다. 실타래가 다라를 둘러싸고 소용돌이쳤다. 바닥이 한쪽으로 기울었다. 다라는 기우뚱하다가 중심을 잡으려고 양팔을 벌렸다. 하지만 팔도 퍼진 스파게티였다. 천천히 모래사장이 다라의 눈앞으로 다가왔다. 다라는 눈을 감고 입을 꾹 다물었다. 곧 버석거리는 모래 소리가 들렸다. 뺨에 축축하고 오돌토돌한 모래 알갱이가 달라붙었다.

머릿속에서 움직이라고 명령했다. 당장 일어나서 휴대용 산소 호흡기를 찾으라고 외쳤다. 다라도 모르지 않았다. 하지만 몸이 말을 듣지 않았다. 몸에 아무런 신호도 보낼 수 없었다. 눈가에 묻은 모래를 떨어내기 위해 손을 드는 것조차 할 수 없었다.

다아아아아라라아아아아!

저 멀리서 무슨 소리가 희미하게 들렸다. 울부짖는 소리? 늑대인가?

다아아아아아라라아아아!

아니면… 사람인가?

다아아아아아아아라라아아아아!

그렇다…. 사람 목소리였다. 다라의 이름을 부르는 소리인가?

다라는 모래 언덕 기슭의 가시금작화 덤불 옆 얕은 구덩이에 누워 귀를 기울였다.

다아아아아아라아아아아아아!

아빠?

다라는 떨리는 숨을 크게 들이쉬었다. 터질 것 같던 심장이 조금씩 가라앉았다.

손가락을 꼼지락거렸다.

발가락을 꾸무럭거렸다.

입안에 든 모래 알갱이를 뱉었다.

다라는… 괜찮았다.

다라는… 괜찮겠지?

다아아아아라아아아아아아아!

아빠다! 틀림없이 아빠다.

다라는 대답하려고 입을 열었다가 다시 꾹 다물었다. 이런 꼴을 들킬 순 없었다! 아빠는 다라가 새벽 조깅을 하러 나간 줄로만 알았다. 다라는 지금 몰골이 말이 아니었다. 다라는 아빠가 뭐라고 말할지 벌써 상상이 되었다. 실망과 걱정과 신경질이 섞인 목소리가 들리는 것 같았다.

다라, 너 큰일 날 뻔했어.

다라는 조심스럽게 몸을 일으켜 세웠다. 유리로 만든 깨지기 쉬운 소년인 양 최대한 천천히 앉았다. 늑대에게서 도망쳤다는 사실을 아빠는 절대 믿지 않을 것이다.

"늑대?"

다라가 혼잣말을 중얼거렸다. 목이 쉬어서 만화 영화에 나오는 악당 목소리 같았다. 조금 전 소동을 정말 믿고 있는 걸까? 늑대라니.

다라는 긴 해변을 유심히 보았다. 저 멀리에 노란 재킷을 입고 개를 산책시키는 사람과 보트 창고 옆 방파제 위에 서 있는 어부 한 사람이 보일 뿐이었다. 파도와 안개비에 섞여 어부는 회색 실루엣만 보였다.

늑대 따위는 없었다. 도대체 다라는 무슨 생각을 하는 걸까?

떨리는 손으로 가방을 열어 휴대용 산소 호흡기를 꺼냈다. 천천히 숨을 들이마셨다. 두근대던 심장이 거의 가라앉았다. 산소를 한 모금 더 들이마셨다. 다라는 이제 괜찮았다.

"다아아라아아아!"

아빠의 목소리가 가까이에서 들렸다.

다라는 비슬비슬 일어났다. 평소처럼 보이려고 애쓰며 티셔츠로 얼굴에 붙은 모래를 닦았다. 하지만 티셔츠에도 모래가 잔뜩 묻어 있었다. 모래 언덕 꼭대기에 아빠의 머리가 보였다. 다라는 눈을 가늘게 뜨고 모래 언덕을 바라보았다. 아빠는 길 잃은 어린 미어캣 같았다. 다라는 불쑥 웃음이 터졌다. 하지만 웃음은 이내 쌕쌕거리는 기침으로 바뀌었다.

"다아아라아아!"

아빠가 모래 언덕에서 다라를 향해 뛰어 내려왔다. 아빠 뒤로 모래 먼지가 뿌옇게 일어났다.

"다라! 얼굴이 새파랗게 질렸어. 죽기 살기로 뛰는 걸 봤어. 도대체 무슨 일이 있었던 거야? 너 괜찮아?"

다라는 숨길 수 없었다. 괜찮은 척 할 수 없었다. 그렇다고 사실대로 말할 수도 없었다.

"오, 우리 아들."

아빠가 다라를 껴안았다.

아빠의 품이 따뜻했다. 다라는 눈물이 흐르기 시작했다. 울음을 삼키며 숨죽인 채 흐느꼈다.

"오, 아들. 아빠 손 꼭 잡고 집에 가자."

아빠 눈에 안쓰러움이 가득했다.

갑자기 아기 취급을 받는 느낌이 들었다. 다라는 모래투성이 손으로 눈물을 훔쳤다. 눈가에 벌건 자국이 생겼다.

그만 아빠의 품에서 빠져나오고 싶었다.

괜찮아요, 아빠. 혼자 갈 수 있어요. 도와주지 않아도 돼요.

이렇게 말하고 싶었다. 하지만 말하지 않았다. 다라는 지금 제대로 걸을 수조차 없었다. 여전히 다리의 힘이 풀려 있었다.

다라는 내키지 않는 마음으로 아빠에게 기댔다. 아빠는 거의 다라를 끌다시피 천천히 천천히 모래 언덕을 지나 돌집으로 향했다.

6. 비밀

다라는 잠에서 깼을 때 뺨이 조이는 느낌이 들었다. 오래된 친구나 기억처럼 이 상황이 익숙했다. 다라는 눈을 깜빡이면서 천천히 떴다. 산소마스크를 썼다는 게 기억났다. 지난겨울 이후로 처음 쓰는 거였다. 다라는 눈을 비비며 창밖을 멍하게 바라보았다. 얼마나 잤는지 알 수 없지만, 밖은 여전히 낮이었다. 다라는 다시 누워 산소마스크의 산소를 들이마셨다. 진짜 공기보다 더 시원하고 신선하고 진했다.

다라는 아래층에서 들리는 소리에 귀를 기울였다. 엄마 아빠가 다투고 있었다. 날선 음성이 윙윙거리는 산소발생기 소리를 뚫고 파고들었다. 꼭 베개를 비집고 나오는 뾰족한 깃털 같았다. 무슨 말인지 정확히 알아들을 순 없었지만, 무엇 때문인지는 알았다. 다라는 죄책감이 들었다.

몇 해 전 다라가 여덟 살인가 아홉 살이었을 때는 일 이 분 정도는 뛸 수 있었다. 지금은 옆집 늙은 개 네로처럼 어딜 가든 터벅터벅 걸어야 했다. 가끔 마고가 학교에 다녀온 다라에게 네로와 숲을 산책할 수 있게 해주었다. 둘은 계단을 피해 돌아가는 길로 다녔다. 네로는 고관절이 약해서 계단을 잘 오르지 못했다. 다라 역시 숨이 차서 계단 오르기가 버거웠다. 마치 회색 수염이 난 개처럼! 그때마다 좀 서글펐다.

다라는 문득 가슴이 떨렸다. 이제 수술만 받으면 모든 게 달라질 것이다. 강아지처럼 어디든 폴짝폴짝 뛰어다닐 것이다.

똑 똑 똑.

엄마가 손톱으로 방문을 가볍게 두드렸다.

다라는 산소마스크를 들어 올려 진짜 공기를 들이마셨다. 공기가 약하게 짠 주스처럼 묽었다.

"일어났어요. 들어오세요."

다라가 콧줄을 코에 끼우면서 외쳤다.

문이 살며시 열리고 엄마가 들어와 다라의 침대에 앉았다. 아빠는 찰리 침대에 앉았다. 엄마가 다라의 산소 수치를 확인했다.

"생각보다 훨씬 좋은걸."

엄마가 엷은 미소를 띠었다.

"미안해요, 엄마. 미안해요, 아빠. 바보 같은 짓이었어요."

목에서 여전히 쇳소리가 났다. 다라는 고개를 푹 숙인 채 손가락으로 이불의 체크무늬를 따라 그렸다.

그래, 진짜 바보 같은 짓이었어.

엄마는 어쩌면 속으로 이렇게 생각했을지 모르지만, 입 밖으로 내진 않았다. 그저 다라의 팔을 쓰다듬으며 또다시 알 수 없는 희미한 미소를 지었다. 다라는 차라리 야단을 맞는 게 나을 것 같았다.

하지만 엄마는 말이 없었다. 아빠도 마찬가지였다.

방 안에는 정적만이 감돌았다. 지붕에 내려앉은 갈매기가 몇 걸음 걷다 다시 날아가는 소리가 들릴 정도였다. 다라는 창밖을 바라보았다. 회색 하늘을 가르며 래스린 섬으로 날아가는 갈매기를 눈으로 좇았다.

아빠도 다라의 눈길을 따라갔다.

"내일 다시 데려다줄게. 황금 토끼 찾아야지."

아빠가 한쪽 눈을 찡긋 감았다. 아빠는 썰렁한 농담을 하고 나면 늘 윙크를 했다.

"그냥 황금 토끼가 아니라 황금 야생 토끼요."

다라 역시 늘 그렇듯 아빠의 말에 한마디를 덧붙였다.

아빠가 웃었다. 하지만 아빠답지 않았다. 엄마처럼 엷은 미소를 지었다. 잠깐. 엄마 아빠는 다라가 수술을 마치면 래스린 섬으로 혼자 떠나려는 계획을 알고 있었다. 왜 갑자기 다라를 섬으로 데려다주겠다는 거지? 다라는 아빠와 엄마의 얼굴을 찬찬히 살폈다. 분위기가 좋지 않았다.

"엄마, 아빠. 어디서부터 설명을 해야 할지 모르겠네요. 진짜 죄송해요. 좋지 않은 생각이었다는 거 알아요. 엄마 아빠와 다 실바 선생님이 당부한 것들 다 지키려고 노력하고 있어요. 해도 되는 일과 해선 안 되는 일도 잘 알아요. 하지만 무슨 이유에선지 어쩌다보니… 이렇게 되었어요."

"오, 다라. 잠깐만. 진정하렴."

엄마가 걱정스러운 눈으로 산소 수치를 보았다.

"우린 화가 난 게 아니야. 우리는 그저…."

엄마가 아빠를 곁눈질로 흘끗 보았다.

아빠는 입술을 깨물었다. 무언가를 말하지 않으려고 참는 사람처럼 보였다. 말해선 안 되는 것을.

"그저… 뭐요?"

다라가 조용히 물었다.

엄마 아빠는 서로를 마주보았다. 다라가 이해할 수 없는 복잡한 표정을 짓고 있었다. 엄마도 입술을 깨물었다. 눈에 눈물이 차오르고 있었다.

"엄마?"

다라는 숨이 턱 막혔다. 엄마는 여간해서는 우는 법이 없었다!

"아직은 말할 수 없어. 우리는 네 여행을….."

엄마의 목소리가 흔들렸다.

"네 여행을 망치고 싶지 않아."

아빠가 마저 말하며 다라의 침대에 함께 앉았다. 엄마의 어깨에 팔을 두르고 다라의 손을 잡았다.

"도대체 뭐가 내 여행을 망칠 수도 있는데요?"

다라가 힘없이 물었다.

문득 머리를 스치고 지나가는 게 있었다.

"안 돼."

다라는 혼잣말을 중얼거렸다.

7. 골칫덩이

어두운 움막 속에서 나나는 심장이 옥죄었다. 콘도르의 입에서 튀어나온 말이 나나를 꽉 움켜쥐었다.

"말도 안 돼."

나나는 말문이 막히고 가슴이 답답했다. 마치 독수리 부리에 낚여 파닥거리는 물고기가 된 것 같았다.

"콘도르는 당신 딸을 원해."

나나는 숨이 턱 막혔다.

"싫어요! 안 돼요! 못 데려가요! 콘도르, 절대 안 돼요!"

나나가 소리를 지르며 움막을 박차고 나갔다.

콘도르와 뼈 피리 소년, 피를 칠한 콘도르 부족 남자들, 숨어 있던 올리와 불가에 서 있던 아빠 모두 입을 쩍 벌린 채 나나를 보았다.

수많은 눈빛에 에워싸인 나나는 갑자기 자신이 작고 보잘것없게 느껴졌다. 강둑에 숨어 있던 어린 사슴 같았다.

"싫다고요!"

나나는 다시 한번 외쳤다. 이번에는 목소리가 떨렸다.

"액 액 액 애애애액!"

콘도르가 허리를 굽히고 배를 움켜쥐며 외쳤다.

"액 액 액 애애애액!"

뭐가 잘못된 거지? 목에 뭐가 걸린 걸까? 아빠가 다가가서 손을 내밀었다.

하지만 콘도르는 허리를 들어 올리며 몸을 쭉 폈다.

"액 액 액."

콘도르가 입술을 젖히며 뾰족한 이를 드러냈다. 숨이 막히는 게 아니라 웃음이 터진 것이었다.

빈터 사방에서 콘도르의 부하들이 따라 웃기 시작했다. 콘도르의 까마귀 같은 웃음소리를 흉내 냈다.

"애크 애크 애크 애크 애크."

부하들은 서로를 찔러가며 킬킬거렸다.

바보 같은 웃음소리에 나나는 신경이 곤두섰다. 화가 나서 얼굴이 달아올랐다가 수치스러워 온몸이 차게 식었다.

"왜 웃어요?"

나나가 말했다.

남자들은 어깨를 들썩거리며 더 크게 웃었다. 뼈 피리 소년만이 고개를 숙인 채 말없이 사슴 이빨 목걸이를 만지작거렸다. 콘도르는 누구보다도 큰 소리로 웃었다.

"액! 액! 액!"

나나는 간절한 눈빛으로 아빠를 보았다. 침통한 얼굴이었다. 아빠가 가까이 오라고 손짓했다. 나나는 아빠 옆으로 다가가 섰다. 분노와 창피함과 두려움으로 무릎이 떨렸지만 얼굴에 드러내지 않으려고 애썼다. 눈에 힘을 주고 돌처럼 무표정하게 서 있었다. 아빠가 손을 들고 손바닥을 폈다. 그만 조용히 해달라는 신호였다.

콘도르의 부하들이 한 사람 한 사람 차례로 입을 다물었다. 여전히 웃고 있는 사람은 콘도르뿐이었다. 콘도르가 갑자기 웃는 게 싫증난다는 듯 한숨을 내쉬며 고개를 저었다.

"아, 이글! 저 애가 골칫덩이라지요! 콘도르가 골칫덩이를 치워주겠다는 거요. 자비로운 콘도르가 버르장머리를 고쳐주겠다는 거요. '싫어요'라고 말했던가! 하늘 같은 아버지에게! 있을 수 없는 일이지요! 콘도르 부족의 딸들은 결코 싫다고 말하는 법이 없소. 저 아이도 그렇게 될 거요."

콘도르가 차갑고 날카로운 눈빛으로 나나를 쏘아보았다.

나나는 재빨리 눈을 돌렸다. 콘도르 뒤 저녁 하늘을 바라보았다. 하늘은 불처럼 붉게 나무 수액처럼 누렇게 스라소니 눈동자처럼 노랗게 물들고 있었다. 언덕 꼭대기로 드리운 그림자에 가슴이 두근거리기 시작했다. 정령 바위 뒤에 숨은 메이의 그림자 옆으로 친친의 그림자가 보였다. 친친은 귀를 치켜세운 채 주위를 살피고 있었다. 나나는 영리한 친친이 자랑스러웠다.

"콘도르, 고맙소. 당신이 가져온 물건도 훌륭하오. 하지만 먼저 묻겠소. 나의 딸을 원하는 이유가 뭔가. 왜 나방 아이를 데려가겠다는 거지? 아직 여름을 열두 번밖에 지나지 않은 어린아이요. 부족을 떠나기에는 너무 어려."

아빠의 말에 나나는 마음이 놓였다. 그때 뜻밖에도 콘도르가 아까보다 훨씬 더 크게 웃기 시작했다. 그의 부하들도 덩달아 소리 내어 웃었다. 아빠의 눈썹 사이가 일그러졌다.

"왜 웃는가, 콘도르?"

"액 액! 이글! 좋은 질문이오. 콘도르는 왜 저 아이를 데려가려는가? 저 아이. 당신 딸. 눈이 있으면 한번 보시오. 저 아이는 문제가 너무 많아."

콘도르는 피를 칠한 손가락으로 나나를 가리켰다. 나나는 움찔했다.

다시 한번 사람들의 시선이 나나에게 따갑게 쏟아졌다. 나나는 돌멩이처럼 작아지길 바라며 발만 내려다보았다.

"저 애가 들고 있는 남자아이들이 쓰는 창을 봐! 남자아이 같은 가죽옷을 보라고! 저 애는 여자의 도리를 모르고 있소. 여자답지 않다고! 이글, 저 애는 사냥도 하더군! 싫다는 말도 해! 순리에 어긋나는 짓이오!"

아빠가 주먹을 불끈 쥐었다. 여자는 여자답게 살아야 한다. 아빠가 늘 입버릇처럼 하는 말이었다. 나나는 어깨가 움츠러들었다. 여자답지 않은 행동을 아빠가 얼마나 싫어하는지 알았다. 콘도르가 말을 이었다.

"잘 들으시오, 이글. 가혹한 진실을 하나 알려주겠소. 당신 아들이 사라졌다는 것을 알고 있소. 수사슴은 지금 여기 없다는 걸. 수사슴의 징표를 대평원 너머에서 보았지. 수사슴은 떠났어, 이글. 안타깝지만 이것이 진실이오."

아니에요! 나나가 마음속으로 소리쳤다. 아빠의 목에 힘줄이 덩굴처럼 팽팽하게 드러났다.

"콘도르는 자비롭지. 이글, 당신을 돕고 싶소. 콘도르가 당신의 아들을 찾아주겠소. 당신 아들을 데려오겠소."

콘도르의 말에서 또다시 기름기가 번드르르하게 흘렀다.

액 액 액.

콘도르의 부하들이 숨죽여 웃었다.

콘도르가 아빠 옆으로 성큼 다가왔다. 마치 거미줄에 걸린 파리에게 기어가는 거미 같았다.

"오, 이글. 이렇게 가혹한 진실이라니, 내 마음도 찢어진다오. 하지만 다른 모든 부족들이… 당신을 헐뜯고 있소. 당신과 당신의 딸에게 손가락질하고 있어. 저 아이는 전설에나 나오는 아이라며 흥보고 있다고. 하! 이글의 딸은 반은 여자고 반은 늑대라며 시시덕대. 남자처럼 사냥한다고 혀를 차. 하! 이글의 딸은 어느 날 턱수염이 덥수룩하게 자랄 거라고 비웃어!"

액 액 액.

콘도르의 부하 중 하나가 큰 소리로 웃었다. 콘도르가 눈을 부릅떴다.

나나는 속이 메스꺼웠다. 눈물을 참느라 눈알이 빠질 것 같았다. 거짓말이야! 지어낸 이야기야! 나나는 당장 소리치고 싶었다. 하지만 아빠를 더 수치스럽게 할까봐 입을 열 수 없었다. 콘도르의 말대로 골칫덩이 여자아이가 될까봐 나설 수 없었다. 오빠가 이 자리에 있었더라면 가만히 있지 않았을 텐데. 하비라면 나나가 하고 싶은 이야기를 크게 소리치며 창을 휘둘렀을 것이다.

"계속 하시오. 듣고 있소."

아빠가 무거운 목소리로 말했다.

"이글, 콘도르니까 이런 말도 해주는 것이오. 나는 당신을 돕기 위해 왔으니까. 아직 늦지 않았소. 당신의 딸을 이제라도 가르치시오. 이 콘도르가 골칫덩이를 데려다가 제대로 가르쳐서 길들이겠소."

나나는 얼굴이 일그러졌다.

콘도르가 땅에서 진흙 한 덩이를 한 손으로 떴다.

"딸들은 진흙과 같지. 우리의 생각대로 여자답게 빚을 수 있어. 골칫덩이를 데려가서…."

콘도르는 양손으로 진흙을 세게 움켜쥐었다. 비틀고 자르고 거칠게 굴리며 말을 이었다.

"여자답게 길들이겠소. 모든 문제가 사라질 때까지."

콘도르는 단단하게 뭉친 진흙을 높이 들었다. 소똥처럼 동그란 모양이었다.

"그리고 보기 좋게 되었을 때 당신의 딸을 내 아들에게 줄 거야."

아빠와 나나의 눈이 마주쳤다. 눈동자가 흔들렸다.

"당신 아들?"

아빠가 말했다.

8. 들쥐

"들쥐, 어디 있어? 어서 나와!"

콘도르가 창을 들고 다급하게 외쳤다.

뼈 피리 소년이 눈을 내리깔고 느릿느릿 앞으로 나왔다. 소년은 콘도르
옆에 섰다.

"보시오. 위대한 콘도르의 아들이자 하늘에 있는 자랑스러운 스라소니
의 아들, 들쥐라오!"

콘도르의 목소리가 쩌렁쩌렁하게 울렸다.

나나는 소년을 보았다. 나나보다 작은 몸집에 창을 든 손을 달달 떨고
있었다. 울대뼈가 튀어나오지도 않았다.

'들쥐? 벌써 들쥐라고 불러선 안 돼. 아직 들쥐 아이야.'

나나는 마음속으로 생각했다.

"당신 아들이군, 콘도르. 아직은 어린 것 같은데 그렇지 않소?"

아빠도 나나와 같은 생각이었다.

순간 콘도르의 눈동자가 어두워졌다. 얼굴에서 웃음기가 사라졌다.

"당신은 내가 내 아들도 제대로 모른다고 생각하시오, 이글?"

콘도르가 땅에 침을 뱉더니 아들을 보았다.

"들쥐! 말해봐라. 여름을 몇 번 보냈지?"

소년은 여전히 땅만 보았다.

"열두 번이요."

소년의 말에 콘도르가 창끝을 소년의 목에 바짝 갖다 댔다.

"그럼 남자 맞지? 들쥐 맞지?"

"네! 네! 남자예요. 이제 들쥐예요."

겁에 질린 소년이 새된 소리로 말했다.

"내 아들은 남자요!"

콘도르가 창을 내리고 의기양양하게 고개를 끄덕이며 외쳤다.

나나는 눈을 가늘게 뜨고 소년을 보았다. 피를 칠한 얼굴이 얼마나 말간지 팔뚝이 얼마나 가는지 손이 얼마나 떨리는지 누가 뭐래도 들쥐 아이였다. 아직 들쥐가 아니었다. 어른이 아니었다. 나나는 소년이 가여웠다.

소년은 주눅 든 표정으로 두리번거리다 나나와 눈이 마주쳤다. 나나의 눈에 힘이 들어갔다. 소년은 재빨리 다시 고개를 땅으로 떨구었다.

나나는 소년이 안쓰러웠지만 소년의 것이 되고 싶지 않았다. 누구의 것도 되고 싶지 않았다.

소년은 모닥불 가에서 어둠 속으로 슬금슬금 뒷걸음질 쳤다. 나나가 당당하게 턱을 들었다. 조용히 숲으로 달아나는 소년에게서 눈길을 거뒀다. 고개를 돌려 아빠를 보았다.

"당신 생각을 말해보시오, 이글."

콘도르가 쏘아붙였다.

아빠는 턱을 문지르며 불을 물끄러미 바라보았다.

나나는 숨을 죽인 채 눈을 감고 간절히 빌었다. 지금 이 순간 오빠가 나타난다면 얼마나 좋을까. 오빠는 바보 같은 들쥐 아이 얼굴을 보고 웃다가 콘도르의 얼굴에 침을 뱉을 것이다. 피비린내 나는 멍청한 부하들 얼굴에 모래를 뿌릴 것이다. 오빠는 여자니 도리니 하는 것에는 관심이 없었다. 오, 하비!

하지만 하비는 나타나지 않았다. 나나는 눈을 뜨고 별을 바라보았다.

"말해보라니까, 이글. 당신 생각도 그렇소?"

콘도르는 뱀처럼 음흉하게 물었다.

아빠는 침묵을 지켰다. 나나도 콘도르도 보지 않았다. 그저 불만 바라보고 있었다. 마음이 생각으로 가득 차 보였다.

나나는 입이 바짝 말랐다. 아빠가 한 손에는 예스를 한 손에는 노를 들고 저울질하고 있었다. 나나는 입술을 깨물었다.

"아빠, 어떻게 할 거예요?"

나나가 조용히 물었다.

아빠는 불에서 눈을 들었다. 말할 준비를 하며 목을 가다듬었다.

9. 소식

아빠가 목을 가다듬으며 헛기침을 했다.

다라는 이미 그 소식이 무엇인지 알 것 같았다. 방의 공기가 비를 잔뜩 머금은 먹구름처럼 무겁게 가라앉았다.

"네가 잠든 동안 병원에 전화를 걸어 다 실바 선생님과 이야기를 나눴어."

엄마가 먼저 입을 열었다.

"선생님께 오늘 해변에서 있었던 일을 말씀드렸어."

아빠가 덧붙였다.

빗방울이 창유리를 후드득 때렸다. 다라는 한숨을 쉬었다. 이제 무슨 일이 벌어질지 알고 있었다. 열 살 때 니샤 카로의 파티 이후로 이렇게 심각한 사건은 없었다. 다라는 트램펄린에서 기절을 했고 눈을 번쩍 떴을 때 아이들이 다라를 동물원 원숭이 보듯 지켜보고 있었다. 트램펄린은 좋지 않은 것이었다.

다라가 입술을 깨물었다.

"병원에 가야 하죠? 가서 검사를 받아야 하죠? 죄송해요. 제가 우리 휴가를 망쳤….."

"무슨 그런 말을! 그렇지 않아, 다라. 휴가에는 아무 지장이 없단다. 병원에 가야 한다는 게 아냐. 그저….."

아빠가 물기 어린 미소를 띠며 말했다. 그러고는 엄마를 보았다. 엄마도 아빠를 보았다. 두 사람은 동시에 다라를 보았다.

"수술 말인데, 다 실바 선생님이 조금만 미루자고 하셔."

엄마가 말했다.

"지금 상태로는….."

"한 달이나 두 달쯤 후에….."

"몸 상태가 다시 최고로 좋아지면….."

"그때….."

"훨씬 나을 거야….."

엄마 아빠의 목소리가 점점 희미해졌다. 마치 물속에서 듣는 것처럼. 다라는 눈을 감았다. 매듭을 지듯 꼭 감았다. 이불 속에서 주먹을 쥐고 발가락을 세게 오므렸다. 근육 하나하나에 꼿꼿하게 힘을 주었다.

하지만 눈물은 참을 수 없었다. 바닷물처럼 짠 눈물이 꽉 다문 입술 위로 흘러내렸다.

"오, 다라."

엄마가 다라를 껴안았다. 아빠도 다라를 부둥켜안았다.

다라는 두 사람을 안지 않았다. 사실은 밀어내고 싶었다. 버럭 소리를 지르며 두 사람을 밀치고 시커먼 하늘 위로 폭죽처럼 솟구치고 싶었다.

불꽃 연기를 뿜는 용처럼 포효하며 폭발하고 싶었다.

하지만 터트리지 않았다. 몸을 더 세게 웅크리며 부들부들 떨 뿐이었다.

옆에서 엄마 아빠의 말이 낙엽처럼 힘없이 떨어졌다. 눈송이처럼 꽃잎처럼 떨어져 내렸다. 다라는 손을 뻗어 잡을 시도조차 하지 않았다. 그럴 필요가 없었다. 중요한 것은 이미 다 알았기 때문이다.

수술이 미뤄졌다.

2주 뒤. 달력에 금색으로 동그라미를 쳐둔 날. 생일보다 더 크게, 크리스마스보다 더 크게 표시한 날. 다라의 인생에서 너무나 중요한 날이었다. 그날이 모든 것을 바꿀 것이기 때문이다. 이제 여느 날과 다름없는 날이 되었다. 2주 뒤에 아무 일도 일어나지 않을 것이다.

그리고 아무것도 바뀌지 않을 것이다. 모든 것이 그대로일 것이다. 다라역시 아무것도 변하는 게 없을 것이다.

산소마스크와 연결된 기계에서 삐 소리가 났다. 물속에 잠겼던 엄마 아빠의 목소리가 다시 들리기 시작했다. 다라는 기계의 스위치를 끄고 콧줄을 뺐다.

더 이상 눈물도 나지 않았다. 마음이 얼음처럼 차갑고 고요해졌다.

"다라?"

엄마가 조심스럽게 물었다.

"죄송해요. 뭐라고 하셨죠?"

다라는 눈을 깜빡이며 엄마를 보았다.

"여기, 이거."

엄마가 다라에게 약봉투를 내밀며 말을 이었다.

"다 실바 선생님이 긴급 처방전을 써주셨어. 네가 잠든 동안 아빠가 약국에 가서 약을 받아오셨지. 자기 전에 한 알, 아침에 한 알 먹으면 돼."

다라가 게슴츠레한 눈으로 봉투를 열었다. 분홍색 알약이 보였다. 꼭 불량식품 같았다.

"이거 먹으면 어디에 좋은데요?"

다라가 심드렁하게 물었다.

"새로 나온 약이래. 효과도 더 강력하고. 오늘 같은 일은 안 일어나게 해줄 거야."

엄마가 다라의 손을 꼭 잡았다.

"무적의 핑크 파워!"

아빠가 '근육맨'이라도 되는 듯 우스꽝스럽게 팔 근육을 뽐내는 포즈를 취했다.

다라가 눈을 흘겼다. 전혀 웃을 기분이 아니었다.

"쉴래요."

다라는 로봇처럼 딱딱하게 말했다. 이불 속으로 미끄러지듯 들어가 이불을 귀까지 끌어올리고 눈을 감았다.

엄마 아빠 목소리는 조금 더 귓가를 맴돌다 머릿결에 닿은 부드러운 입맞춤과 함께 사라졌다. 아빠가 늘 하는 인사를 속삭였다.

"내일 아침에 보자, 아들. 다라해."

조용히 문이 닫혔다.

다라는 혼자 남았다.

침대 옆으로 손을 뻗어 가방을 집어 들었다. 주머니를 열어 황동 토끼 조각상을 꺼냈다. 손바닥 위에 조각상을 올려놓고 물끄러미 보았다. 제법 묵직한 토끼는 눈을 크게 뜨고 귀를 바짝 세우고 앞발에 힘을 주며 뛸 준비를 하고 있었다.

하지만 행운은 오지 않았다. 토끼 조각상은 한낱 금속 덩어리였다.

다라는 조각상을 다시 가방에 거칠게 던져 넣었다. 베개에 얼굴을 묻고 목이 따가울 때까지 낮게 소리를 질렀다.

10. 선택

나나는 소리치고 싶었다. 덤벼서 물어뜯고 싸우고 도망치고 싶었다. 하지만 콘도르의 얼굴을 쳐다볼 엄두조차 나지 않았다. 아빠의 얼굴을 보기도 두려웠다. 나나는 타닥타닥 타오르는 불꽃만 바라보았다. 어두컴컴한 숲에서 쫓기는 동물의 비명이 들려왔다. 나나가 뼈에 금이 갈 정도로 주먹을 꽉 쥐었다. 이 상황을 바꾸기 위해 할 수 있는 것이 아무것도 없다는 것을 알았다. 선택의 여지가 없었다. 힘도 없었다. 나나는 덫에 걸린 토끼 신세였다.

모닥불 옆에 잔뜩 쌓인 '보물'을 바라보았다. 사슴 가죽, 화살촉, 생선, 칼, 이빨, 멧돼지. 엄청난 양이었다. 나나는 자신을 내려다보았다. 진흙투성이 발, 튼튼한 다리, 토끼 가죽 망토, 해진 사슴 가죽옷, 닳은 창. 이게 나나인가? 그저 이런 것들이 나나인가? 적당한 때가 되었을 때 가장 좋은 '보물'과 맞바꾸면 되는 게 나나인가? 피를 뚝뚝 흘리며 힘없이 죽은 멧돼지 같은 '보물'과?

아빠가 헛기침했다. 손을 들어 올려 손바닥을 폈다. 아빠는 마침내 입을 열었다.

"콘도르, 조금 기다려주시오. 딸과 잠시 이야기하겠소."

나나는 마음이 놓여 무릎에 힘이 풀렸다. 휘청거리며 아빠의 어깨를 잡았다.

"딸과 무슨 이야기를 한다고! 하!"

콘도르가 아빠의 말을 따라 하며 비웃었다. 부하들이 따라 웃었다. 콘도르는 아빠에게 다가갔다. 눈을 희번덕거리며 뜨고 있는 달을 가리켰다.

"이글, 빨리 끝내시오. 콘도르는 자비롭지만 기다리는 것은 질색이거든. 달이 높이 떠오르면 돌아가겠소. 골칫덩이 딸을 데려가든 못 데려가든."

콘도르가 속삭이며 모닥불에 침을 뱉었다. 불길이 경고하듯 쉬익 소리를 냈다.

아빠는 고개를 끄덕였다. 거대한 곰처럼 육중한 몸을 엉거주춤 일으켰다. 그러고는 숲 언저리 어두움 속으로 느릿느릿 걸어갔다. 나나가 아빠의 뒤를 따랐다. 눈물이 흐르지 않도록 눈에 힘을 주었다.

콘도르 앞을 지나던 나나의 팔을 콘도르가 낚아챘다. 나나는 숨이 턱 막혔다. 이를 꽉 문 것처럼 콘도르의 손아귀 힘이 셌다. 심장이 쿵쾅거렸다. 나나는 콘도르의 누런 눈동자를 노려보았다. 고약한 피비린내가 풍겼다.

"골칫덩이. 콘도르에게 맞설 생각은 마. 절대 이길 수 없을 테니."

콘도르가 미끈거리는 목소리로 말했다. 갑자기 뱀의 혀처럼 잽싸게 손가락으로 멧돼지의 검붉은 피 웅덩이를 찍어 나나의 뺨에 그었다.

나나가 비명을 질렀다. 콘도르의 손아귀에서 꿈틀거리며 벗어나 비틀

비틀 아빠를 찾아 달려갔다. 돼지 피가 묻은 얼굴을 마구 문질렀다. 액 액 액 콘도르의 웃음소리가 박쥐 떼처럼 어둠을 뚫고 나나를 쫓아왔다. 나나는 귀를 막았다.

"아빠, 어디 있어요?"

나나는 떨려서 목소리도 잘 나오지 않았다.

"여기 있어."

아빠가 어둠 속 바위에 앉아 있었다. 지친 목소리였다.

나나는 아빠 곁으로 다가가 발치에 앉았다. 아빠가 나나의 머리 위에 손을 얹고 머리카락을 부드럽게 어루만졌다.

"나나, 내 딸아. 지금까지는 여자도 남자도 아닌 아이의 삶을 살았지. 하지만 나나, 겨울이 오고 있어. 나는 늙었고 더 이상 강하지도 빠르지도 않아. 널 지켜줄 수 없어."

"하지만 오빠가….."

"오빠는 떠났어."

아빠의 떨리는 목소리를 들으며 나나는 아빠의 무릎을 팔로 감쌌다. 피로 얼룩진 뺨 위로 눈물이 흘렀다.

"아닐 거예요, 아빠."

나나의 목소리도 떨렸다.

"콘도르를 따라가라, 나나. 그와 함께 가."

아빠의 목소리가 가라앉았다.

"안 돼요, 아빠. 싫어요! 그럴 수 없어요. 콘도르는 진흙처럼 나를 마음대로 짓이기려 해요!"

나나는 아빠에게 매달려 흐느꼈다.

"딸아, 잘 들어라."

아빠가 크고 투박한 손으로 나나의 얼굴을 잡고 눈물을 닦아주었다.

"넌 여름을 열두 번 보냈어. 이제 때가 되었다. 여자의 삶을 배워야 해."

"이미 배웠어요. 두더지가 알려주었어요, 아빠!"

"아니, 나나. 그걸로 충분하지 않아. 두더지는 영혼의 잠이 들었고 너는 더 배워야 해. 잘 들어라. 나는 콘도르가 가져온 저 엄청난 보물을 원하지 않는다. 질 좋은 사슴 가죽이나 잘 깎은 창 따위 필요 없어."

나나는 한 줌의 희망을 품고 아빠를 보았다.

"나는 네가 안전하길 바란다. 콘도르는 힘이 있어. 그에게는 힘센 부하들이 있어. 들쥐는 네게 좋은 짝이 될 거다."

나나가 양팔을 번쩍 들었다. 눈물이 터져 나왔다.

"들쥐는 아직 어려요. 소년이라고요! 들쥐는 강하지 않아요. 콘도르도 마찬가지예요. 어리석은 사람이에요. 고약한 냄새가 나는 피를 칠한 음흉한 사람일 뿐이라고요! 콘도르를 믿어선 안 돼요. 믿을 수 없는 사람이에요!"

"그만해라, 나나. 나는 아버지고 너는 딸이야. 나는 말하고 너는 듣는 거다. 내가 가라고 하면 너는 가야 해. 그게 도리다."

아빠가 목소리를 높였다.

"아빠! 그래요. 저는 아빠 딸이에요. 아빠 딸 나나라고요. 안 가요. 싫어요!"

나나는 온힘을 다해 아빠의 무릎을 꽉 잡았다. 아빠가 흐느끼고 있었다.

"콘도르를 따라가! 나나, 가라."

아빠는 목이 메었다.

내가 가라고 하면 너는 가야 해. 그게 도리다.

나나는 더는 아빠의 뜻을 거스를 수 없었다. 눈물을 닦으며 힘없이 자리에서 일어섰다.

"착하지. 그래야지."

아빠가 중얼거렸다.

나나는 아빠의 얼굴을 볼 수 없었다. 후들거리는 다리로 눈을 내리깔고 빈터로 비틀비틀 걸어갔다. 액 액 액 웃음소리와 깜빡거리는 불빛을 향해.

숲의 가장자리에 이르렀을 때 나나는 멈춰 섰다. 달빛이 비치는 언덕 꼭대기에서 친친이 나나를 내려다보고 있었다. 친친이 울부짖었다. 울음소리가 쓸쓸했다.

나나는 가슴이 찢어졌다. 턱을 들고 달을 향해 울음을 쏟아냈다.

'콘도르를 따라가라고? 이건 말이 안 돼.'

나나는 창을 꼭 쥐었다. 그리고 돌아섰다. 스라소니처럼 빠르게 밤의 숲을 향해 달렸다. 멀리 더 멀리.

11. 강

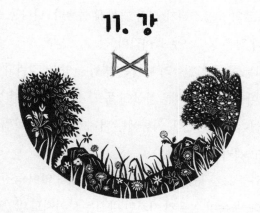

혼자다. 자유다. 두렵다.

나나는 발바닥에 불이라도 난 것처럼 어둠 사이로 빠르게 달렸다. 발이 땅에 온전히 닿지도 않았다. 달리기가 아니라 날기에 가까웠다. 오솔길로 가지 않았다. 이미 난 길로 가는 건 어리석은 일이었다. 콘도르 일당에게 금세 따라잡히고 말 테니. 대신 얽히고설킨 덤불 속으로 들어갔다. 가시에 피부가 긁히고 쓸렸다. 뒤엉킨 잔가지에 머리카락이 걸려서 뜯겼다. 나나는 멈추지 않았다. 앞만 보고 정신없이 달렸다.

뒤에서 고함 소리가 들렸다. 징그러운 웃음소리와 나뭇가지를 헤치는 소리도. 콘도르 일당은 나나를 사냥꾼처럼 쫓아왔다. 나나는 조금 더 속도를 높였다.

내리막길이 나왔다. 미끄러지고 뒹굴며 단숨에 언덕을 내려갔다. 강가에 이르러서도 멈추지 않았다. 한 치의 망설임도 없이 차가운 강물 속으로 뛰어들어 성큼성큼 앞으로 걸어갔다. 강물이 목에서 찰랑거릴 때에야 거센 물살에 기우뚱거렸다.

59

액 액. 콘도르의 웃음소리가 점점 가깝게 들렸다. 나나는 숨을 크게 들이쉬고 키보다 깊은 물속으로 들어갔다.

소용돌이치는 물결에 휩쓸려 나나는 빙빙 돌았다. 강바닥이 위로 올라가고 달이 발아래 있었다. 빠른 물살에 몸도 제대로 가누지 못 한 채 하류 쪽으로 사정없이 떠내려갔다. 하류에는 바위가 많았다. 바위는 잠든 고래처럼 매끈하고 시커멨다.

나나는 바위를 보지 못했다. 깊은 물속에서 소리 없이 등장한 바위에 머리를 부딪혔다. 물속이 어두워 시커먼 바위는 보이지도 않았다.

나나는 몸에 힘이 풀렸다. 물 위로 몸이 떴다. 늘어진 버드나무 가지처럼 강물에 실려 둥둥 떠내려갔다.

강은 천천히 흘렀다. 검은 물결 위로 하얀 달빛이 부서졌다. 강물은 고요한 달빛 아래 나나를 두고 다시 흘렀다.

12. 동굴

나나는 차가운 바위 위에서 눈을 떴다. 누군가 나나를 물에서 부드럽게 들어 올려 바위 위에 눕힌 느낌이 들었다.

'영혼의 잠에 든 건가? 깨어있는 날이 끝난 건가?'

갑자기 입 밖으로 물이 뿜어져 나왔다. 코와 눈에서도 물이 나왔다. 엄청난 양이었다. 숨을 헐떡거리며 한참 기침을 한 후에야 제대로 숨을 쉴 수 있었다.

눈을 감고 다시 자리에 누웠다. 눈앞이 핑 돌아 머리가 바닥으로 쿵 떨어졌다. 뭔가가 귓불을 물었다. 얼얼한 아픔이 느껴졌다. 갑자기 나나의 심장이 두근거렸다. 영혼의 잠에 든 것이 아니었다! 아직 살아 있었다!

뜨끈하고 오돌토돌한 무언가가 나나의 뺨과 머리카락을 계속 쓸어내렸다. 익숙한 냄새가 코에 닿았다. 숲과 고기 그리고 비 냄새. 친친!

나나는 또다시 친친이 귓불을 무는 것을 느꼈다. 두 눈을 번쩍 떴다. 두 팔로 친친의 목덜미를 와락 끌어안았다. 친친의 축축한 털에 얼굴을 파묻었다. 친친은 몸을 부드럽게 털어 나나를 떨어뜨리고 물기를 계속 핥았다. 나나는 다시 누웠다. 기진맥진 한 채로 몸을 떨었다.

"여긴 어디지? 내가 지금 어디 있는 거야?"

나나가 혼잣말을 중얼거렸다.

"쉿!"

어둠속에서 사람 목소리가 들렸다.

누군가 있었다. 친친이 낮게 으르렁거렸다. 나나는 온몸에 소름이 돋았다.

어두워서 아무것도 보이지 않았다. 하지만 물이 천장에서 똑똑 떨어지고 공기가 차갑고 축축했다. 동굴이었다.

도대체 누가 이 동굴 속에 함께 있는 걸까.

그때 또 다른 목소리가 들렸다. 남자 목소리였다. 소리가 들리는 쪽으로 고개를 돌렸다. 희미한 달빛이 삐죽삐죽하게 비쳐들었다. 동굴 입구 같았다. 나나는 숨을 죽인 채 귀를 기울였다.

"어디로 갔지?"

목소리가 퉁명스럽게 말했다.

"내가 어떻게 아나, 독사! 골칫덩이 여자애 발자국은 강 앞에서 끊겼어."

또 다른 목소리가 대답했다.

"골칫덩이 여자애가 아니라 골칫덩이 물고기였을까?"

"액 액 액."

콘도르의 부하들이었다. 목소리가 점점 가까워졌다. 두 사람의 그림자가 어슴푸레하게 비쳐드는 달빛을 막았다. 발걸음 소리가 멈췄다. 요란하게 코를 킁킁대는 소리가 들렸다.

"어디서 늑대 냄새 나지 않나?"

나나의 심장이 쿵쾅거렸다. 친친의 털 깊숙이 손가락을 집어 넣어 목덜미를 꼭 감쌌다.

다른 목소리가 쿵쿵대기 시작했다.

"하! 이 고약한 냄새는 자네한테서 나는군!"

"액 액 액."

어둠 속에서 웃음소리가 소름끼치게 울려퍼졌다. 남자들은 다시 동굴 입구 쪽으로 나갔다.

나나는 다시 천천히 숨을 쉬었다.

어두운 곳에서도 숨소리가 들렸다.

"하비? 혹시 오빠야?"

나나가 조심스럽게 속삭였다.

대답이 없었다. 하비가 아니었다.

"누구야?"

나나가 말했다.

'콘도르? 콘도르가 놓은 덫에 걸린 건가?'

나나의 머릿속에서 끔찍한 생각이 메아리쳤다.

나나는 창이 없었다. 허리춤에 매단 주머니를 뒤적였다. 젖은 산사나무 이파리 속에서 돌칼을 꺼내 손에 꼭 쥐었다.

"누구야? 나와라!"

나나는 어둠 속으로 한 걸음씩 다가갔다.

슥슥. 드르륵.

나나는 소리가 나는 쪽으로 고개를 돌렸다.

희미한 한 줄기 달빛 사이로 어두운 그림자가 바위를 밀고 있었다. 바위가 한쪽으로 굴러가자 동굴 안으로 희뿌연 빛이 쏟아져 들어왔다. 나나는 숨이 턱 막혔다.

13. 위험한 소년

동굴의 반대편 입구에 서 있는 것은 작고 마른 소년의 형체였다. 뼈 피리를 불던 소년이었다. 밤이 깊도록 도망쳐 온 것 같았다. 콘도르의 아들, 들쥐 소년이었다.

나나는 돌칼을 더 세게 움켜쥐고 번뜩이는 날을 소년에게 겨누었다.

들쥐 소년이 창을 몸통 앞으로 들고 뒤로 물러났다. 얼마 못 가 바닥 자갈에 발이 미끄러졌다. 들쥐 소년은 비명을 지르며 꽈당 넘어졌다. 창은 손아귀를 벗어나 어두운 동굴 속으로 굴러갔다.

나나는 들쥐 소년에게 덤벼들었다. 소년의 몸 위에 쭈그리고 앉아 빠르게 뛰는 심장을 향해 돌칼을 들이댔다.

"왜 날 데려왔어? 나를 이 어둡고 어두운 동굴에 데려온 이유가 뭐야?"

나나가 씩씩거렸다.

"나는… 나는… 나는…."

소년이 훌쩍였다. 나나가 돌칼을 더욱 가까이 들이밀었다.

"나는… 나는… 널 데려온 게 아냐. 널 발견하고 구한 거야!"

나나는 지끈거리는 머리를 긁적이며 기억을 더듬었다. 차가운 강물. 어두움. 이게 다 사실인가?

"네가? 네가 날 구했다고?"

나나가 돌칼을 거뒀다.

친친이 옆에서 조심하라는 듯 으르렁거렸다. 하지만 나나는 한 발 늦었다. 뱀처럼 빠르게 들쥐 소년이 몸을 일으켜 벌떡 일어섰다. 허리춤에 달린 주머니에서 길고 가늘고 하얀 무언가를 움켜쥐었다.

나나는 콘도르의 사슴뿔로 만든 칼이 떠올랐다. 치명적으로 날카로운 칼이었다.

나나는 왜 소년의 말을 들었을까? 어쩌자고 소년을 믿었을까?

'날 구한 게 아니야. 이 위험한 소년!'

나나는 황급히 뒤로 물러났다.

하지만 친친은 나나와 함께 뒷걸음질 치지 않았다. 용감한 늑대는 천천히 들쥐 소년을 향해 다가갔다. 가슴 깊은 곳에서 천둥 같은 소리가 울렸다. 늑대가 몸을 낮춰 덤빌 자세를 취해도 달처럼 하얀 칼을 든 소년은 꼼짝도 하지 않았다.

"안 돼!"

나나가 소리쳤다.

소년의 칼에 친친이 당할 수도 있었다. 나나는 가만히 두고 볼 수 없었다.

화난 멧돼지처럼 나나가 먼저 소년에게 달려들었다. 고함을 치며 머리를 들이밀었다. 순식간에 둘은 바닥을 굴렀다. 서로를 할퀴고 물고 쥐어

66

뜯었다. 발로 차며 침을 뱉었다.

지쳐버린 둘은 무릎을 꿇고 앉아 숨을 헐떡이며 서로를 노려보았다. 나나는 소년의 손목을 꽉 잡고 있었다. 소년도 나나의 손목을 놓지 않았다. 둘은 꼼짝도 하지 않고 이를 악문 채 눈을 부라렸다. 불이 활활 타오르는 눈으로 상대를 뚫어져라 보았다.

친친이 또다시 이상한 소리를 냈다. 가슴 깊은 곳에서 울리는 천둥 소리였다. 나나는 곁눈질로 친친을 흘끔거렸다. 으르렁거리는 게 아니었다. 겁주려는 것도 아니었다. 어렸을 때나 배가 고플 때 내던 소리와 비슷했다. 친친은 무슨 말이 하고 싶은 걸까?

"늑대의 노래를 하려는 거야."

소년이 여전히 숨을 거칠게 몰아쉬며 말했다. 그러고는 침을 뱉었다.

이 하나가 바위 위를 달가닥거리며 굴렀다. 나나는 주먹을 내려다보며 내심 뿌듯해했다.

"노래? 무슨 노래?"

나나가 코웃음 쳤다.

"일단 팔부터 좀 풀어줘. 그럼 알려줄게."

소년은 끙 소리를 냈다.

"하!"

나나는 손아귀에 힘을 더 세게 주며 말을 이었다.

"풀어주면 늑대 노래가 아니라 영혼의 잠을 알려주겠지! 누굴 바보로 알고!"

"영혼의 잠? 무슨 수로? 이걸로?"

소년이 길고 흰 칼을 흔들며 피식 웃었다.

왜 소년이 웃는 걸까? 나나는 어렴풋한 달빛 속에서 소년을 자세히 들여다보았다. 소년의 손에 들린 것은 콘도르의 날카로운 사슴뿔 칼이 아니었다.

"뼈 피리네…."

나나가 혼잣말을 중얼거리며 길고 하얀 뼈 피리를 멍하게 바라보았다.

소년은 웃음이 터졌다. 나나에게 붙잡힌 손목까지 마구 흔들렸다. 코에서 힝힝 거리는 소리가 났다.

"그 소리 꼭 새끼 멧돼지 같네."

나나는 웃음을 참느라 입술을 실룩거렸다. 소년의 손목을 풀어주었다.

"넌 아까 새끼 곰 같았다."

소년도 나나의 손목을 놓았다. 나나에게 붙들린 시뻘건 손목을 문질렀다.

둘은 웃음을 터뜨렸다. 그러고는 손바닥을 펴서 평화의 약속을 주고받았다.

부엉이가 숲에서 부엉부엉 울었다. 나나와 소년은 동굴 밖으로 조심스럽게 고개를 내밀었다. 사람 목소리가 들리지 않는지 귀를 기울였다.

아무 소리도 들리지 않았다.

나나는 저 멀리 강 상류 언덕 꼭대기를 바라보았다. 희미하게 불빛이 반짝였다.

집. 아빠. 가슴이 따끔거렸다.

그러고는 소년을 물끄러미 보았다. 소년의 눈 역시 나나의 집을 향하고 있었다. 소년은 왜 나나를 콘도르 부하에게 넘기지 않았을까? 왜 나나와 함께 이 동굴에 숨었을까? 나나는 고개가 갸웃거려졌다.

소년의 얼굴에 칠한 피는 다 지워졌지만 얼굴을 아무리 들여다봐도 답을 찾을 수 없었다.

"이리 와봐."

소년이 나지막이 말했다.

14. 늑대의 노래

나나와 들쥐 소년은 강가로 내려갔다. 달빛이 비치는 바위 위에 나란히 앉아 쐐기풀과 강물로 상처를 깨끗이 닦았다. 부엉이가 부엉부엉 울고 강물이 너울너울 흘렀다.

친친은 둘의 발치에서 머리를 발에 얹은 채 앉아 있었다. 여전히 이상한 천둥소리를 냈다.

"늑대 노래?"

나나가 조용히 말했다.

"잘 봐."

소년은 주머니에서 뼈 피리를 꺼내 입에 물었다.

친친의 귀가 쫑긋 섰다. 커다란 회색 머리를 들어 주변을 두리번거렸다.

"늑대 노래 안 들리는데!"

나나가 소곤거렸다.

"쉿!"

소년은 살짝 미소를 지으며 말을 이었다.

"늑대 노래는 늑대만 들을 수 있어! 넌 사람이잖아."

소년이 한 번 더 숨을 들이쉬더니 또다시 피리를 불었다.

친친은 모래밭에 발라당 누워 허공에 발길질을 하며 낑낑거리듯 울었다. 꼭 새끼 때 모습 같았다. 나나는 눈이 휘둥그레져서 친친의 부드러운 배를 쓰다듬었다.

"노래하는 거야!"

소년이 뼈 피리를 내려놓으며 말했다.

"노래!"

나나는 눈빛을 반짝이며 소년을 바라보았다. 그러고는 뼈 피리를 향해 손을 내밀었다.

"불어 봐도 돼?"

소년은 잠시 머뭇거리다 피리를 건넸다.

나나가 피리를 입에 물고 힘껏 힘을 주었다. 아빠의 지독한 방귀 소리 같은 뿌웅 소리가 났다. 둘은 마주보고 키득거렸다.

나나는 소년에게 다시 피리를 돌려주었다.

"너 피리 잘 분다."

나나가 말했다.

소년은 어깨를 으쓱했다.

아침의 첫 속삭임이 하늘 끝을 어렴풋이 밝히기 시작했다. 나나는 이제 떠나야 했다. 하비를 찾으러 가야 했다. 하비만이 나나를 도울 수 있었다. 대평원으로 가려면 해가 환하게 떴을 때보다 어스름한 지금이 덜 위험했다.

"나는 간다."

나나가 자리에서 일어났다. 친친도 몸을 일으켜 세웠다.

"나도 같이 갈까?"

소년이 나지막이 말했다.

나나는 잠시 생각에 잠겼다. 그러고는 고개를 저었다. 부드러웠지만 단호했다. 나나에게 우정은 낯설었다. 믿을 수도 없었다. 날렵하고 힘센 나나는 혼자인 게 편했다.

"들쥐 아이."

나나가 말했다. 소년은 나나의 말을 고치지 않았다.

"고마워, 들쥐 아이."

나나의 목소리가 진지했다. 소년은 나나를 영혼의 잠에서 구했다. 콘도르의 부하에게서 지켰다. 나나는 작은 선물이라도 하고 싶어 주머니를 뒤적였다. 주머니에 든 것이라고는 돌칼과 산사나무 잎 그리고… 납작한 돌멩이가 다였다.

나나는 올리와 메이가 물수제비를 뜰 때 주머니에 넣어둔 매끄러운 돌멩이를 꺼내 소년의 손에 쥐어주었다.

소년은 손바닥 위에서 돌을 이리저리 굴렸다. 눈썹을 내리고 어리둥절한 표정을 지었다.

"돌멩이는 왜?"

소년이 물었다. 나나는 다시 돌멩이를 집어 들었다. 좋은 생각이 떠올랐다.

돌칼로 납작한 돌멩이에 선을 네 개 그어 날개 모양을 새겼다. 숱하게 새겨본 무늬였다. 하지만 아무도 모르게 나무 꼭대기나 동굴 깊은 곳 같은 곳에만 새겼다. 나나만의 비밀 징표였다. 물론 나나도 알았다. 여자아이들은 남자들처럼 징표를 새겨선 안 된다는 것을.

"그냥 돌이 아냐. 약속이야."

나나가 돌멩이를 다시 소년에게 건넸다.

"들쥐 아이, 넌 나를 구했어. 언젠가…"

나나는 소년의 손바닥 위 돌멩이를 꼭 쥐며 말을 이었다.

"언젠가 널 다시 만나게 되면 그땐 내가 널 구해줄게."

그러고는 손가락으로 소년의 손등에 동그라미를 그렸다.

"잘 지내."

나나가 속삭이며 소년의 손을 놓았다. 소년이 약속을 이해했는지 알 수는 없었다. 소년은 아무 말 없이 돌아서서 동굴을 향해 올라갔기 때문이다.

나나는 소년의 뒷모습을 멍하니 바라보았다. 이상하게 코끝이 찡했다. 나나는 발밑에 있던 친친과 함께 달빛이 내려앉은 강가를 따라 달리기 시작했다. 하비를 찾아 대평원 사냥터와 그 너머 래스린 산을 향해. 나나는 온몸에 소름이 돋았다.

"잠깐만!"

나나가 뒤를 돌았다. 들쥐 소년이 바위를 허둥지둥 뛰어넘으며 나나를 따라오고 있었다.

"여기."

소년이 창을 내밀었다.

나나는 인상을 찌푸리며 고개를 저었다.

"들쥐 아이, 이건 받을 수 없어. 사냥은 어떻게 하려고? 진짜 곰이라도 만나면 어쩌려고 그래? 안 돼, 들쥐 아이. 바보 같은 녀석. 가져가."

"나나, 나는 창 필요 없어."

소년이 나나의 눈앞에 뼈 피리를 흔들었다.

나나는 두 눈을 깜빡거렸다. 이해가 되지 않았다.

"늑대 노래, 곰 노래, 스라소니 노래, 멧돼지 노래…. 내가 창을 가지고 다니는 이유는 남자는 그래야 한다고 하니까, 그 이유뿐이었어. 하지만 나나, 나는 사냥할 때 창을 쓰지 않아. 사나운 짐승을 만나도 창을 쓰지 않아. 뼈 피리만 있으면 돼."

들쥐 소년이 다시 나나에게 창을 건넸다. 이번에는 나나도 창을 받았다.

"고마워, 들쥐 아이. 정말 고마워."

소년은 친친의 양쪽 귀뿌리 사이를 쓰다듬었다. 친친이 제일 좋아하는 자리였다.

"나도 고마워, 나나. 그리고 언젠가 다시 만나는 날 정말 고마울 거야."

소년이 환하게 웃었다.

나나도 활짝 웃었다. 그러고는 손에 창을 꼭 쥔 채 돌아서서 친친과 함께 밤의 숲으로 사라졌다.

15. 전설

다라는 베개에서 눈물로 얼룩진 얼굴을 들었다. 놀랍게도 바깥은 아직 환했다. 어느새 비가 그쳐 낮은 햇살이 방 안으로 길게 드리웠다. 마치 황금빛 손가락이 쫙 펼쳐진 것 같았다.

다라는 떨리는 한숨을 뱉으며 침대 위에 무릎을 꿇고 앉았다. 창턱에 팔꿈치를 괴고 바다 건너 래스린 섬을 바라보았다. 노란 가시금작화가 반짝거렸다. 그 밝은 빛이 꼭 다라를 놀리는 것 같았다. 바다 색깔도 달라졌다. 그림처럼 잔잔한 연푸른색이었다. 래스린 해협은 완전히 다른 바다 같았다. 하얀 조각배가 바다를 가로질렀다. 본토의 큰 항구와 래스린 섬의 작은 항구를 잇는 부표 사이로 조각배는 점점 작아져 섬에 다다랐을 때는 목욕놀이 배처럼 보였다. 배가 올빼미 바위 부근에서 동쪽으로 항로를 틀었다. 그대로 가다가는 섬을 한 바퀴 돌아야하기 때문이다. 사나운 큰 바다도 맞닥뜨리게 된다. 올빼미 바위는 기다리다 돌이 되어버린 올빼미 이야기에서 따온 이름이었다. 다라는 기다리다 기다리다 다라 바위가 된 자신을 상상하며 쓸쓸하게 웃었다.

다라가 또 한 번 한숨을 쉬었다. 래스린 섬에 관한 전설이라면 뭐든 좋아하는 다라였다. 어렸을 때 찰리는 걸핏하면 래스린 섬의 전설 이야기를 읽어주었다. 글자를 모르는 다라도 그 책은 줄줄 외웠다. 다라가 창턱에 놓인 책을 들었다. 손때 묻은 책은 귀퉁이가 다 해져 있었다. 표지의 반짝거리는 별들과 닳아버린 은색 제목을 손으로 쓸어내렸다. 《래스린 섬에서 진짜로 일어난 전설 이야기》. 어린 시절 다라는 언젠가 전설의 일부가 될 거라 믿었다. 래스린 섬에 가서 영웅적이고 전설적인 일을 할 자신을 상상하며 짜릿한 흥분에 빠지던 때가 떠올라 몸이 부르르 떨렸다. 다라는 입술을 깨물었다.

다라는 다시 베개 위로 풀썩 쓰러져 수천 번 읽은 그 책을 다시 펼쳤다.

황금 야생 토끼

옛날 옛날 아주 먼 옛날, 이 세상이 생겨났을 때 한 야생 토끼가 태어났다. 이 야생 토끼는 보통의 야생 토끼들과 생김새가 달랐다. 갈색이나 회색 검정 털이 아닌 황금색 털에 눈동자가 파랬다. 다른 야생 토끼들은 이 토끼를 어떻게 대해야 할지 알 수 없었다.

"불길한 녀석이야. 안 좋은 일이 일어날 것 같아."

언젠가부터 다른 토끼들이 수군거리기 시작했다.

황금 토끼의 엄마 아빠는 다른 토끼들의 말을 대수롭지 않게 여겼다.

"토끼가 다 같은 토끼지."

그들은 황금 토끼를 다른 새끼들과 똑같이 키웠다.

76

하지만 황금 토끼는 날이 갈수록 귀가 길어지고 키도 커졌다. 지나가는 토끼들의 날카로운 눈빛과 수군거림을 점점 참기 힘들어졌다. 황금 토끼는 아침마다 빌었다. 땅거미가 질 무렵에는 갈색 털과 갈색 눈동자로 깨어나기를. 다른 모습으로 눈에 띄지 않기를. 하지만 아아, 그런 일은 일어나지 않았다. 날마다 황금빛은 더욱 번쩍거렸고 외로움도 점점 깊어졌다.

어느 추위가 지독한 겨울, 토끼 무리에 병이 퍼졌다. 한 마리 한 마리 귀가 처지고 눈꺼풀이 자꾸 감겼다.

"안 좋은 일이 일어날 것 같다고 했잖아. 저 녀석의 불길한 기운이 우리를 모두 죽이기 전에 멀리 쫓아버려야 해."

토끼들은 너도나도 목소리를 높였다.

어느 보름달이 뜬 밤 토끼 무리는 황금 토끼를 꽁꽁 언 들판 너머 바다로 몰아냈다.

"썩 꺼져! 멀리 멀리 떠나. 다시는 돌아오지 마!"

토끼 무리는 황금 토끼를 얼음처럼 차가운 바닷물에 빠뜨렸다.

황금 토끼는 밤새 시커먼 바다를 헤엄쳤다. 동이 틀 무렵 수평선 위로 어렴풋이 뭍이 보였다. 슬픔에 젖은 채 기진맥진한 토끼는 마지막 힘을 다해 뭍으로 향했다. 마침내 모래 위로 기어오른 토끼는 깊은 잠에 빠졌다.

눈을 떴을 때 황금 토끼의 눈앞에 다른 토끼가 보였다. 얼음처럼 새하얀 털을 가진 토끼가 옆에 앉아 있었다. 상냥한 보랏빛 눈동자가 반짝거렸다.

"여긴 어디야?"

황금 토끼가 물었다.

"래스린 섬. 이곳에서는 모두가 환영받아, 황금 토끼야."

새하얀 토끼가 말했다.

그때 토끼들의 목소리가 들리며 섬에 생기가 돌았다. 구릿빛과 황금빛, 은빛 털에 푸른 눈, 검은 눈, 초록 눈의 토끼들이었다.

"황금 토끼야, 어서 와. 진심으로 환영해."

토끼들이 한 목소리로 외쳤다.

황금 토끼는 래스린 섬을 새로운 집으로 삼기로 했다.

어떤 이들은 황금 토끼가 여전히 래스린 섬에 산다고 말한다. 황금 토끼를 보는 사람은 남은 평생 내내 행운을 누리게 된다고 전해진다.

다라는 책을 덮어 무릎 위에 두고 바다를 떠올렸다. 시커먼 바다를 헤엄치는 황금 야생 토끼를 상상했다. 토끼가 어떻게 바다를 건너지? 배조차 먼바다로 휘말리는 스와드 해류를 어떻게 피해? 해안 기슭의 물 밑에 도사리는 뾰족한 암초는? 다라는 불쑥 화가 치밀었다.

다 말도 안 되는 이야기였다. 있을 수 없는 일이었다. 어렸을 때는 래스린 섬의 전설을 단 한 번도 의심한 적 없었다. 이 터무니없는 황금 야생 토끼와 돌이 된 거대한 올빼미와 은밀한 무법자 부인 이야기를 철석같이 믿었다. 다라는 책을 홱 덮었다.

"래스린 섬에서 진짜로 일어난 전설 같은 소리하네."

심지어 제목조차 말이 되지 않았다. 진짜로 일어난 일은 실화다. 전설은 꾸며낸 이야기다. 이건 누구나 다 아는 사실이다. 황금 토끼도 행복한 결말도 지금껏 곧이곧대로 믿다니 다라는 스스로가 한심했다. 이 말도 안 되고 있을 수도 없는 세계에 작별을 고해야 할 때가 온 것 같았다. 이제는 철이 들어야 했다.

갑자기 다라는 책이 꼴도 보기 싫어졌다. 쓸데없이 아름다운 표지를 퉁명스럽게 펼쳐 첫 페이지에 찰리가 쓴 일곱 번째 생일 축하 메시지를 물끄러미 보았다.

한숨을 내쉬며 형의 편지가 적힌 페이지를 찢었다.

다음 페이지도 찢었다.

다음 페이지도 그 다음 페이지도. 침대 위에 낱장들이 흩어지며 쌓였다. '은밀한 무법자의 비밀' 편까지 계속 찢었다.

저 멀리 해변에서 뛰어노는 아이들의 웃음소리가 귓가를 스쳤다. 아이들은 바다에 첨벙 뛰어들고 모래사장을 달리고 있었다.

다라는 한 페이지 한 페이지 계속 찢었다. '참돌고래 길', '백조 아이', '밴시의 달', '올빼미 바위'. 이제 남은 것은 '황금 야생 토끼' 뿐이었다. 다라는 종이의 바다 위에 섬처럼 앉아 있었다. 손안에는 책장 대부분이 뜯겨나가 휑한 《래스린 섬에서 진짜로 일어난 전설 이야기》의 표지의 별만 반짝이고 있었다.

다라가 주위를 둘러보았다. 울음이 나오지는 않았다. 오히려 마음이 차분해졌다. 붉고 뜨거운 용암이 식어서 굳은 현무암이 되어버린 느낌이었다. 래스린 섬처럼. 다라는 눈을 깜빡거렸다. 늘 마음속에 간직해오던 계획이 변한 것 하나 없이 백만 번째 재생되었다. 다라는 무엇을 원하는지 정확히 알고 있었다.

'황금 야생 토끼' 페이지를 한 움큼 뜯어 베개 아래에 넣었다. 자리에서 일어나 침대 밑 가방을 집어 들었다.

가방을 열어 물병을 넣었다. 쌍안경과 휴대전화, 점퍼, 비옷, 양말 몇 켤

레, 바지 몇 벌, 방수 손전등도 넣었다. 손전등은 침대 아래를 비춰 잘 작동하는지 먼저 확인했다. 5파운드 지폐가 든 지갑과 주머니칼도 챙겼다.

다라는 마음이 더 진정되고 침착해졌다. 특공대원이나 스파이가 된 자신을 떠올렸다.

아니. 다라는 고개를 저었다. 상상은 더 이상 하고 싶지 않았다. 휴대용 산소 호흡기와 행운의 황동 토끼 조각상이 든 주머니를 열었다. 행운은커녕 있으나마나한 토끼 조각상이 다라를 멀뚱히 보고 있었다. 다라는 핑크색 알약 통을 토끼 머리 위에 아무렇게나 쑤셔 넣고 다시 지퍼를 잠갔다. 행운 같은 것은 없었다. 전설은 실화가 아니다. 기다림도 희망도 꿈꾸는 것도 모두 지겨웠다.

다라는 문을 열고 욕실로 향했다. 아래층에서 텔레비전 소리가 들렸다. 양치를 하고 칫솔을 방으로 가져와 가방에 넣었다. 잠시 앉아 산소 수치를 확인했다. 수치가 괜찮았다. 따뜻한 빨간색 후드 티셔츠를 입고 가방을 멨다.

문을 열고 나가기 전 방을 둘러보았다. 찢어진 책장이 여기저기 흩어져 있었다. 이대로 갈 순 없었다. 엄마 아빠가 다라를 살펴보려고 방에 왔을 때 심상치 않은 일이 일어났다는 것을 단번에 알아차릴 것이다.

'엄마 아빠가 방에 왔을 때….'

다라는 잠시 머리를 굴렸다. 바닥에 떨어진 빈 종이를 주워 이렇게 썼다.

"방해 금지."

다라는 종이를 방문에 붙였다.

혹시 모르니 사방에 흩어진 책장을 전부 주워 한 장씩 공처럼 뭉쳤다. 그러고는 잠든 것처럼 보이도록 이불 밑에 사람 모양으로 넣었다.

다른 다라. 다라여야 하는, 다라일 수도 있는, 다라인….

아니, 다라는 아니다.

진짜 다라는 창밖의 금빛으로 물드는 오후 하늘과 래스린 섬을 바라보고 있었다. 손에 들린 구겨진 종이를 흘긋 보았다. 책의 맨 앞에 있던 작은 지도였다. 다라는 주머니에 아무렇게나 쑤셔 넣었다.

조용히 방문을 열고 층계참으로 슬그머니 나왔다. 까치발로 살금살금 계단을 내려갔다. 텔레비전 소리가 새어나오는 거실 문틈과 환한 조명의 위험 지대를 지나 주방으로 들어갔다. 과일 바구니에서 바나나 두 개를 꺼냈다. 가스레인지 옆 선반에서 성냥갑 한 통도 챙겼다. 다라는 침을 꿀꺽 삼켰다. 충분히 바라고 기다렸다. 참을 만큼 참았다.

다라는 유치해서 마음에 안 드는 노란 장화를 신고 돌집의 뒷문을 조용히 빠져나갔다. 덜컹 소리가 거의 안 나게 문을 닫았다. 모래 언덕을 가로질러 걸었다. 바람이 머리를 헝클어뜨리고 기다란 풀잎이 속삭였다.

다라는 래스린 섬으로 향했다.

16. 대평원

　나나는 돌 구릉을 힘겹게 올랐다. 바람이 나나의 귓가에 속삭였다. 키만큼 긴 수풀을 헤쳤다. 발은 부르트고 온몸이 상처투성이였다. 당장이라도 쓰러질 것 같았다. 아빠와 콘도르와 오빠를 생각하면 마음이 날카로운 창에 찔린 것처럼 아팠다.

　가쁜 숨을 내쉬며 지나온 길을 떠올려 보았다. 기나긴 여정 동안 하비의 흔적은 전혀 발견할 수 없었다. 하비의 징표도 진흙 속 발자국도 나뭇가지에 걸린 머리카락 한 올도 보이지 않았다. 과일을 먹고 뱉은 씨도 호두 껍데기도 찾지 못했다. 아무것도 없었다. 나나는 한숨을 쉬었다. 바람도 탄식하듯 쉬익 소리를 내며 나나 주위를 맴돌았다.

　갑자기 친친의 날카로운 울음소리가 허공을 갈랐다. 잠시 나나는 걸음을 멈췄다. 친친이 한 번 더 울부짖었다. 경고의 의미가 아니었다. '이리 와! 이것 좀 봐!'라고 말하는 것이었다. 나나는 심장이 두근거렸다. 남은 힘을 다해 풀숲을 헤치며 친친에게 달려갔다. 둘은 돌 구릉의 꼭대기에 섰다.

나나가 독수리 날개처럼 양팔을 옆으로 활짝 펼쳤다. 바람이 달아오른 몸을 식혔다. 풀숲 너머 나나와 친친이 밤낮없이 걸어온 길을 돌아보았다. 드넓은 숲을 굽이굽이 돌며 나타났다 사라지는 강물이 긴 여정을 보여주었다. 더 멀리 나나가 사는 마을 언덕의 정령 바위의 윤곽이 흐릿하게 보였다. 멀리서 본 정령 바위는 작은 돌덩이 같았다.

"집."

나나가 혼잣말을 내뱉었다. 집이라는 단어조차 조그맣게 느껴졌다.

나나는 돌아서서 돌 구릉 너머 대평원을 가로질러 유유히 흐르는 넓은 강을 바라보았다. 바람에 사슴 가죽옷이 펄럭거리고 머리가 헝클어졌다. 나나는 한숨을 쉬었다. 대평원은 너무나 광활했다. 잘 모르는 곳이었다. 하비가 이곳에 있다고? 콘도르의 말은 믿을 수 없었다. 하비가 대평원에 갔을 리 없었다.

해가 저물며 대평원이 타오르는 장작처럼 붉게 물들었다. 어두움조차 흐릿해졌다. 문득 나나는 어렸을 때 하비와 숲에서 하던 놀이가 생각났다. 빛을 비춰라. 나나가 나직이 속삭였다.

가슴속에서 오래전 오빠의 목소리가 메아리쳤다.

"나나, 만약 길을 잃으면 빛을 비춰. 그럼 내가 널 찾을게."

나나는 은은하게 빛을 내는 빛이끼를 뿌리며 어둠속으로 도망치고 하비는 늘 나나를 찾았다.

나나는 빙긋 웃었다. 고사리 수풀에 숨어 빛이끼를 따라 점점 가까이 다가오는 하비의 발소리가 기억났다. 하비에게 들키는 순간 나나는 비명을 지르며 까르르 웃었다. 집으로 돌아가는 길에는 늘 하비가 업어주었다.

나나는 하비의 등에서 꾸벅꾸벅 졸았다. 그때의 나나는 지금의 메이만큼 어렸다. 오래전 일이다.

하비를 생각하니 마음이 따끔거렸다. 지금 나나에게 빛이끼가 가득한 주머니가 있다면! 하비가 그 빛을 보고 나나를 찾는다면! 둘이 함께 집으로 돌아가 콘도르를 내쫓을 텐데. 모든 것이 예전으로 돌아갈 수 있을 텐데.

"오빠, 어디에 있나?"

나나는 눈을 가늘게 뜨고 대평원 끄트머리에 어렴풋이 보이는 래스린 산을 보았다. 나나는 다리가 후들거렸다. 아니다. 래스린 산에서 하비의 징표를 봤다는 콘도르 말이 사실일 리 없었다. 하비가 잠들지 못 한 영혼이 떠도는 어두운 산에 갈 이유가 없었다. 하비는 용감하지만 어리석지는 않았다.

나나 역시 어리석지 않았다. 이를 꽉 물고 불길한 느낌의 뾰족한 래스린 산을 바라보았다. 유유히 흐르던 강은 산 너머 큰 바다에 완전히 잡아먹혔다. 하늘은 핏빛 붉은색과 멍이 든 듯 시퍼런 남색과 호박색 줄무늬로 물들었다. 빛깔은 멀리서 밀려오는 파도에 그대로 비쳤다. 위험한 곳이니 주의하라고 말하는 듯했다.

"하!"

나나가 갑자기 눈을 번쩍 뜨며 크게 외쳤다. 친친 옆에 무릎을 꿇고 앉아 쫑긋 선 귓가에 속삭였다.

"함정이야! 콘도르는 우리가 래스린 산의 떠도는 유령에게 잡혀가길 바라는 거야. 하지만 우리가 제 발로 함정에 빠지는 일은 없을 거다."

하지만 친친은 고개를 발딱 쳐들고 으르렁거리기만 했다. 떠도는 영혼이나 수상한 하늘빛에는 관심도 없었다. 친친은 고기가 먹고 싶을 뿐이었다. 먹잇감을 찾아 귀를 바짝 세우고 어둑한 풀숲과 고사리 수풀을 주시했다.

친친이 코를 킁킁거렸다. 나나는 친친의 눈빛이 번득이는 것을 보았다. 비록 다리는 둘뿐이고 털 없이 민숭한 인간 무리 속에 살지만, 여전히 야생 늑대였다. 친친이 입술을 핥으며 입맛을 다셨다. 먹잇감이 근처에 있었다.

"친친, 뭐야? 쫄깃한 멧돼지? 야들야들한 사슴?"

나나는 부스럭거리는 덤불 속 어렴풋한 그림자를 유심히 보았다. 나나의 배에서도 꼬르륵 소리가 났다.

친친이 바닥에 몸을 납작하게 붙였다. 콧구멍을 벌름거리며 가시나무 덤불로 살금살금 기어갔다. 나나는 친친의 눈을 따라 창을 높이 들었다.

마른 이파리가 툭 떨어졌다. 작은 발이 바스락 소리를 내며 움직였다. 덤불 아래서 토끼 한 마리가 귀를 쫑긋 세우고 코를 씰룩거렸다. 토끼는 빠르게 풀을 갉아먹었다. 어둑한 저녁이었지만 나나는 경계하는 눈빛을 알아볼 수 있었다. 토끼는 무엇을 하든 절반은 도망갈 준비를 했다.

그때 친친이 먼저 뛰어올랐다.

늑대는 털과 이빨과 발톱이 있는 화살이었다. 하지만 토끼는 이미 도망칠 준비가 되어 있었다. 친친에게서 멀리 껑충 뛰어 밝은 쪽으로 달아났다. 나나는 보통 토끼가 아니라는 것을 깨달았다. 다리와 귀가 길쭉한 야생 토끼였다. 게다가 털은 숲에서 한 번도 보지 못 한 색이었다. 다른 야생 토끼들처럼 밤 껍데기 같은 색이 아니라 꿀처럼 엷은 색이었다. 이 야생 토끼는 털 색깔뿐 아니라 행동도 이상했다. 가시덤불 속 은신처로 도망치지 않고 돌 구릉 비탈을 따라 내려갔다. 친친이 토끼를 뒤쫓았다.

큼직한 야생 토끼는 아주 좋은 사냥감이었다. 나나는 들쥐 소년이 준 창을 힘껏 잡고 토끼 사냥에 합류했다. 비탈길에서 넘어져도 일어나서 계속 달렸다. 야생 토끼가 어렴풋이 빛나고 친친의 회색 털이 흐릿하게 보였다. 나나는 더욱 빨리 달렸다. 평지로 내려왔을 때 속도는 더 빨라졌다. 나나는 힘껏 소리를 질렀다. 거칠게 포효했다.

친친이 나나에게 대답하듯 울부짖었다. 둘은 함께 광활한 대평원으로 들어섰다. 쿵쿵거리며 달리는 발끝에서 붉은 흙먼지가 피어올랐다.

하지만 야생 토끼는 더 빨랐다.

나나가 발뒤꿈치로 땅을 딛으며 미끄러지듯 멈춰 섰다. 눈은 여전히 달리는 야생 토끼를 쫓았다. 나나는 숨을 헐떡거리며 창을 높이 들었다. 토끼가 뛰는 방향의 노란 가시나무 덤불을 향해 창을 조준했다. 창을 던지려는 순간 야생 토끼가 멈춰 섰다.

토끼는 귀를 바짝 세운 채 고개를 돌려 나나를 보았다. 나나는 숨이 턱 막혔다. 창을 든 팔이 후들거렸다. 달려오던 친친도 그 자리에 섰다. 야생 토끼의 눈동자가 파란색이었다.

번개처럼 파랬다. 별처럼 밝았다.

"토끼 정령이야."

나나가 중얼거렸다. 경이로움과 두려움에 사로잡혀 손가락으로 안전을 비는 동그라미를 그렸다. 아빠가 해준 전해내려 오는 이야기에서 동물 정령에 대해 들어본 적 있었다. 하지만 실제로 몸을 가진 동물 정령은 처음 보았다. 토끼 정령은 별처럼 파란 눈으로 무언가를 계속 응시하고 있었다.

문득 나나는 깨달았다. 토끼 정령이 바라보는 것은 나나가 아니었다. 나나의 어깨 너머를 보고 있었다. 그리고 그때 토끼 정령이 듣고 있는 것을 나나도 들었다.

심장이 쿵 떨어졌다. 발밑과 공중 사방에서 우르릉 소리가 울렸다. 나나는 뒤를 돌아보았다. 점점 커지는 천둥 같은 소리의 정체를 알게 된 순간 숨을 쉴 수 없었다.

저 멀리서 거대한 붉은 흙먼지가 산처럼 일어났다. 나나는 눈을 가늘게 뜨고 바라보았다. 자욱한 먼지 속에서 나타났다 사라지는 뿔과 꼬리와 발굽과 머리가 어렴풋이 보였다.

"오록스1)야!"

나나는 놀라움과 두려움에 말문이 막혔다.

오록스! 뿔이 긴 거대한 오록스 떼가 대평원을 가로질러 우르르 달려오고 있었다! 땅이 흔들렸다. 발굽 소리는 큰 비가 내린 후 쏟아지는 폭포 소리 같았다. 아니 그보다 훨씬 컸다.

나나는 겁에 질려 돌아서서 달렸다. 오록스 떼는 아무도 막지 못 할 기세로 점점 더 가까이 다가왔다. 그들은 돌 구릉을 향해 돌진했다. 나나를 향해!

---

1) 멸종한 소과의 동물

17. 샛길

다라는 돌집을 힐끔 돌아보았다. 돌집에서 새어 나오는 따뜻하고 아늑한 불빛이 어두운 모래 언덕에서 돌아오라고 손짓하는 것 같았다.

하지만 그럴 수 없었다. 다라는 돌아갈 수 없었다. 평생 꿈꿔온 일이었다. 이제 곧 꿈이 이뤄지려는 참이었다. 모든 것은 다라에게 달렸고 다라만이 할 수 있는 일이었다.

노을이 비치는 물결 너머로 래스린 섬이 다라를 기다렸다. 섬은 어둠 속에 잠겨 있었다.

다라는 돌아서서 항구 쪽으로 발걸음을 옮겼다. 모래 언덕 사이로 돌아가는 길을 택했다. 바다보다 들판 쪽에 가까운 길이었다. 찰리는 이 길을 샛길이라고 불렀다. 돌집에서는 이 길이 보이지 않았다. 엄마 아빠의 눈을 피할 수 있었다. 다라는 이 길로 지나다녀본 적이 없었다. 엄마 아빠에게 아무것도 숨기지 않았다. 언제나 조심하고 또 조심했다. 음… 지금까지는 그랬다.

모래 언덕을 터덜터덜 걸으며 그날 하루를 몇 번이나 돌아보았다. 늘대? 도대체 어떻게 그런 생각을 했을까? 또 다 실바 선생님은 무슨 생각인 걸까? 심장이 좀 놀랐다고 수술을 아예 취소해버리다니! 그저 딱 한 번 실수한 건데! 다라는 또다시 마음 깊은 곳에서 뜨거운 용암이 끓어오르는 것 같았다. 마음속 화산을 보여줄 수도 있을 것 같았다.

갑자기 다라는 눈을 깜빡이며 멈춰 섰다. 한 가지 생각이 머리를 스쳤다. 보여주면 되는 것이다. 수술을 받을 수 있다는 것을 증명하면 된다.

다라는 래스린 섬에 혼자 힘으로 갈 것이다. 또한 집으로 무사히 돌아올 것이다. 몸 상태도 괜찮을 것이다. 다라의 방식으로 그들이 틀렸다는 걸 보여줄 것이다.

다라는 다 실바 선생님이 집으로 전화를 걸어 수술을 취소한 것은 큰 실수였다고, 충분히 수술을 받을 수 있었다고 사과하는 모습을 상상했다. 웃음이 나왔다.

"정말 미안하구나, 다라."

숨을 반쯤 참고 가르랑거리는 선생님의 목소리를 흉내냈다. 그러고는 킥킥 웃었다. 모든 것이 잘 되어가고 있는 것 같았다….

그 순간 다라가 웃음을 멈췄다.

이게 무슨 소리지?

짧막한 신음이 들렸다. 다라는 어두운 모래 언덕을 두리번거렸다. 이전에 들어본 적 없는 소리였다. 설마 또 말도 안 되게 늑대가 나타난 걸까, 다라는 고개를 갸웃거렸다.

"저기요?"

다라가 외쳤다.

정적이 감돌았다.

"거기 누구 있어요?"

역시 대답이 없었다. 모래 언덕에 난 풀이 바람에 흔들리고 먼바다의 파도가 해안에 부서지는 소리만 들릴 뿐이었다. 다라는 침을 꼴깍 삼켰다. 입이 바짝 말랐다. 애써 웃으며 고개를 저었다. 그저 바람 소리거나… 아니면….

풀숲을 가로지르는 부스럭 소리와 발소리가 점점 가까워졌다.

다라는 휘청거리며 길옆으로 물러섰다. 발이 토끼 굴에 빠졌다. 균형을 잃고 단단한 모래밭에 퍽 넘어졌다. 다라는 숨을 크게 들이쉬었다. 동물 우리나 동물원처럼 단 냄새와 썩은 냄새가 섞인 이상하지만 익숙한 냄새가 콧속으로 들이쳤다.

모래 언덕 사이로 흐릿한 그림자가 점점 가까이 다가왔다. 다라는 허둥지둥 일어나 그림자를 향해 섰다.

18. 오록스

나나는 일단 도망쳐야 했다. 맨발로 먼지구름 속을 쿵쾅거리며 달렸다. 나뭇잎 진액처럼 쌉쌀하고 사슴 똥처럼 달짝지근한 오록스 떼의 냄새가 나나를 덮쳐왔다. 기침을 하며 야생 토끼를 따라 뛰었다. 짙은 흙먼지가 코와 입 안으로 들이치고 눈을 따갑게 했다. 우레와 같은 발굽 소리는 점점 더 커져서 나나는 자기 숨소리가 안 들릴 지경이었다. 고개를 드니 하늘이 붉은 먼지에 완전히 뒤덮여 있었다. 아래쪽으로는 발이 보이지 않았다. 그리고 친친도….

친친!

나나는 심장이 쿵 떨어졌다. 미끄러지듯 급히 멈춰 섰다. 친친은 어디 있지? 어디로 간 거지? 나나는 뒷목의 솜털이 쭈뼛 섰다. 자기도 모르게 눈물이 흘러내렸다. 따끔거리는 눈을 주먹으로 문질렀다. 귀청은 떨어져 나갈 것 같고 먼지구름에 한 치 앞이 안 보였다.

"친친! 친친!"

나나가 크게 외쳤다. 하지만 나나의 간절한 외침은 천둥 같은 발굽 소리와 우렁찬 힝힝 소리에 묻혔다.

발밑의 땅이 요동쳤다. 오록스 떼가 근처까지 다가왔다. 엄청나게 큰 무리였다! 두려움이 불꽃처럼 타올랐다. 나나는 너무 작았다. 너무 작고 도와줄 사람도 없었다. 어떻게 해야 할지 알지 못했다.

나나는 다시 달렸다. 숨이 막힐 지경의 흙먼지에 눈앞은 뿌옇기만 했다. 머릿속이 하얗게 돼 오록스 떼를 피해 제대로 가고 있는지도 알 수 없었다. 짙은 먼지 속에 별처럼 푸른 불빛이 반짝이는 게 보였다. 영혼의 눈이었다. 나나는 방향을 바꿔 푸른 불빛을 따라갔다. 소리를 힘껏 내질렀지만 아무 소리도 나오지 않았다. 오록스 떼의 귀가 떨어질 듯한 포효 소리만 땅과 하늘을 울릴 뿐이었다.

그때 무언가가 나나의 엉덩이를 세게 들이받았다. 친친! 나나는 다리에 힘이 풀리며 친친과 함께 따가운 덤불 속으로 굴렀다. 나나는 친친을 끌어안고 익숙한 냄새에 코를 킁킁거렸다.

고약한 냄새에 고개를 드니 오록스 떼가 거의 눈앞에 와 있었다. 나나는 친친과 함께 몸을 공처럼 웅크렸다. 붉은 먼지 속에서 발굽들이 우르르 몰려왔다.

나나는 양팔로 머리를 감싼 채 친친의 몸에 얼굴을 파묻었다. 천둥 같은 발굽 소리가 사방에서 울려 퍼졌다. 억센 털과 축축하고 뜨거운 콧김이 팔을 스쳤다. 나나는 계속 고개를 처박고 있었다. 언제라도 까맣고 단단한 발굽이 나나와 친친을 걷어차거나 땅콩 껍데기처럼 밟아 뭉갤 수 있었다. 땅이 진동하는 동안 나나는 부들부들 떨며 흐느꼈다.

친친도 겁에 질린 채 으르렁거렸다. 나나는 사슴 이빨 목걸이를 꽉 움

92

켜쥐었다. 영혼의 노래를 부르려고 했지만 목이 메었다. 흙먼지가 들이쳐 숨이 막혔다.

그때 기억 속 깊은 곳에 묻혀 있던 아빠의 목소리가 들렸다.

"언젠가 깨어 있는 날이 다하면… 영혼의 잠이 찾아와 우리를 데리고…."

"안 돼요, 아빠!"

나나는 흐느꼈다. 깨어 있는 날이 끝나는 것을 원치 않았다. 이런 식으로는 납득할 수 없었다.

나나는 떨고 있는 늑대를 꼭 껴안고 꽃눈처럼 몸을 더 단단하게 웅크렸다. 꼭 감은 눈에서 뜨거운 눈물이 흘러내렸다. 흐느끼는 소리는 사방의 공기와 땅을 뒤흔드는 오룩스 떼의 소리에 금세 묻혀 버렸다.

19. 짐승

겁에 질려 숨이 턱 막힌 채로 다라는 땅거미 속 흐릿한 형체를 빤히 바라보았다. 그림자가 점점 가까이 다가왔다. 거대한 짐승이었다.

다라는 가슴이 조였다. 침착하려고 애썼다. 다 실버 선생님이 가르쳐준 숨쉬기 연습을 했다.

들이쉬고 둘… 셋… 넷….

내쉬고 여섯… 일곱… 여덟….

그때 그림자가 다시 소리를 냈다. 길고 낮은 신음소리였다.

갑자기 다라가 픽 웃었다. 두려움은 나뭇가지에서 날아오르는 새처럼 사라졌다. 그림자가 음매하고 울었다.

흐릿한 형체의 정체는 소였다. 그냥 소였다.

농부들이 가끔 소떼를 동쪽 해안 모래 언덕 아래에 풀어놓았다. 소떼 중 한 마리가 어슬렁거리다 여기까지 온 게 틀림없었다. 다라는 안도의 한숨을 내쉬며 활짝 웃었다. 소가 큰 머리를 숙여 모래 언덕에 난 풀을 야금야금 뜯어먹었다. 그러고는 느릿느릿 위로 올라갔다.

다라는 가슴에 손을 대보았다. 심장이 쉽사리 가라앉지 않았다. 소 한 마리에 그토록 겁을 먹다니 어쩐지 창피했다. 풀밭에 앉아 휴대용 산소 호흡기를 입에 물었다. 오 초 정도 진정되는 듯 하더니 다시 심장이 빠르게 뛰었다. 다라는 돌집에서 뿜어져 나오는 아늑한 불빛을 바라보았다. 이대로 돌아갈 수는 없었다. 해 저문 모래 언덕을 거닐다 소 한 마리를 본 게 다였다.

다라는 새 약통을 열었다.

"무적의 핑크 파워?"

다라가 눈을 가늘게 뜨며 중얼거렸다. 엄마는 자기 전에 한 알, 아침에 한 알 먹으라고 했다. 지금 한 알을 먹으면 래스린 해협을 다 건널 때까지 심장이 폭주하는 것을 막아준다는 말인가? 다라는 물 한 모금과 함께 알약을 꿀꺽 삼켰다. 그러고는 다시 다 가방에 집어넣었다.

행운의 황동 토끼 조각상만 빼고. 다라도 모르게 작은 토끼 조각상은 발 아래 노란 가시금작화 덤불 사이에 떨어져 있었다. 귀를 쫑긋 세우고 금방이라도 폴짝 뛰어오를 듯한 자세 그대로 잊히고 말았다.

20. 노란 가시덤불

나나는 먼지 폭풍 속에서 몸을 웅크린 채 한 손을 친친의 털 속에 깊숙이 파묻었다. 다른 한손으로는 들쥐 소년의 창을 꼭 쥐었다.

귀가 먹먹하고 머리가 빙빙 돌았다. 나나는 영혼의 노래를 읊조렸다. 사랑했던 모든 것들이 한 편의 이야기처럼 마음속에서 빠르게 지나갔다. 하비와 빛이끼, 모닥불 옆 아빠, 나무 위에 앉은 메이, 올리와 물수제비.

"안 돼. 안 돼. 안 돼."

나나가 모래 알갱이를 뱉으며 쉰 목소리로 중얼거렸다. 이대로 영혼의 잠을 맞이할 수 없었다. 하비를 찾아야 했다. 콘도르와 싸워야 했다. 가족에게 돌아가야 했다. 나나는 몸에 힘을 단단히 주고 이를 꽉 물었다.

친친이 화살에 맞은 것처럼 낑낑대며 꿈틀거렸다. 나나는 같이 끙 소리를 내며 친친을 더 세게 끌어안았다. 돌풍이 한차례 지나갔다. 코끝에 새로운 냄새가 맴돌았다. 해초와 소금에 절인 생선 냄새 같았다. 새로운 소리도 귓가에 울렸다. 우레 같은 발굽소리나 힝힝 소리가 아니었다. 고요한 소리였다. '크릭 크리릭', 새 소리 같기도 하고 갈대에 이는 바람 소리

같기도 했다.

나나는 친친의 근육이 느슨해지는 걸 느꼈다. 눈가의 모래를 떨어내고 눈을 떴다. 턱을 들고 머리 위 얽히고설킨 덤불 사이로 이른 저녁의 연푸른 하늘을 바라보았다.

나나는 따끔한 가시덤불 아래서 모래밭으로 기어 나왔다. 기침이 쏟아졌다. 친친은 여전히 가시덤불 아래에 있었다. 나나와 친친은 덤불 덕분에 오록스 떼로부터 목숨을 구했다.

"고마워."

나나가 쉰 목소리로 노란 가시덤불에 대고 속삭였다.

고개를 숙여 덤불 아래를 힐끔 보았다. 떨고 있는 늑대에게 손을 뻗었다.

"아, 친친! 너에게도 고맙다. 나의 늑대."

친친은 소용돌이치는 먼지 속에서도 영리하게 냄새를 맡아 나나를 찾았다. 그러고는 노란 가시덤불 속으로 나나를 밀어 넣었다. 친친이 나나를 살린 셈이다. 나나는 친친의 털을 쓰다듬으며 나지막이 노래를 불러주었다. 친친의 두려움이 가라앉을 때까지.

잠시 후 친친도 덤불 아래서 기어 나왔다. 귀를 납작하게 눕힌 채 꼬리를 씰룩거리며 노란 호박색 눈을 힐끔거렸다. 친친이 옆구리를 파고드는 바람에 나나는 또 한 번 넘어질 뻔했다.

친친이 입을 벌려 나나의 무릎에 무언가를 떨어뜨렸다. 그러고는 땅을 파는 시늉을 했다. 봐! 이것 봐! 친친은 나나를 향해 호박색 눈을 크게 뜨고 말을 하듯 짖었다.

"뭘 찾았는데 그래?"

나나가 무릎 위에서 호두만큼 작고 조약돌처럼 단단한 것을 들어 올렸다. 아직 땅속 온기가 남아 축축하고 미지근했다. 어스름 속에서 조금이나마 빛에 비춰보려고 높이 들었다.

나나는 깜짝 놀라 입이 벌어졌다.

돌처럼 단단한 자그마한 야생 토끼였다. 낯설고 차가운 촉감에 어슴푸레한 빛까지 띠고 있었다. 말이 안 될 정도로 완벽한 모양이었다. 옅은 벌꿀색의 토끼 정령인가? 나나는 겁이 나서 작게 중얼거렸다.

나나는 손바닥 위에서 은은한 빛을 내는 돌 토끼를 굴리고 또 굴렸다. 영혼의 세계에 속하는 푸른 눈동자를 생각하니 소름이 돋았다. 어떻게? 어떻게 이런 일이 있을 수 있지? 나나도 부싯돌을 갈아 날카로운 창촉을 만들 수 있었다. 동굴 벽에 달리는 사슴을 그릴 수도 있었다. 하지만 누구도 이렇게 작고 완벽한 동물 모양으로 돌을 깎을 수는 없었다. 나나는 무서워서 입안이 바짝 말랐다. 불가능한 일이었다. 너무나 이상한 일이었다. 도무지 믿을 수가 없었다.

나나는 창을 드는 팔로 이 작고 이상한 토끼 정령을 멀리 던졌다. 잿빛 풀밭 너머로 최대한 힘껏 던졌다.

나나가 손을 뻗으며 친친에게 다가갔다. 친친은 옅은 먼지구름 속으로 펄쩍 뛰어올라 어둠 사이로 사라진 토끼 조각을 쫓아갔다.

나나는 친친의 이름을 외치며 무작정 따라서 달렸다. 크릭 크리릭 귀를 찌르는 낯선 새소리에 나나의 목소리가 묻혔다.

21. 밴시[2]의 달

크리릭 크리리릭. 흰눈썹뜸부기의 쓸쓸한 울음소리가 들렸다. 다라는 어스름 속에서 까치발로 서서 새소리가 들려오는 곳을 바라보았다. 모래 언덕 너머 긴 수풀이 나 있는 쪽이었다.

샛길은 모래 언덕에서 오래된 보트창고로 이어졌다. 다라와 찰리는 비 오는 날이면 이곳에 와서 책을 읽곤 했다. 다라는 페인트칠이 벗겨진 창고를 손으로 쓸었다. 보트창고가 안쓰럽게 느껴졌다. 새 보트창고가 항구 다른 쪽에 세워지면서 이 낡은 창고에 보트를 보관하는 사람은 거의 없었다. 거의 버려진 창고나 다름없었다. 보트를 끌어올리는 레일은 해초가 말라붙었고 창고 앞 방파제는 파도에 닳아 있었다. 다라는 창고의 모퉁이를 빙 돌았다. 이미 한참 지난 보트 축제 포스터와 모래성 쌓기 대회 포스터가 문에 붙어 있었다. 부드러운 바다 바람에 포스터가 부풀어 올랐다. 다라는 자물쇠를 들어 올려 작년 비밀번호 4242를 누르며 입술을 깨물었

---

2) 아일랜드 민화에 나오는 죽음을 알리는 요정

다. 자물쇠가 딸깍 열렸다.

"좋았어!"

다라는 작은 탄성을 질렀다. 빗장을 풀고 문을 밀어서 열었다. 끼익 소리가 났다.

짠내와 퀴퀴한 냄새가 콧속으로 훅 들이쳤다. 아주 오랫동안 환기를 시키지 않은 냄새였다. 오래된 보트가 수리대 위에 기우뚱하게 걸쳐져 있다. 벽 사방에는 온통 박스가 쌓여 있고 알 수 없는 것들이 위태롭게 서 있었다.

다라는 마른침을 삼켰다. 어두움 속에서 자신을 바라보는 눈동자나 바람에 실린 알 수 없는 목소리를 상상하지 않으려 애썼다. 손전등을 찾아 가방을 뒤적이며 창고 안으로 들어갔다.

머리 위에서 무언가가 푸드덕거리며 휙 지나갔다. 다라는 비명을 지르며 몸을 수그렸다. 하얀 외양간올빼미가 어둑한 하늘로 날아갔다. 다라는 한숨을 내쉬었다.

"올빼미야. 그냥 올빼미. 올빼미, 미안."

다라는 혼잣말을 하며 손전등을 켜서 창고 안을 둘러보았다. 두꺼운 거미줄이 쳐진 창가 밑 커다란 나무 상자에 주황색 구명조끼가 쌓여 있다. 다라는 차갑고 축축한 구명조끼 더미를 뒤져 적당한 사이즈의 조끼를 찾아서 입었다. 밖에서 동물이 울부짖는 소리가 들렸다. 다라는 소금기가 뿌옇게 낀 유리창으로 밖을 유심히 보았다. 달빛 아래 모래 언덕 꼭대기에 거대한 개가 한 마리 서 있는 듯했다. 다라는 눈을 가늘게 뜨고 잔잔하고 드넓은 은빛 해변을 둘러보았다. 개 주인은 어디에 있지?

해변은 텅 비어 있었다.

모래 언덕으로 고개를 돌렸다. 달빛만 환할 뿐 개는 보이지 않았다.

어쩌면 처음부터 개가 없었는지도 모른다. 등줄기가 서늘했다. 문이 바람에 삐걱거렸다.

다라는 황급히 보트창고에서 뛰쳐나왔다. 문이 쾅 닫히는 소리에 바닷새 무리가 사방으로 흩어졌다.

다시 샛길을 따라 마지막 모래 언덕을 천천히 올랐다. 전망대에 서서 숨을 고르며 바다 위로 뜬 커다란 보름달을 바라보았다.

"밴시의 달."

다라가 나지막이 속삭였다. 밴시의 달은 래스린 섬의 전설 중에서 가장 으스스한 이야기였다. 어렸을 때 찰리가 이 이야기를 들려주었을 때 다라는 밤새 불을 켜고 귀를 막은 채 자야 했다. 전설에 의하면 죽음 요정 밴시가 흐느끼는 소리를 들으면 가족 중 누군가가 죽는다고 했다. 다라는 저도 모르게 몸서리를 쳤다.

"다 지어낸 이야기야."

다라가 뿌루퉁하게 중얼거렸다. 밴시의 달에서 고개를 획 돌려 활기 넘치는 부두를 바라보았다.

고깃배가 부두로 들어오고 있었다. 배에 탄 선원이 부둣가에 선 일꾼을 목소리 높여 부르며 굵은 밧줄을 던졌다. 하늘에서는 갈매기가 빙빙 돌며 요란스럽게 울었다. 피시 앤 칩스 가게 앞으로 줄이 늘어섰다. 열린 문틈으로 흥겨운 음악과 왁자지껄한 웃음소리가 흘러나왔다. 주차장 옆 좁은 잔디밭에서는 다라 또래 아이들이 공을 차고 놀았다. 시끌벅적한 저녁 풍

경이었다. 아이스크림 가판대에 꼬마전구가 반짝거렸다. 아이들이 바닷가재 통발을 빙글빙글 돌며 키득거렸다.

물가에 매어놓은 배가 깐닥거렸다. 사람들은 부둣가를 쏘다니며 떼를 지어 먹고 마시며 큰 소리로 웃었다. 이렇게 떠들썩한 분위기일 줄은 상상도 못했다. 갑자기 눈부신 조명과 시끄러운 음악소리에 다라는 머릿속이 하얗게 되었다.

부두에 와서 뭘 하려고 했지? 다라는 작은 보트를 하나 빌리려고 했다. 하지만 이 무슨 허무맹랑한 계획이란 말인가?

다라는 제대로 노를 저어본 적도 없었다. 그저 몇 번 만지작거리기만 했을 뿐이다. 지난 여름 홀슈베이 해안에서 아빠와 보트를 타고 엄마와 찰리가 높은 바위에서 다이빙하는 것을 지켜보았다. 아빠가 노 젓는 법을 알려주었다. 다라는 노를 작게 돌려보기도 했다. 하지만 그뿐이었다.

래스린 섬으로 향하는 물결 위로 달빛이 어룽지며 내려앉았다. 다른 사람들은 부표 사이로 노를 저어 래스린 섬에 갈 수 있을 것이다.

"다른 사람들…."

다라는 축구를 하는 소년들과 빙글빙글 도는 아이들을 바라보며 쓴웃음을 지었다. 다라는 그들과 달랐다.

어린 시절 다라는 모든 것을 믿었다. 찰리가 해주는 이야기와 실제로 일어났다는 전설과 모든 불가능한 꿈을.

다라는 쓸쓸하게 웃었다. 혼자 배를 타고 세계 일주를 하는 꿈을 꾸었다. 킬리만자로 산 정상을 정복하고 뗏목을 타고 아마존 강을 탐험하는 꿈도.

"나중에, 나중에. 수술받고 나서, 다라."

엄마는 늘 이렇게 대답했다.

언젠가부터 다라의 꿈은 움츠러들기 시작했다. 영국 해협을 건너거나 영국에서 가장 높은 산을 오르거나 북아일랜드에서 가장 긴 강을 탐험하는 것으로.

언젠가 학교에서 탐에게 래스린 섬에 혼자 배를 타고 가서 황금 토끼를 보겠다고 말한 적 있었다. 이 말을 엿들은 스테판 백스터는 절대 못 한다에 이십 억을 걸겠다고 말했다. 황금 토끼 같은 건 있지도 않을 뿐더러 다라 메리엄이 새가슴이라는 것은 전교생이 다 아는 사실이라는 것이다. 백스터는 선생님께 주의를 받았지만 끝내 다라에게 사과하지 않았다.

갑자기 다라는 세상에서 완전히 혼자가 된 기분이 들었다. 유치한 노란 장화와 고약한 냄새가 나는 낡은 구명조끼와 쓸모없는 물건으로 가득한 한심한 가방을 내려다보았다. 다라는 도대체 무슨 생각을 한 걸까? 어쩌면 결국 안 될 일이었는지도 모른다. 어쩌면 다라가 틀리고 엄마와 아빠다 실버 선생님이 옳은지도 모른다. 심지어 스테판 백스터 말이 맞는지도 모른다. 현실은 현실이었다. 세상에 황금 토끼 같은 것은 없었다. 다라 메리엄은 래스린 섬까지 노를 저어 갈 수 없었다.

낮게 뜬 보름달이 불길할 정도로 샛노랗게 빛났다. 다라는 한숨을 쉬었다. 저 아래 검은 물결도 한숨을 내쉬었다.

22. 다른 세계

나나는 달빛 아래서 모래 언덕에 난 친친 발자국을 따라 걸었다. 바람이 한숨 쉬듯 속삭였다가 쉬익 소리를 질렀다. 나나는 점점 더 높이 올라갔다. 땅바닥을 보다 눈을 깜빡거렸다.

모래 언덕 꼭대기에 낯선 발자국이 친친의 발자국과 엇갈리게 나 있었다. 사람 발자국 같았다. 하지만 발가락이 없었다. 나나는 축축한 모래밭 위에 무릎을 꿇고 발자국을 손으로 쓸어보았다. 나나는 고개를 저었다.

"발에 신는 사슴 가죽?"

나나가 중얼거렸다. 머나먼 얼음 나라에서는 발에도 사슴 가죽을 신는다는 얘기를 들어본 적 있었다. 사실이 아닐 거라고 믿었다. 하지만 친친의 발자국만큼이나 발가락 없는 발자국의 모양은 선명했다.

머나먼 얼음 나라 부족은 사납고 위험하다고 알려져 있었다. 영혼의 힘이 강력하고 가슴은 눈처럼 차갑다고 했다. 나나는 몸서리를 쳤다. 머나먼 얼음 나라에서 온 사람이 여기 돌 구릉과 대평원이 만나는 곳까지 왔다는 말인가? 그게 사실이라면 아직 이곳에 있을 수도 있다는 말인가?

나나는 창을 꼭 쥐고 천천히 자리에서 일어섰다. 친친과 함께 노란 가시덤불 아래서 빠져나온 이후 처음으로 대평원 쪽을 제대로 바라보았다. 나나는 숨이 턱 막혔다. 눈을 비비며 뒷걸음질 쳤다.

붉은 흙먼지와 수풀과 노란 가시덤불이 있던 땅이, 오록스 떼와 토끼굴과 유유히 흐르는 넓은 강이 있던 땅이 보이지 않았다. 대평원이 사라졌다.

나나는 고개를 절레절레 흔들었다. 다리가 풀잎처럼 후들거렸다. 달빛이 비치는 거대한 바다가 보였다. 속삭이는 바람 소리는 바람이 내는 게 아니었다. 바다가 숨 쉬는 소리였다.

래스린 산은? 어둠 속에 뾰족한 바위덩어리가 둘러쳐진 땅이 보였다. 래스린 산은 더 이상 산이 아니었다.

그것은… 섬이었다. 말도 안 되는 섬!

나나는 두려움에 숨이 막혔다.

어떻게 이런 일이 있을 수 있지? 어떻게?

천천히 고개를 돌렸다. 흐릿한 은빛 달빛 아래 나나의 모든 세계가 바뀌어 있었다.

사방에서 작은 불빛이 반짝였다. 어떤 것은 움직이고 어떤 것은 그 자리에서 빛을 냈다. 하늘에서 별이 굴러 떨어진 것만 같았다.

나나는 지금까지 온 길을 돌아보았다. 속이 울렁거려 당장이라도 구역질이 나올 것 같았다. 나나의 숲이 어떻게 된 거지? 나무들이 다 어디로 갔지? 동물들은 어디에 있지? 사슴과 멧돼지와 곰은? 하늘 위로 솟구치는 독수리와 힘차게 달리는 스라소니는? 나나의 집은?

머리 위 어둑한 하늘에서 새 한 마리가 빙그르르 돌았다.

애애애액 애애애액 애애애액.

나나는 콘도르의 소름끼치는 웃음소리가 떠올라 화들짝 놀랐다.

서서히 등줄기가 서늘해졌다. 식은땀이 나고 동시에 얼굴이 화끈거렸다. 나나는 눈을 비비고 달리기 시작했다. 모래 언덕을 넘어질 듯 비틀거리며 달렸다. 손가락으로 무사를 바라는 원을 계속 그렸다. 모든 것이 번쩍이고 시끄럽고 낯설었다. 어떻게? 어떻게 모든 것이 한 순간에… 사라질 수 있지? 나나는 도무지 이해할 수 없었다.

하지만 그보다 먼저 일단 숨어야 했다.

23. 문

애애애애액 애애애애액 애애애애애액!

갈매기 한 마리가 검푸른 하늘을 빙빙 돌며 놀리듯이 울었다.

"조용히 해!"

다라가 손등으로 거칠게 눈물을 닦으며 외쳤다. 래스린 섬이 뿌옇게 보였다. 넌 절대 닿을 수 없을 거라고 조롱하는 것만 같았다. 다라는 분한 마음에 고개를 홱 돌렸다.

다시 왔던 길로 터덜터덜 걸었다. 구명조끼 끈이 풀려 바람에 날리는 돛대의 밧줄처럼 덜렁거렸다. 오래된 보트창고 쪽으로 모퉁이를 돌았다. 그리고….

다라는 그 자리에 얼어붙었다.

창고 문이 열려 있었다. 끼익 소리를 내며 바람에 문이 흔들렸다. 다라는 분명 문을 닫았다. 새들이 놀라서 날아갈 정도로 세게 닫았다. 쾅 소리도 생생하게 기억했다. 백 퍼센트 확신했다.

다라는 뒷목이 서늘해졌다. 문이 어떻게 열린 거지?

눈을 가늘게 떴다. 창고에서는 어떤 빛도 새어나오지 않았다.

귀를 기울여 봐도 아무 소리도 들리지 않았다. 밀려오는 파도 소리와 휙 하는 바람 소리만 들릴 뿐이었다.

삐죽한 수풀 사이로 살금살금 창고 옆으로 향했다. 소금기로 얼룩진 더러운 창문 속을 힐끔 훔쳐보았다. 안은 완전히 암흑이었다.

등골이 오싹했다.

"바보 같긴. 그냥 어두운 것뿐이야."

다라는 고개를 저었다. 이제 다라가 해야 할 일은 구명조끼를 원래 자리에 던져두고 집에 돌아가서 이불 속으로 기어 들어가 이 모든 어이없는 일을 그만두는 것이었다.

다라는 천천히 창고 앞으로 다가갔다. 문은 여전히 곧 떨어질 것처럼 끼익 거리고 있었다. 입이 바짝 마른 채로 어두운 문틈 사이를 들여다보았다.

창고 안은 정지된 것처럼 아무런 움직임도 빛도 없었다. 다라의 숨소리만 들릴 뿐이었다. 바보 같긴. 안에는 아무것도 없었다. 겁낼 필요가 없었다. 캄캄한 올빼미 둥지 쪽을 힐끔 쳐다보았다. 이번에는 올빼미를 방해하지 않으려고 손전등을 켜지 않았다. 눈은 어둠에 곧 적응할 것이다.

다라는 살금살금 창고 안으로 들어갔다.

어둠 속에서 눈을 깜빡거렸다. 비바람에 상한 나무 냄새와 짠 냄새, 서늘한 밤의 냄새가 물씬 풍겼다. 익숙하고도 비밀스러운 냄새였다.

"저기요? 혹시 누구 있어요?"

다라가 괜스레 중얼거렸다.

대답은 없었다. 문이 바람에 삐거덕거리는 소리만 들렸다. 다라는 몇 걸음 더 들어갔다. 숨을 죽인 채 귀를 기울였다.

그 순간 다라는 얼어붙고 말았다.

창고 안쪽에서 누군가 숨 쉬는 소리가 들렸다.

"거기 누구 있나요?"

다라가 간신히 입을 열었다.

24. 소년

나나는 고개를 갸우뚱했다. 나무 헛간 입구에서 달빛 아래 서 있는 소년을 바라보며 숨을 죽였다. 몸을 수그린 채 창을 얼굴 앞으로 들었다.

소년의 머리카락은 스라소니 털처럼 짧았다! 나나보다 키는 작아 보였지만 어둠 속에 얼핏 보이는 가슴은 훨씬 불룩했다. 이해가 안 될 정도로 두껍고 단단해 보였다. 가슴팍에는 가느다란 뱀 같은 것이 달랑거렸다. 나나는 모래 언덕에 난 사슴 가죽옷 발자국을 떠올리며 소년의 발을 힐끔 보았다. 사슴 가죽 발! 소년의 발은 사슴 가죽옷으로 감싸여 있었다.

이 이상한 소년이 알아들을 수 없는 말을 지껄였다. 이번에는 더욱 크게 외쳤다.

"어이 우우 이아요?"

무슨 말인지는 몰라도 나나는 한번 따라해 보았다. 갑자기 나나는 조각난 바위 파편들이 다시 하나가 되는 것처럼 이 상황이 이해되기 시작했다.

저 이상한 소년은 머나먼 얼음 나라에서 온 침입자다! 대평원을 사라지게 만든 게 저 소년이다! 래스린 산을 래스린 섬으로 바꾼 게 저 소년이다! 나나는 몸이 부르르 떨렸다. 한 손으로는 안전을 비는 원을 그리고 한 손으로는 창을 꼭 쥐었다. 침입자는 강력한 영혼은 지녔어도 다행히 어두움 속에서도 볼 수 있는 눈은 없는 것 같았다. 소년은 나나를 발견하지 못했다. 지금까지는….

소년이 어두움 속으로 한 걸음 더 내디뎠다. 또 한 걸음. 나나는 점점 목이 탔다. 달아나야 했다. 하지만 어떻게?

소년은 점점 더 가까이 다가왔다. 그때 발이 무언가에 걸린 것 같았다. 소년은 소리를 지르며 쿵 소리와 함께 무릎을 꿇었다. 나나는 이 기회를 놓치지 않았다.

벌떡 일어나 번개처럼 빠르게 창고에서 뛰쳐나갔다. 쏟아지는 달빛에 눈이 부시고 머리가 아찔했다. 나나는 앞만 보고 달렸다. 더 멀리! 더 멀리! 맨발이 바닥에 닿으며 철벅거렸다. 물방울이 사방으로 튀고 발목에 찬기가 느껴졌다. 나나는 숨이 턱 막혔다.

바다였다. 바람이 머리카락을 헝클고 뺨을 거칠게 할퀴었다. 나나는 겁에 질린 채 숨을 헐떡이며 멈춰 섰다.

검푸른 파도의 새하얀 포말이 나나 앞으로 밀려왔다.

뒤로는 머나먼 얼음 나라에서 온 침입자가 달려오고 있었다. 소년이 알아들을 수 없는 말을 외치며 손을 흔들었다. 바다를 움직이고 산을 옮기고 하늘의 별을 떨어트린 무시무시한 말을.

나나는 두려움에 사로잡혀 소리를 질렀다. 거친 파도가 밀려오는 차가운 바다 속으로 그대로 달려갔다.

25. 소녀

다라의 눈이 휘둥그레졌다. 소녀를 향해 미친 듯이 손을 휘저었다.

"멈춰! 당장 멈춰!"

하지만 소녀는 들은 척도 하지 않았다. 보트 레일 아래 어두운 바다 속으로 휘청이며 달려 들어갔다.

"멈춰! 제발! 여긴 물살이 세서 수영도 못 해! 위험해!"

다라가 고래고래 소리를 질렀다.

소녀는 아랑곳하지 않았다. 어깨 너머를 휙 돌아보더니 더 빨리 물속으로 달려갔다. 물이 허리춤까지 왔다. 어깨에 두른 덮개 같은 외투가 검은 파도 속에서 빛났다. 도대체 뭘 어쩌려는 거지?

깊은 곳으로 들어갈수록 물결은 더욱 거세지고 예측할 수도 없었다. 아빠는 부표를 벗어나면 배에 타고 있어도 위험할 수 있다고 거듭거듭 일렀다. 다라는 온몸에 솜털이 곤두섰다. 머리가 새하얘졌다.

발을 동동 구르며 해변을 둘러보았지만 긴 해변은 텅 비어 적막할 뿐이었다. 부두까지 가기에는 시간이 없었다. 다라는 정신없이 가방을 뒤져 휴대전화를 꺼냈다. 신호가 잡히지 않았다! 다시 가방에 전화기를 던져 넣고 방파제 쪽으로 달려갔다. 작은 나룻배 한 척이 어둠 속에 둥둥 떠 있었다.

소녀는 물보라를 사방으로 일으키며 개헤엄을 치고 있었다. 수영도 제대로 배우지 않은 것 같았다.

"돌아와!"

다라가 외쳤다. 다라의 목소리는 바람 소리에 힘없이 묻히고 말았다.

소녀는 점점 더 깊이 들어갔다. 부표로부터도 멀어졌다.

시커먼 파도가 몸을 부풀리며 소녀 앞으로 밀려왔다. 소녀를 집어삼킬 것만 같았다. 다라는 더는 눈을 뜨고 볼 수 없었다. 그렇다고 눈을 감을 수도 없었다.

파도 위로 소녀가 높이 솟구쳤다. 파도 꼭대기까지 올랐다가 사라져 버렸다. 파도도 부서졌다. 다라는 숨이 턱 막혔다.

소녀는 어디에 있지?

하얀 포말과 물보라가 차츰 가라앉았다. 소녀의 검은 머리가 물 위에 둥둥 떠 있는 게 보였다.

"다시 이쪽으로 헤엄쳐서 돌아와! 제발! 지금 당장 물에서 나와!"

다라가 소리쳤다.

이대로 가다간 또 다른 파도가 밀려와 물속으로 소녀를 데려갈 것이다. 행운이 한 번 더 있으리라는 보장이 없었다.

그때 파도와 물거품 속에 또 다른 어두운 형체가 보였다. 바다표범처럼 생긴 무언가가 해안가로 헤엄쳐오고 있었다.

보트 레일 가까이까지 다가왔을 때 다라는 그것이 바다표범이 아니라는 것을 깨달았다. 개였다. 다라는 침을 꿀꺽 삼켰다. 보트창고 창문으로 본 모래 언덕 꼭대기에 서 있던 개 같았다.

개는 보트 레일 위로 달려왔다. 물속에서 나오는 바람에 털이 몸에 달라붙어 마치 고슴도치의 가시 같았다. 다라는 천천히 뒷걸음질 쳤다. 발톱이 단단한 바닥에 탁탁 부딪치는 소리가 들렸다.

개가 뭔가를 다라의 발쪽으로 쿵 떨어뜨렸다. 개는 불꽃처럼 노란 눈을 이글거리며 다라를 보았다. 다라가 몸을 굽혀 그것을 주웠다. 놀랍게도 야생 토끼 조각상이었다. 다라는 놀란 얼굴로 조각상을 가만히 내려다보았다. 분명 가방에 넣은 것 같았는데….

"이게 어떻게…. 네가 어떻게 이걸…."

다라는 눈을 동그랗게 뜬 채로 거대한 개를 향해 고개를 저었다.

하지만 다라가 말을 다 마치기 전에 개는 다라의 후드 티셔츠 밑단을 꽉 물고 끌어당겼다.

"이거 놔!"

다라는 황동 토끼를 주머니에 아무렇게나 쑤셔 넣고 티셔츠를 반대로 잡아당겼다. 개의 이빨은 다라가 본 어떤 개보다도 크고 날카로웠다. 송곳니는 진짜 송곳 같았다. 다라는 겁에 질려 뒤로 물러났다. 하지만 개는 티셔츠를 계속 물고 늘어졌다.

실랑이 끝에 개가 티셔츠를 놓았다. 그러고는 거대한 입을 벌려 큰 소리로 울부짖었다. 낮고 음침하며 야성적이었다. 다라는 뒷골이 오싹해졌다. 오후에 해안가에서 들은 소리였다.

녀석은 개가 아니었다. 늑대였다.

다라의 상상이 아니었다. 바로 눈앞에 있는 이 늑대는 실제였다. 축축한 털 냄새를 풍기고 뜨거운 숨을 내뿜었다. 진짜 늑대가 여기서 도대체 뭘 하는 거지?

늑대는 뱃속 깊은 곳에서 나오는 소리로 울부짖었다. 그러고는 다라를 빤히 보았다. 황금빛 눈동자가 슬픔에 젖어 있었다. 다라는 마치 이야기 처럼 눈빛을 읽을 수 있었다. 늑대는 소녀를 구해달라고 말하고 있었다. 소녀가 물에 빠져 죽지 않게 도와달라고 말하고 있었다.

26. 검은 바다

나나의 머리가 물속에 잠겼다.

나나는 소리를 지르며 버둥거렸다.

몸부림치고 허우적거리고 소리치며 울부짖었다.

늦대 소리?

친친?

나나의 얼굴이 수면 위로 솟아올랐다

헉헉

숨이 안 쉬어졌다

공기가 모자랐다

성난 파도는 곰보다 시커멓고 산처럼 높았다

어떻게?

헉헉

그저 물인데 어떻게 이렇게 힘이 세지?

116

파도가 커졌다, 밀려왔다, 더 높아졌다

…쾅

…나나는 빙글빙글 돌았다

…아래로 내려갔다

…아래로

…아래로

…어둠 속으로

…아래로

…더 깊이

…아래로

…<u>고요한 곳으로</u>…

빛을 비춰, 하비의 목소리가 들렸다

못 하겠어, 어둠 속에서 나나가 말했다

나나는 숨을 내쉬었다

마지막 숨,

공기방울

달빛,

검은 물결 위로…

떠올랐다…

위로…

위로…

그리고 사라졌다…

27. 피그린 호

이건 '좋지 않은' 생각 정도가 아니었다. 끔찍한 생각이었다. 다라는 배를 묶어둔 밧줄 고리에서 수초와 진흙이 범벅이 된 밧줄을 풀 때 이미 알고 있었다. 배를 물에 띄우는 법도 노를 젓는 법도 배를 모는 법도 몰랐다. 하지만 끔찍한 생각이든 아니든 이건 다라의 생각이었다. 그리고 시간이 없었다. 당장 나서지 않으면 바다가 소녀를 삼킬 것이다. 그거야말로 끔찍한 일이었다.

밧줄에서 넘실거리는 파도가 배를 끌어당기는 힘이 느껴졌다. 낡은 배의 옆구리에 흐릿하게 글자가 적혀 있었다.

"피그린 호!"

다라가 소리 내어 읽었다. 학교에서 암송했던 시 '올빼미와 고양이'가 탄 배도 초록색 피그린 호였다.

하지만 더 생각할 겨를은 없었다. '피그린'이 배 이름으로 잘 어울리겠거니 생각했다.

밧줄을 고리 모양으로 헐겁게 묶어 걸쳐두고 사다리를 내려가 배에 한

발 내디뎠다. 다라의 무게 때문에 뱃머리가 들렸다. 겁먹은 다라는 꼼짝 않고 서서 침을 꼴깍 삼켰다. 조심조심 배 중간의 노 젓는 자리까지 갔다. 배가 다시 균형을 잡았다.

노를 노걸이에 고정하는데 사다리 위에서 늑대의 시선이 느껴졌다. 고개를 들어 환하게 빛나는 황금빛 눈동자와 눈을 맞췄다.

"행운을 빌어줘."

다라는 늑대에게 말했다. 그러고는 밧줄을 잡아당겼다. 밧줄이 배 바닥에 철퍼덕 떨어졌다. 배는 거의 즉시 움직이기 시작했다. 안전한 해안에서 거친 바다로 서서히 나아갔다. 소녀가 있는 곳으로….

잠깐. 소녀는 어디에 있지?

다라가 목을 길게 빼고 어두운 바다의 물결 위에서 소녀를 찾았다. 아무것도 보이지 않았다. 이미 늦은 걸까?

갑자기 쪼개진 통나무 하나가 배에 밀려와 부딪혔다. 배가 휘청거리며 한쪽이 낮게 기울었다. 다라는 소리를 지르며 배 바닥을 향해 몸을 날렸다. 뭐랑 부딪친 거지? 다라는 멍하게 주위를 두리번거렸다. 그때 늑대와 눈이 마주쳤다.

"아니…. 어떻게…."

다라는 자리에 엉거주춤 앉으며 말을 더듬었다.

"방파제에서 뛰어내렸어?"

늑대는 그저 눈만 깜빡거리며 낑낑거렸다. 다라는 늑대의 말을 알 것 같았다. 서둘러! 소녀를 찾아!

다라는 소녀를 마지막으로 본 위치 즈음에 시선을 고정했다. 그러고는 노를 잡고 끌어당겼다. 아빠와 찰리가 작은 배를 타고 낚시를 하러 나갔을 때 노 젓는 걸 본 기억을 떠올렸다. 몸을 앞으로 숙이면서 노를 들어 올렸다. 몸을 뒤로 가누며 노를 잡아당겼다.

배가 물살을 가르며 앞으로 나아갔다. 다라가 노를 저었다! 바닷물이 뺨에 마구 튀고 팔이 흠뻑 젖었다. 바람이 머리칼을 헝클었다. 늑대는 코를 바다 쪽으로 내민 채 다라 앞에 앉아 있었다. 뱃머리에 장식된 송곳니 난 털북숭이 조각상 같았다. 다라는 노를 저어 래스린 해협을 건너고 있었다. 언제나 꿈꾸던 바로 그 일이었다. 다라는 몸을 들썩이며 힘껏 노를 저었다.

해안에서 멀어질수록 바다가 점점 거칠어졌다. 작은 배는 파도 위로, 위로, 위로 올라갔다가 갑자기 아래로 푹 꺼졌다. 다라는 속이 울렁거렸다. 배는 금세 또 다른 파도 위로 올라탔다. 꼭대기에 올랐을 때 눈에 불을 켜고 소녀를 찾았다. 하지만 소녀는 흔적조차 보이지 않았다. 눈에 보이는 것은 오직 바닷물뿐이었다. 오싹한 어둠뿐이었다. 늑대도 애절하게 낑낑거리며 물 위를 살폈다. 하지만… 아무것도… 보이지 않았다.

잠깐, 저게 뭐지? 저 멀리 무언가가 둥둥 떠 있었다.

그때 배가 파도 꼭대기에서 뚝 떨어졌다. 뱃머리가 소용돌이치는 물속으로 기울었다. 늑대는 풀쩍 뛰어 허우적거리듯 발톱으로 배 바닥을 마구 긁으며 매달렸다. 다라도 배 난간을 움켜쥐고 발뒤꿈치로 겨우 몸을 지탱했다. 배는 다시 균형을 잡았다. 하지만 배 안으로 들어온 물이 발 위로 찰랑거렸다.

시간이 없었다. 다라는 눈을 부릅뜨고 잠시 스치듯 본 어렴풋한 형체를 찾았다.

"어디 있니? 어디 있어?"

철썩거리는 파도와 아우성치는 바람 사이로 다라가 목청을 높여 외쳤다.

하지만 대답은 없었다.

그때 다시 바다 위에 흐릿한 무언가가 보였다. 늑대가 울부짖었다. 다라는 노를 들어 올렸다. 점점 가까이 다가갔다. 가까이 더 가까이. 마침내 바로 옆까지 갔다.

소녀가 아니었다.

소녀가 어깨에 둘렀던 가죽 망토였다. 검은 물결 위로 망토만 덩그러니 떠 있었다.

28. 펄쩍

"안 돼. 안 돼. 안 돼."

다라는 망토를 건지려고 배 밖으로 팔을 뻗었다. 하지만 다라의 손이 닿기 전에 파도가 먼저 낚아채 물 아래로 숨겼다. 다라는 제자리로 돌아왔다. 팔이 덜덜 떨렸다.

뺨과 눈에 튄 물방울을 닦았다. 늑대의 앞다리도 심하게 떨리고 있었다.

어디선지 모르게 거대하고 검푸른 파도가 밀려와 배의 옆구리를 쳤다. 물이 배 안으로 밀려들었다. 피그린 호는 양옆으로 요동쳤다. 다라는 의자를 꼭 잡았다. 그 순간 또 다른 파도가 괴물처럼 몸집을 불렸다. 파도가 밀어닥치기 전에 뱃머리를 돌려야 했다. 다라는 있는 힘을 다해 노를 저었다. 배가 조금씩 돌아가기 시작했다. 그때 늑대가 갑자기 울부짖었다.

"괜찮아. 걱정 마. 나도 파도를 봤어. 배를 돌리고 있어. 지금 돌리고 있어."

다라가 숨을 헐떡이며 말했다.

늑대는 더욱 맹렬하게 울부짖었다. 다라의 티셔츠를 물고 늘어졌다.

"왜 그래?"

다라가 티셔츠를 잡아 빼려는 순간 늑대와 눈이 마주쳤다. 갑자기 머리를 번뜩 스치는 게 있었다.

"뭐야? 소녀가 보여? 어디⋯."

두 번째 거대한 파도가 피그린 호를 들이받았다. 배가 빙글빙글 돌았다. 다라는 비명을 지르며 바닥에 대자로 엎어졌다. 하지만 손에서 노를 놓지 않았다. 다시 고개를 들었다.

늑대는 앞다리를 배의 난간에 얹고 궁둥이를 뒤로 쭉 뺐다. 당장이라도 물에 뛰어들려는 기세로⋯.

"안 돼!"

다라가 소리쳤다.

늑대는 고개를 돌려 다라를 흘깃 보더니 무언가를 결심한 듯 날카롭게 짖었다. 그러고는 난간 위로 높이 뛰어올랐다. 어두운 하늘에 잿빛 흔적이 호를 그리며 휙 지나갔다.

다라는 첨벙 소리에 허겁지겁 난간으로 달려갔다. 난간을 잡고 사납게 넘실거리는 바다를 뚫어져라 보았다. 늑대의 하얀 꼬리털이 희뿌연 물거품 아래로 사라졌다.

다라는 속이 메스꺼웠다.

"안 돼! 안 돼! 안 돼! 이 멍청한 늑대! 멍청한 소녀!"

눈물이 나서 숨을 제대로 쉴 수 없었다. 딸꾹질이 나왔다. 갑자기 누군가 가슴을 쥐어짜는 것 같았다.

"이 멍청한 심장! 멍청해! 멍청해! 멍청해!"

다라는 쭈그리고 앉아 황급히 가방을 벗었다. 산소 호흡기를 꺼내 숨을 크게 들이마셨다. 잠깐 숨이 쉬어졌다.

그때 또 다른 파도가 배에 쾅 하고 부딪치며 배를 빙글빙글 돌렸다. 급히 가방을 메고 노를 움켜잡았다. 희망을 가지고 동시에 아무 희망도 없이 물속을 유심히 보았다. 보이는 것은 없었다. 아무것도. 소녀는 너무 오랫동안 보이지 않았다. 이제는 늑대마저도 물속으로 사라졌다. 다라는 완전히 혼자였다.

다시 노를 잡아당겼다. 어느 방향으로 가야 할지 알 수 없었다. 해안으로 향하는지 먼바다로 향하는지 모르는 채로 노를 저었다. 무엇이든 해야 했다. 어디로든 가야 했다. 눈물 어린 눈으로 하늘에서 춤을 추는 별들을 간절히 바라보았다. 그때 피그린 호가 기울고 있다는 걸 느꼈다. 멀지 않은 곳에서 바다가 크게 한숨을 들이쉬는 소리가 들렸다. 고개를 돌렸을 때 점점 더 높아지는 물결이 보였다. 다라는 키보다 훨씬 크고 거대한 파도 앞에서 겁에 질린 채 눈만 끔뻑였다.

파도가 귓전을 때리며 부서졌다. 다라는 비명을 질렀다.

29. 아래

바다 아래서

    어두운 고요 속에서

        나나는 영혼의 잠이

            끌어당기는 것을 느꼈다

                평화롭고 편안하고 깜깜한 곳으로

빛을 비춰!
빛을 비추면 내가 널 찾을게!

하비!
하비를 찾으려고 여기까지 왔다
하비!
이대로 포기할 수 없었다
하비!

계속 찾아야 했다

나나는 눈을 깜빡거렸다
희미한 빛이 머리 위 어두운 물 사이로 비쳤다
빛이끼?
그거면 될까?
나나는 마지막 남은 힘으로
힘없이 발을 굴렀다
빛을 향해
아주 조금
올라갔다
　　그래도 시커먼 물은
　　　　시커먼 물일 뿐이었다
　　　　　물은 빙빙 돌며
　　　　　　나나를 세게 감싸
　　　　　　끌어내렸다
　　　　　　하비?
　　　　　　나나는…
　　　　　　하비?
　　　　　포기할 수 없었다…
　　　　　하비?
　　　　하지만 나나는…

남은 힘이 없었다

이제는…

무언가가 나나를 움켜쥐었다

끌어당겼다

나나의 사슴 가죽옷을 당겼다

　　　위로…

　　　　　　위로…

　　　　　　　위로…

바람이 소용돌이 치고 별빛과 달빛이 내려앉은 물 위로…

나나는 가슴이 따가워서 피가 날 것 같았다. 숨이 넘어갈 듯 헐떡이며 기침했다. 머리가 핑 도는 중에 잿빛 털과 호박색 눈동자가 보였다.

"친친!"

나나는 숨이 턱 막혔다.

친친이 배 속 깊은 곳에서부터 의기양양하게 울부짖었다.

나나는 기침을 토해내며 친친에게 매달렸다. 친친은 나나의 옷을 이빨로 꽉 물고 물결을 헤쳐나갔다.

30. 배

나룻배를 본 나나의 심장이 뛰기 시작했다.

"하비? 하비야? 하비를 찾았어?"

나나가 친친을 놓고 후들거리는 팔을 뻗어 배를 잡았다. 배에 매달려 온 몸이 떨리도록 물을 토해냈다.

누군가 나나의 손목을 잡았다. 고개를 드니 소년의 얼굴이 보였다. 이상한 소년. 머나먼 얼음 나라에서 온 침입자. 안 돼! 나나는 손목을 빼려고 몸부림쳤다.

소년은 나나의 손목을 더 세게 움켜쥐었다. 소년의 힘에 맞서기에는 나나의 몸이 너무 약해져 있었다. 소년은 나나를 배 위로 끌어올렸다. 나나가 힘겹게 다리를 버둥거렸다. 무언가가 뒤에서 나나를 밀어주었다. 나나는 엎어진 채 미끄러지듯 배 안으로 들어갔다. 낚시 바늘에 걸린 연어처럼 속수무책이었다. 다른 점이 있다면 펄떡거리지 않는다는 점이었다. 나나는 배 바닥에 엎드려 기진맥진한 채 기침을 하며 물을 뱉어냈다.

소년이 중얼거렸다. 하지만 나나는 알아들을 수 없었다.

손목에 소년이 남긴 온기가 느껴졌다. 나나는 옆으로 누워 소년의 얼굴을 보았다. 눈빛이 사악하지 않았다. 잠시 나나는 두려움을 잊었다. 소년이 가방에서 이상한 옷을 꺼내 덮어주었다. 낙엽처럼 부스럭거렸다. 나나는 이 침입자가 친친이 자신을 구하도록 도왔을 거라고 어렴풋이 짐작했다.

나나는 천천히 몸을 일으켜 무릎을 감싸고 앉았다. 여전히 몸이 떨렸다. 팔을 문지르며 소년이 준 옷을 더 단단히 여몄다. 소년이 다정한 목소리로 말을 건넸다. 나나는 고개를 저었다. 머나먼 얼음 나라의 말은 나나에게 새의 노래나 곰의 소리와 비슷했다. 말의 의미를 전혀 알아들을 수 없었다.

소년이 자신의 가슴을 두드렸다. 그러고는 짧게 무언가를 말했다. 말하고 말하고 또 말했다. 나나는 눈을 가늘게 뜨고 귀를 기울였다.

나나가 소년을 가리켰다. 소금기가 말라붙은 입술을 달싹이며 소년의 말을 따라했다.

"다라머룸."

나나의 목소리에서는 여전히 쇳소리가 났다.

그때 나나는 귓속 깊숙한 곳이 뻥 뚫리는 느낌이 들었다. 높은 산에 올라갔을 때 먹먹하던 귀가 시원해지는 것 같았다.

"너는? 네 이름은 뭐야?"

안개가 걷히는 것처럼 소년의 말이 이해되었다. 나나는 떨리는 손을 빠르게 뛰는 가슴에 올리고 이름을 말해주었다.

소년이 미간을 좁히며 고개를 갸웃거렸다. 나나는 한 번 더 말해주었다.

31. 이름

"나방… 아이?"

다라가 머뭇거리며 되물었다. 그때 다라의 귀가 뻥 뚫렸다. 비행기를 탔을 때 귓속이 먹먹하다가 어느 순간 선명해지는 것처럼.

"나방 아이?"

다라는 다시 한번 물었다.

나나가 흠뻑 젖은 채로 배 바닥에 쭈그리고 앉아 희미하게 웃었다.

"나방 아이 나나!"

나나는 쉰 목소리로 외치며 가슴을 두드렸다.

"다라머룸!"

이번에는 다라를 가리키며 외쳤다.

"다라머룸!"

다라도 웃으면서 가슴을 두드렸다. 나나처럼 이름을 외치니 왠지 다른 사람이 된 것 같았다. 강하고 용감한 전사가 된 느낌이었다.

"다라머룸."

나나가 배를 두리번거리며 다라를 불렀다.

"내 늑대 어딨어?"

나나의 목소리가 작아졌다.

다라는 배의 난간 너머 시커먼 물결을 바라보았다. 늑대!

달빛이 일렁이는 바다를 유심히 살펴봤지만, 늑대는 보이지 않았다. 다라는 속이 메스꺼웠다. 반대편 바다도 살폈다. 몸이 움츠러들며 소름이 끼쳤다. 안 돼! 이럴 수는 없었다. 개는 헤엄을 칠 줄 알았다. 심지어 어떤 개는 발가락 사이에 물갈퀴도 있다고 했다. 분명 어디선가 읽었다. 늑대도 비슷하지 않을까?

다라는 눈을 가늘게 뜨고 방파제 쪽을 바라보았다. 어쩌면 늑대가 정말 헤엄쳐 갔을 수도 있으니까.

하지만 달빛이 내려앉은 오래된 보트창고만 보였다. 바닷새 한 무리가 보트 레일에 앉아 있었다. 까만 철제 레일 위를 하얀 새 떼가 덮고 있어 마치 하얗게 눈이 내린 것처럼 보였다. 늑대가 해안까지 헤엄쳐 갔다면 새들이 평온하게 앉아 있을 리 없었다.

갑자기 피그린 호가 흔들렸다. 나나는 넘어지지 않으려고 몸에 힘을 주었다. 바다를 두리번거리던 얼굴이 새하얗게 질렸다. 눈동자가 초점을 잃은 채 떨렸다.

"내 늑대 어디 있어?"

나나가 다시 말했다. 목소리에 힘이 하나도 없었다. 다라는 무슨 말을 해야 할지 입이 떨어지지 않았다.

"어쩌면 늑대가 그리로 간 것 같아…."

다라가 얼버무렸다.

"그리로? 어디로?"

"음…."

다라는 나나와 눈이 마주쳤다. 나나의 눈이 어둡고 슬퍼보였다.

"음…. 그러니까…."

다라가 어색하게 자세를 고쳐 앉았다. 해협 건너 래스린 섬의 어두운 윤곽선이 눈에 들어왔다.

"저 섬에…. 어쩌면…."

다라는 머뭇거리며 바다 너머를 가리켰다. 그 순간 마음속에 황금 야생 토끼가 바다를 건너는 말도 안 되는 모습이 떠올랐다. 늑대가 헤엄을 치는 모습도. 배가 없이도 출렁이는 물결에 몸을 싣고 바다를 건너는 무언가가 보였다. 물론 나나에게 거짓말을 했다는 것은 알고 있었다.

"늑대가?"

나나가 게슴츠레한 눈으로 검은 래스린 섬을 바라보았다.

다라는 나나를 똑바로 보았다. 나나는 실제였다. 다라가 꿈을 꾸는 게 아니었다. 공상을 하는 것도 아니었다. 그것만은 분명했다. 하지만 나나에 관한 것은 아무것도 말이 되지 않았다. 동물 가죽옷과 말하는 방식, 나방 아이 나나라는 이름까지. 무슨 그런 이름이 다 있지? 어쩌면 부모님이 세상과 동떨어져서 사는 부류인 걸까?

"친친! 어디 있어, 친친? 어디 있어?"

나나가 외쳤다. 목소리의 반은 바람과 파도 소리에 먹혔다.

"늑대 이름이… 친친이야?"

나나가 고개를 끄덕였다. 눈에 눈물이 고여 있었다.
"내 친구 친친!"
나나가 다시 갈라진 목소리를 높였다.

32. 친친?

"친친! 친친!"

나나는 목이 터져라 늑대의 이름을 외쳤다.

늑대는 어디에 있는 걸까? 나나의 친한 친구 늑대.

캄캄한 바다를 정신없이 살피는 나나의 눈에서 눈물이 줄줄 흘러내렸다. 목소리에 점점 기운이 빠졌다. 바다는 너무 넓고 어두웠다. 친친이 지쳐서 힘을 잃으면 어떡하지….

"아니야!"

나나가 눈을 세게 비볐다. 아니. 친친은 용감하고 강인한 늑대다. 친친은 나나의 늑대다. 바다가 집어삼키도록 순순히 몸을 내어주지 않을 것이다.

나나는 검은 물결 너머 어슴푸레하게 보이는 섬을 바라보았다. 아빠의 이야기가 떠올라 오싹했다. 래스린 산은 가서는 안 되는 곳이었다. 하지만 친친은 떠도는 유령을 두려워하지 않았다. 늑대와 유령은 같은 샘에서 나오는 물을 마셨다. 서로를 해치지 않았다. 소년의 말을 믿어도 될까?

배는 시커먼 물결 위를 오르내렸다. 나나가 몸을 곧추세웠다. 소년이 준 옷이 바람에 시끄럽게 펄럭거렸다. 나나는 외로웠다. 아빠도 하비도 친친도 없었다. 심지어 들쥐 소년의 창과 두더지가 짜준 토끼 가죽 망토도 파도 속에서 잃어버렸다. 나나에게 남은 것은 작고 겁에 질린 자신뿐이었다. 나나는 눈을 가늘게 뜨고 머나먼 얼음 나라에서 온 이상한 소년을 보았다. 소년도 나나를 보았다. 소년은 나나의 부족이 아니었다. 같은 부족이 아니면 누구도 온전히 믿을 수 없었다.

나나는 소금기가 가득 밴 공기를 들이마시며 마음을 가라앉혔다. 어쨌든 친친이 저 미지의 섬에 있다면 떠도는 영혼이 있든 없든 나나도 가야 했다. 친친을 데리고 함께 하비를 찾아 집으로 돌아가야 했다. 나나는 고개를 굳게 끄덕였다. 그래! 친친은 나나를 영혼의 잠에서 세 번이나 구했다. 이제 나나가 친친을 구할 차례였다.

"우리 래스린 섬으로 간다!"

나나가 다라에게 말했다.

"뭐? 우리가 뭘 한다고?"

다라는 눈을 달처럼 휘둥그레 떴다.

"우리 친친 찾으러 간다! 노 줘!"

나나가 성마르게 팔을 뻗어 섬을 가리켰다. 그리고는 다라 손에 들린 노를 잡았다.

파도가 배 옆구리로 밀어닥쳤다. 나나와 다라는 균형을 잃고 흔들렸다. 다라가 노를 세게 움켜쥐었다.

"음…. 안 돼. 우린 일단 배를 돌려서 해안으로 가야 해. 너는 거의 물에 빠져 죽을 뻔했어. 지금도 온몸이 젖었고. 병원부터 가야 해."

나나가 황당한 표정으로 다라를 바라보았다.

"돌아가야 한다고."

다라는 천천히 다시 한번 말했다.

갑자기 나나가 눈빛을 이글거렸다.

"네가 내 늑대 섬에 있다고 했다, 다라머룸! 나는 안 돌아간다!"

나나가 콧방귀를 뀌며 자리에서 벌떡 일어났다 앉았다. 배가 양옆으로 요동쳤다.

"야! 뭐 하는 거야? 그만해! 물에 빠지겠어!"

다라가 소리쳤다.

"노 내놔!"

나나도 맞받아쳤다.

"싫어!"

갑자기 나나가 다라에게 달려들었다. 배가 한쪽으로 기울면서 물이 배 안으로 들이쳤다. 둘은 비명을 질렀다.

"나나! 당장 멈춰! 그만해! 우린 돌아가야 해. 너무 위험하다고. 네가 슬퍼할까봐 늑대가 저 섬에 있다고 말한 것뿐이야. 아무도 래스린 해협을 헤엄쳐서 건널 순 없어. 그건 불가능해. 잘 들어, 나나. 미안하지만 내가 거짓말했어. 친친은 저 섬에 있지 않아. 있을 수 없는 일이야. 네 늑대는… 친친은…."

다라가 숨도 쉬지 않고 말했다.

"아니야!"

나나는 소리를 지르며 다시 다라에게 달려들었다.

다라가 몸을 옆으로 피하다 의자에서 쿵 떨어졌다. 배가 한쪽으로 심하게 기울었다. 다라는 소리를 질렀다. 나나가 노를 붙잡고 잡아당겼다. 다라도 질세라 반대편을 잡아당겼다. 뱃머리가 들렸다. 파도에 부딪히며 배가 빙글 돌았다. 물보라가 나나의 얼굴을 정면으로 때렸다. 나나는 다시 기침을 하기 시작했다. 그러는 중에도 노를 놓지 않았다. 나나와 다라는 숨을 헐떡이며 노의 양끝을 잡고 이글거리는 눈빛으로 서로를 노려보았다.

"우리. 래스린 섬. 간다."

나나가 목소리를 낮게 깔고 한 치의 흔들림도 없이 말했다.

"그건. 좋은. 생각이. 아니야."

다라도 천천히 맞받아쳤다. 그러고는 갑자기 웃기 시작했다. 나나의 눈이 휘둥그레졌다.

"웃어?"

나나의 얼굴이 일그러졌다.

33. 스와드

다라는 웃고 또 웃었다. 하지만 소리만 요란할 뿐 눈은 웃지 않았다.

"왜 웃어?"

나나가 얼굴을 찌푸리며 다시 물었다.

"방금 뭔가를 깨달았거든. 내가 얼마나 어처구니없는 생각을 했는지."

다라가 고개를 절레절레 흔들었다.

"평생 내 소원은 래스린 섬에 가는 거였어. 혼자 노를 저어서. 지금 내가 여기에 있어. 래스린 해협에서 노를 젓고 있어."

다라는 숨이 차서 쌕쌕거리며 말을 이었다.

"그런데 이건 내가 상상했던 게 아냐. 이런 상황은 전혀 예상하지 못했어. 이건 용감한 것도 대담한 것도 아니야. 이건 어리석은 거야. 불가능한 일이야. 그리고…."

어느새 다라의 눈에 눈물이 차오르고 있었다. 다라는 힘겹게 숨을 들이쉬었다.

"너무 위험해. 또…."

그때 커다란 파도가 피그린 호의 옆을 쾅 소리가 나게 들이받았다. 나나
와 다라는 균형을 잃었다. 다라는 나나가 노를 놓친 것을 느꼈다.

다라가 엉거주춤 자리에 앉았다. 사방은 더욱 어두워져 있었다.

"이런, 말도 안 돼."

다라는 머리털이 쭈뼛 섰다. 둘이 다투는 동안에도 배는 계속 떠내려가
이제 마을의 불빛은 점으로 보이고 부두는 어둠 속으로 사라졌다. 둘은
이제 해협의 거의 한 가운데 있었다. 또다시 파도가 밀려와 배를 흔들었
다.

"지금 당장 부두로 돌아가야 해!"

다라가 소리를 질렀다. 이번에는 나나도 잠잠했다.

다라는 어둠 속에서 필사적으로 부표를 찾았다. 부표를 따라가면 부두
로 돌아갈 수 있었다. 마침내 멀리 떠 있는 부표 하나가 눈에 들어왔다. 다
라는 가슴이 요동쳤다. 부표는 거품처럼 희뿌옇고 작았다.

"저 부표 있는 데까지 노를 저어 가야 해. 나나, 좀 도와줘!"

다라는 입이 바짝 말라 숨을 헐떡였다.

이번에도 나나는 대답이 없었다. 다라가 나나를 흘깃 돌아보았다. 나나
는 배의 꼬리부분에서 다라의 빨간 비옷으로 어깨를 감싼 채 공처럼 웅크
리고 있었다. 모든 것을 단념한 듯했다.

"나나? 제발!"

다라의 목소리가 커졌다.

여전히 나나는 고개를 무릎에 파묻은 채 들은 척도 하지 않았다. 그때
한 가지 생각이 다라의 머리를 스쳤다. 어쩌면 나나는 울고 있는지도 모

른다. 가엾은 늑대가 죽었다는 사실을 깨달았는지도 모른다. 다라는 입술을 깨물었다. 나나의 모든 희망이 물거품이 되어버렸는지도 모른다.

"나나, 미안해."

다라가 나직이 말했다. 하지만 다라의 말은 종잇장처럼 힘없이 날아가버렸다.

나나는 아무 말도 하지 않았다. 다라가 침을 꿀꺽 삼켰다. 이제 모든 것은 다라에게 달려 있었다.

다라는 배의 난간을 잡고 바다를 유심히 보았다. 파도가 출렁이고 달빛에 하얗게 거품이 부서졌다. 눈을 가늘게 뜨고 래스린 섬을 바라보면 비슷하게 하얀 물거품이 일었다. 그런데 그 일대의 바다가 이상하게 고요했다. 물 위에 뜬 검은 기름띠 같은 게 보였다. 다라는 물속을 자세히 들여다보았다. 피부 아래 근육이 움직이듯 소용돌이치는 은빛 불길한 무늬가 어렴풋이 보였다. 소용돌이는 뭉쳤다가 흩어졌다.

"오, 안 돼. 안 돼. 안 돼!"

다라는 낮게 탄식했다. 전망대에서 래스린 해협을 바라볼 때면 아빠가 늘 하던 말이 떠올랐다.

"저 바다 한가운데로 해류가 지나가. 언뜻 봐서는 수영장처럼 잔잔해도 실제 수면 아래는 달라. 잘못하면 곧장 모이얼 해협까지 휩쓸려가지."

아빠는 해류의 이름도 알려주었다. 듣기만 해도 소름이 돋는 이름이었다.

"스와드."

다라가 낮게 읊조리며 몸서리쳤다.

다라는 서둘러 노를 노걸이에 끼웠다. 다시 노를 꼭 잡고 몸을 뒤로 젖히며 세게 당겼다. 피그린 호는 다라의 뜻대로 움직이지 않았다. 다시 한 번 노를 세게 당겼다. 마치 탁한 연못에서 노를 젓는 것 같았다.

"나나! 잘 들어, 나나. 지금부터 네 도움이 꼭 필요해. 이제 조류가 바뀔 거야. 우리가 힘을 합치지 않으면 해류에 휩쓸릴 거야."

나나는 대답하지 않았다.

"나나? 너 괜찮니?"

배가 파도 위를 출렁였다. 나나의 머리가 뒤로 휙 젖혀졌다. 눈은 감기고 입은 벌어져 있었다. 뺨 위로 핏물이 흘렀다. 다라는 숨이 턱 막혔다.

"나나!"

두려움이 다라를 휘감았다. 노를 내려두고 허겁지겁 나나에게 다가갔다. 나나 옆에 쭈그리고 앉아 초조하게 맥박이 뛰는지 살폈다. 심장은 여전히 엔진처럼 세차게 뛰고 있었다. 다라가 안도의 한숨을 내쉬는 순간 파도가 피그린 호를 옆에서 쳤다. 차디찬 바닷물에 둘의 얼굴이 흠뻑 젖었다. 나나가 눈을 번쩍 떴다.

"다라머룸! 우리 래스린 섬 간다!"

나나가 비몽사몽 외쳤다.

다라는 나나의 말도 안 되는 고집에 웃음이 나왔다. 하지만 지금은 웃을 겨를도 말씨름할 시간도 없었다. 배가 빙글 돌며 다라가 옆으로 휙 넘어졌다. 당장이라도 토할 것처럼 속이 울렁거렸다. 다라는 돌아가는 배의 난간을 간신히 붙잡고 물속을 들여다보았다.

바다는 꺼진 텔레비전처럼 까맣고 잔잔했다. 불길할 정도로 고요했다.

하지만 수면 아래에 몸부림치듯 서로를 끌어당겼다가 밀어내는 물살이 보였다.

스와드였다.

이제 부두로 돌아가기에는 늦었다. 늦어도 너무 늦었다. 다라는 소용돌이치는 물속 깊숙이 노를 담갔다. 그리고 힘을 다해 저었다. 둘은 래스린 섬으로 향했다.

34. 바다

배가 요동치며 빙글빙글 돌았다. 나나는 말문이 막혔다. 바다는 봄에 눈이 녹으면서 산 위에서 쏟아져 내리는 강물보다 빠르게 흘렀다. 이런 바다는 본 적이 없었다. 너무 광활하고 거칠고 위협적이었다.

다라는 이를 악문 채 노 두 개를 힘겹게 저었다. 뺨이 벌겋게 달아올랐다. 나나가 머리를 절레절레 흔들었다. 다라는 완전히 잘못 알고 있었다. 나나는 하비와 강에서 노를 저어본 적 있었다. 하비는 늘 이렇게 말했다.

"물과 싸우려하지 마. 물은 모든 싸움에서 이기니까."

하비의 목소리가 바람결에 들리는 것만 같았다. 잔잔히 흐르는 강을 비추던 햇살은 지금 이곳의 어두움과 너무 멀리 있었다.

다라가 아무리 열심히 노를 저어도 배는 여전히 제자리에서 빙빙 돌기만 했다. 거센 물살이 사방에서 배를 끌어당겼다. 메이와 올리가 급류에 띄운 나뭇잎 배 같았다. 어쩌면 친친도 바다가 이렇게 끌어당겼을 것이다. 나나는 섬을 바라보았다. 곧 저곳에서 친친과 다시 만날 것이다. 그럼 친친을 꽉 아주 꽉 끌어안을 것이다.

섬의 언덕 꼭대기에 올빼미 모양의 바위가 보였다. 하지만 재빨리 시야에서 사라졌다. 바다는 다시 산처럼 거대하고 오록스 떼처럼 강한 파도가 부서지는 방향으로 배를 잡아당겼다. 나나는 머릿속이 새하얘졌다.

나나가 머리의 상처를 어루만졌다. 작은 상처였다. 다시 용기를 내보려고 마음먹었지만, 하비와 친친이 없는 나나는 빈껍데기 같았다. 나나는 깊은 한숨을 내쉬었다. 소금물 때문에 여전히 속이 따끔거렸다. 눈물이 글썽거릴 때까지 기침을 하며 소금물을 뱉어냈다.

"괜찮아?"

다라가 노를 잠시 내려두고 걱정스러운 눈빛으로 나나를 보았다.

나나는 손으로 입을 닦으며 고개를 끄덕였다.

"괜찮아!"

나나는 다라의 말을 따라하며 외쳤다. 이상하게 그렇게 말하고 나니 어디선가 용기가 샘솟았다.

"괜찮아!"

나나가 한 번 더 말했다.

다라는 다시 노를 저었다. 여전히 배가 앞으로 나아가지 못했다. 나나는 머나먼 얼음 나라에서 온 소년을 이해할 수 없었다. 말도 이상하게 하고 옷도 이상하게 입었다. 대평원을 사라지게 하고 하늘에서 별이 굴러떨어지게 했다. 그때 다라의 쌕쌕거리는 숨소리가 들렸다. 아빠가 숨쉬기 힘든 병에 걸렸을 때 내던 소리였다. 나나는 입술을 깨물었다.

"너 괜찮아, 다라머룸?"

다라가 미처 대답할 새도 없이 강력한 힘이 배의 가운데를 쳤다. 다라와 나나는 소리를 질렀다.

"뭐지?"

다라가 큰 소리로 외쳤다.

나나는 배의 난간을 붙잡고 어두운 물속을 유심히 보았다.

"아무것도 안 보여."

나나는 머릿속으로 사악한 영혼을 떠올렸다.

무언가가 배를 또 한 번 쳤다. 이번에는 더 강했다. 나나는 입이 바짝 말랐다.

"다라머룸! 빨리! 우리 도망쳐야 한다!"

나나가 목소리를 높였다.

"나도 알아!"

다라는 계속 노를 저었다. 하지만 배는 섬 쪽으로 조금도 전진하지 못했다.

"저기 봐!"

나나가 배의 옆면을 가리켰다. 둘은 할 말을 잃었다. 화살을 맞은 것처럼 배에 가느다란 금이 나 있었다. 그 사이로 물이 스며들었다.

또다시 쿵 소리가 나더니 배가 흔들렸다. 이번에는 나나도 보았다. 사악한 영혼이 아니었다. 나무였다. 오래전 쓰러져서 가지가 새카맣게 변한 나무가 배처럼 소용돌이에 빨려 들어가 물속에서 배를 치고 있었다.

나무는 바위처럼 또다시 배를 쳤다. 다라는 앞으로 고꾸라졌다. 그 와중에도 노를 꼭 쥐고 있었다. 하지만 노가 하나만 보였다. 나머지 한 쪽은 바다 쪽으로 날아갔다.

나나가 몸을 날렸다. 스라소니처럼 빨랐다.

하지만 잡을 만큼 빠르지는 않았다.

노가 바다로 떨어졌다.

나나는 배 난간 위로 몸을 굽혔지만 바다는 호락호락하지 않았다. 나나의 손이 닿기 전에 파도가 먼저 낚아챘다. 바람이 노인처럼 쌕쌕거리며 웃었다.

"에이시."

나나가 욕을 내뱉었다. 다라와 함께 몇 번 더 팔을 뻗었지만 일렁이는 파도에 번번이 놓쳤다.

노가 파도를 따라 유유히 떠내려갔다. 잔인한 바다는 노를 파도 위로 높이 들었다가 아래로 패대기쳤다. 검은 나무둥치가 물 아래서 기다리고 있었다. 노가 반으로 우지끈 부러지는 소리가 들렸다. 나나는 등줄기가 서늘해졌다.

35. 노

"그래도 우리에게 노 하나는 있어."

다라가 말했다. 하지만 목소리는 떨리고 있었다. 다라는 하나 남은 노를 움켜쥐고 당겼다가 밀었다가 다시 당겼다. 노를 한쪽만 젓는 것은 작은 배를 해류의 소용돌이 속에서 더 빨리 돌게 할 뿐이었다.

"양쪽! 양쪽을 다 저어야 앞으로 간다!"

나나가 소리쳤다.

다라도 알았다. 텔레비전 도전 프로그램에서 노 하나로 카누를 젓는 사람을 본 적 있었다. 다라도 해보려고 했지만, 나룻배는 텔레비전 속 카누보다 훨씬 컸다. 배 한쪽에서 노를 들어 올려 머리 위에서 반대쪽으로 끙끙거리며 방향을 바꾸는 사이 배는 다시 뒤로 밀렸다.

"잘 안 되네."

다라가 가쁜 숨을 내쉬었다. 손을 가슴에 가져다 댔다.

"너도 잘 안 되는구나."

다라는 입술을 깨물며 심장을 향해 중얼거렸다. 핑크 알약의 힘이 떨어지고 있었다. 내일 아침까지는 약을 먹을 수도 없었다.

누군가 와서 구해줄 가능성도 없지는 않았다. 고깃배 한 척이라든가. 하지만 항구의 반짝이는 불빛은 이제 점보다 더 작아 보였다. 이렇게 멀리 온 적이 없었다. 래스린 섬도 멀어 보이긴 마찬가지였다. 다라는 더는 괜찮은 척할 수 없었다. 스와드 해류는 배를 계속 먼바다로 끌고 갔다. 단순히 먼바다가 아니었다. 래스린 섬 너머의 모이얼 해협이었다. 북해에서 가장 음산하고 물살이 빠르고 거센 바다였다. 《래스린 섬에서 진짜로 일어난 전설 이야기》에 따르면 저주를 받아 백조로 변한 아이들이 추방당한 바다였다. 현실에서도 톱날처럼 날카로운 암초로 악명이 높았다. 수세기 동안 수많은 배들을 깊은 바닷속에 영원히 잠들게 했다.

보트 옆에 난 금에서 계속 물이 스며들고 있었다. 이미 배 바닥에 고무장화가 찰박거리는 물웅덩이가 생겼다. 물이 새는 틈으로 다라의 희망도 새어나갔다. 다라는 마른침을 삼켰다. 한밤중 사나운 바다에서 물이 새는 배에 노가 하나뿐인 두 아이가 할 수 있는 일은 없었다. 다라의 심장 박동 속도는 점점 더 빨라졌다. 이만큼 '좋지 않은' 상황은 상상하기도 힘들 것이다. 다라는 도대체 무슨 생각을 한 걸까? 어쩌다 이런 일이 일어났을까? 다라는 나나와 눈이 마주쳤다. 이제 모든 게 끝났다.

하지만 나나의 눈빛은 달랐다.

"우리는 래스린 섬으로 간다!"

나나는 이를 악물었다. 다라가 미처 막을 틈도 없이 노를 낚아챘다.

"야!"

다라가 외쳤다.

나나는 들은 척도 하지 않고 자리에서 일어섰다. 어깨에 두른 비옷이 망토처럼 부풀었다. 나나는 흔들리는 배 가운데에서 노를 무기처럼 잡고 섰다.

"너 뭐 하는 거야? 앉아, 나나!"

다라가 소리를 질렀다.

배가 위태롭게 흔들렸다. 나나는 비틀거리다 난간 너머 바다로 고꾸라질 뻔했다. 둘은 동시에 비명을 질렀다. 물 아래 소용돌이가 배를 끌어당겼다. 이번에는 뒤로 자빠질 뻔했다.

"나나! 앉으라고! 그러다 너 바다에 빠져! 배가 뒤집힐 것 같아!"

나나가 말없이 다라를 흘끔 돌아보았다. 눈에서 불꽃이 타오르고 있었다. 나나가 완전히 미쳐버린 걸까?

다라는 나나의 맨발과 풀어헤친 머리와 동물 가죽으로 만든 옷을 보았다. 갑자기 뒤통수를 한 대 얻어맞은 것 같았다. 나나는 어둡고 낡은 보트창고에 숨어 있었다. 왜 그런 곳에 있었을까? 도대체 이 아이는 누구일까? 어쩌면 진짜로 미친 아이일까!

"앉아! 제발!"

다라는 간절하게 외쳤다. 한 손으로 의자를 붙잡고 다른 손으로 노를 와락 움켜쥐었다. 하지만 나나는 재빨리 노를 힘껏 치켜들었다.

배가 또다시 휘청거렸다. 다라는 아는 말 중에 가장 나쁜 말을 내뱉었다. 이 미친 소녀가 모든 것을 끝장내려는 것 같았다.

하지만 그때 나나가 다라를 노려보고는 노를 젓기 시작했다.

양쪽으로 휙휙.

다라는 입이 떡 벌어졌다. 나나는 마치… 전문가처럼 빨랐다. 웃음이 나올 지경이었다. 배 양쪽을 노 하나로 마구 휘젓는데 마치 평생 그 일만 해 온 사람 같았다. 올림픽에 나가도 될 것 같았다.

다라는 피그린 호가 조금씩 해류를 벗어나고 있다는 것을 느꼈다.

"네가 해냈어! 와우, 나나! 정말 대단해!"

다라가 믿을 수 없다는 듯이 활짝 웃었다. 장화를 벗고 양동이처럼 배 바닥의 물을 퍼냈다.

나나는 노를 젓고, 젓고, 또 저었다. 배는 이제 먼바다에서 래스린 섬 쪽으로 방향을 틀었다. 섬을 향해 가고 있었다.

"우리 곧 섬에 도착할 것 같아!"

하지만 나나는 대답이 없었다. 헐떡이는 소리만 들릴 뿐이었다. 나나가 아무리 대단한 힘을 가졌다고 해도 영원히 이렇게 노를 저을 수는 없었다. 어서 해류에서 벗어나야 했다. 문제는 해류가 어디서 시작해 어디서 끝나는지 모른다는 것이었다. 물밑 세계는 물 위에서 정확히 판단하기 어려웠다. 물고기만이 아는 세계였다.

그때 고작 십 미터 남짓 떨어진 곳에서 크고 시커먼 형체가 물 위로 튀어 올랐다. 공중에서 몸을 확 뒤집고는 진주 빛깔 물보라와 함께 물 아래로 사라졌다. 다라와 나나는 한 목소리로 헉 하고 짧은 숨을 내뱉었다. 거의 사람만 한 크기였다.

이번에는 조금 더 멀리 떨어진 곳에서 달빛 아래 그림자 곡예사처럼 두 형체가 함께 뛰어올랐다.

"돌고래야!"

다라는 눈이 휘둥그레졌다. 돌고래 떼였다!

불과 몇 미터 앞에서 또 다른 돌고래가 모습을 드러냈다. 이번에는 물 위로 뛰어오르지 않았다. 별빛이 흩뿌려진 수면 위를 빛나는 지느러미가 부드럽고 우아하게 헤치고 나갔다. 돌고래가 얼마나 가까이 있는지 다라는 말문이 막혔다.

그때 한 가지 기억이 떠올랐다.

"돌고래 길!"

돌고래는 해류의 오른편으로 가는 것을 좋아한다고 책에서 읽은 적 있었다. 거친 물결과 잔잔한 물결 사이의 경계에서 오른편을 택한다는 것이다.

"나나!"

다라가 외쳤다.

나나가 다라를 흘깃 보았다. 눈빛은 여전히 맹렬했지만 지친 기색이 역력했다. 노를 젓는 속도도 느려졌다. 나나는 다라가 가리키는 곳을 보았다. 시커먼 형체가 물 위로 솟아올라 호를 그리며 물속으로 다이빙했다. 물보라 속에 달빛이 환하게 부서졌다. 나나의 눈이 커졌다.

"큰 물고기!"

나나는 작은 탄성을 질렀다.

"저 돌고래를 따라가자!"

다라가 물을 더 빨리 퍼내며 소리쳤다.

36. 돌고래 떼

나나는 어두운 물속에 노를 깊이 담갔다. 돌고래 쪽으로 배를 돌리며 힘껏 노를 저었다. 팔이 떨어져 나갈 것만 같았다.

"그래! 바로 그거야! 멋지다!"

다라가 노란 장화로 정신없이 물을 퍼내며 활짝 웃었다.

하지만 나나는 노 하나로 배의 이쪽과 저쪽을 빙 돌려가며 젓는 일이 점점 버거웠다. 여전히 바다가 끌어당기는 힘도 만만치 않았다. 마치 힘이 센 괴물과 싸우는 것 같았다. 눈꺼풀이 떨리며 눈앞에 별이 보였다. 머리가 핑 돌며 앞으로 휘청거렸다. 더 이상은 힘들었다. 바다에 비하면 자신은 작은 돌멩이나 연약한 꽃잎처럼 느껴졌다. 팔에 힘이 들어가지 않았다. 물이 이겼다. 나나는 노를 저을 수 없었다.

"안 돼! 나나! 포기하면 안 돼! 제발!"

다라의 얼굴이 하얗게 질렸다.

하지만 나나의 팔은 축 늘어진 넝쿨 같았다. 숨을 내쉴 때마다 가슴이 타들어갔다. 잔인한 바다는 다시 한번 힘껏 배를 끌어당겼다.

"나나! 제발! 이제 거의 다 왔어! 우리는 할 수 있어!"

다라가 일어서서 나나 뒤에 섰다.

나나는 고개를 저었다. 배가 요동쳤다.

"그럼 알려줘. 너는 노 젓는 법을 알고 나는 노 저을 팔이 있어. 우리 함께 해보자. 돌고래 떼처럼 힘을 합쳐 보자. 제발!"

나나는 곁눈질로 돌고래 두 마리가 물 위로 함께 솟구치는 것을 보았다. 달빛 아래 푸른빛을 내며 마치 서로의 그림자처럼 움직였다.

"돌… 고래? 큰 물고기가 돌로 만든 고래야?"

나나는 고개를 갸웃거리며 다라의 말을 따라 했다. 세상에는 놀라운 것들이 많다고 느꼈다. 어쩌면 아빠나 오빠가 아는 것보다도 훨씬 많았다.

다라가 나나의 손을 잡았다.

"넌 할 수 있어!"

다라의 눈빛은 부싯돌처럼 단단했다. 하지만 딱딱하지는 않았다.

나나는 돌고래를 보았다. 그리고 다라와 함께 노를 잡고 높이 들었다.

노를 다시 물속에 날렵하고도 부드럽게 내리꽂았다. 다라가 몸을 뒤로 젖히며 노를 들어 올렸다. 다시 둘이 함께 노를 높이 들어 반대편으로 옮겼다.

배는 조금씩 돌고래 떼에 가까워졌다. 작은 별처럼 빛나는 눈을 볼 수 있을 정도로 가까이 다가갔다. 뻐끔 뻐끔 뻐끔 소리도 들을 수 있었다.

갑자기 돌고래 무리가 배를 둘러싸더니 배 아래로 미끄러지듯 들어갔다가 다시 물 위로 솟구쳐 올랐다. 별빛처럼 반짝이는 물보라를 맞으며 달빛 속으로 높이 뛰어올랐다. 나나는 메이와 올리가 이 광경을 본다면 얼마나 좋을까 상상했다. 돌로 만든 큰 물고기가 날개 없는 새처럼 하늘을 나는 걸 보고 두 아이는 손뼉을 치며 까르르 웃을 것이다.

다라와 나나는 계속 힘을 합쳐 노를 저었다. 다라의 팔에 힘이 빠질 때쯤 나나는 바다도 지쳤다는 것을 느꼈다. 더는 배가 빙빙 돌거나 휘청대지 않았다. 대신 작고 하얀 물결이 배를 부드럽게 흔들었다. 마치 아기를 품에 안고 어르는 것처럼. 나나와 다라는 가쁜 숨을 몰아쉬었다.

"우리 돌고래처럼 빼끔한다."

나나가 웃었다.

다라도 따라서 웃었다. 배 주위로 물결이 하얗게 부서졌다. 배는 파도를 타며 부드럽게 출렁거렸다.

"물이 언제나 이기는 거 아니다. 하비가 모든 것을 다 아는 것도 아니다."

나나가 말했다. 반은 자기에게 하는 말이었다.

"할비?"

다라가 고개를 갸웃거렸다.

"하비! 수사슴 하비!"

나나는 머리 위로 사슴뿔을 만들며 말을 이었다.

"하비, 내 오빠다. 우리는 늑대 찾는다. 그 다음 하비 찾는다."

"오빠가 어디 있는데? 하비가 어디 있어?"

"하비는⋯. 하비는⋯."

나나가 초점 없는 눈으로 주위를 둘러보았다.

"사라졌다."

나나는 고개를 떨구었다.

그때 배가 래스린 섬의 곶을 돌았다.

나나는 숨이 막혔다. 어두운 바다 위로 빛이 비쳤다. 햇살 같은 한 줄기의 빛이었다. 빛은 바다를 휙 훑고 사라졌다.

"빛을 비춰. 그러면 내가 널 찾을게."

다시 빛이 바다 위를 비췄다.

"등대야."

다라가 말했다.

"등…대? 왜 등을 대는지 몰라도 아니야, 다라머룸. 하비야."

나나는 믿을 수 없다는 듯이 말했다. 두려움과 설렘이 가득한 표정으로 웃었다. 나나는 알 수 있었다. 콘도르가 하비의 징표를 봤다는 말이 사실이었다. 하비는 래스린 섬에 있었다.

이번에는 하비가 길을 잃었다. 나나는 하비를 찾을 것이다.

37. 등대

"아야!"

다라가 나나의 손에서 팔을 빼며 소리 질렀다.

동쪽 등대가 어두운 바다를 가로지르는 탐조등처럼 빛을 비추고 있었다. 나나가 등대를 가리켰다. 다라의 눈길이 나나의 손을 따라갔다.

나나의 오빠가 왜 래스린 섬의 등대에 있다는 걸까? 등대지기일 리는 없었다. 등대는 이제 기계로 작동되었다. 등대지기는 역사속으로 사라졌다.

"오빠가 등대에 있는 게 확실해? 래스린 섬은 거의 백 년 동안 아무도 살지 않았어."

다라가 나나를 흘깃 보았다.

"하비 길 잃었다. 내가 하비 찾는다. 하비 집에 데려간다."

나나가 확신에 찬 어투로 말했다. 마침표를 찍듯 굳게 고개를 끄덕였다.

그러고는 섬을 향해 앞만 보고 힘차게 노를 저었다.

다라는 자리에 앉았다. 마침내 핑크 알약이 효력을 다 했는지 가슴이 다시 조이기 시작했다. 초조하게 가방을 뒤져 산소 호흡기를 꺼냈다. 눈을 감고 숨을 크게 들이쉬었다.

눈을 떴을 때 나나가 고개를 갸웃거리며 호기심에 찬 눈으로 보고 있었다.

"왜?"

다라는 어색하게 물었다.

"숨 못 쉬는 병이다."

나나가 짐짓 심각한 표정으로 말했다.

"진단 고맙네, 의사 선생님."

다라는 눈을 흘겼다.

나나도 다라에게 눈을 흘기고는 다시 섬으로 고개를 돌렸다. 다라는 조용히 심호흡했다. 심장이 천천히 가라앉았다. 시계를 보니 다음 약은 다섯 시간 후에 먹을 수 있었다. 내일 아침까지 마음을 편하게 가질 수만 있다면 큰 문제는 없을 것이다.

다라는 머릿속으로 숫자를 세며 나나를 물끄러미 바라보았다. 까만 손톱과 굵은 팔뚝과 다섯 개의 실 팔찌와 동물 가죽옷과 맨발 그리고 평생 한 번도 안 빗은 듯한 머리.

"나나, 넌 어디서 왔니? 너희 집은… 어디니?"

다라가 나지막이 물었다.

"집!"

나나는 노를 들어 검은 바다 반대편을 가리켰다. 다라는 저 멀리 달빛이 내려앉은 구불구불한 반 강과 언덕 꼭대기를 바라보았다.

"맨델?"

다라가 고개를 갸웃거리며 물었다. 오렌지색 불빛이 어룽거리는 거리를 가리키며 말을 이었다.

"넌 맨델 사람 같지 않은데? 너희 집 맨델 맞아?"

나나가 노를 내리고 맨델 숲을 보며 두 눈을 깜빡였다.

"맨델 우리 집이다."

나나는 고개를 한쪽으로 젖히며 다시 한참 바라보았다.

"집이기도 하고 아니기도 하다. 내 집은 숲이다. 사람들이고 또 내 집은…."

나나는 적당한 말이 떠오르지 않는다는 듯 고개를 저었다.

그러고는 눈을 가늘게 뜨고 맨델 숲을 바라보더니 갑자기 씩 웃었다.

"하! 저기 내 정령 바위 있다! 네 것 아니다!"

나나는 싸움에서 이기기라도 한 것처럼 크게 외쳤다.

"뭐? 네 뭐?"

나나는 다시 노를 들고 맨델 숲 위 오렌지빛 거리를 가리켰다.

"하!"

나나는 의기양양하게 외쳤다.

다라는 나나가 가리키는 곳을 유심히 바라보았다. 정령 바위가 있는 맨델 숲 언덕 꼭대기였다. 사람들은 그 바위가 마을이 생겨나기 전부터 있었다고 했다.

다라는 고개를 돌려 눈을 크게 뜨고 나나를 바라보았다. 불가능한 일이었다. 하지만 그 생각을 하자마자 진실이라는 것을 알았다.

"너는 석기시대에서 온 거야, 그렇지?"

다라가 속삭였다.

나나는 다라가 제정신이 아니라는 듯 펄쩍 뛰었다.

"너나 돌에서 온 거지! 멍청한 얼음 나라 소년 같은 게."

나나가 구시렁거렸다.

다라는 입이 바짝 말랐다. 어떻게? 어떻게 이런 일이 있을 수 있지?

하지만 사실이었다. 실제였다. 가능했다. 다라는 래스린 섬으로 향하는 배를 타고 있고 옆에는 살아 있는 석기시대 소녀가 앉아 있었다. 한 번도 상상해본 적 없고 그러려고 한 것도 아니었다. 하지만 다라는 여기 있었다. 놀라움에 웃음을 터뜨렸다.

파도가 피그린 호의 옆구리를 찰싹 쳤다. 소금물이 다라의 얼굴에 후드득 튀었다. 정령 바위든 석기시대든 상관없었다. 나나가 누구든 여기서 뭘 하든 관계없었다. 중요한 것은 섬에 무사히 도착해야 한다는 것이었다.

"가자!"

다라가 의기양양하게 외쳤다. 하지만 고개를 돌렸을 때 숨이 턱 막힐 만한 무언가가 빠르게 다가오고 있었다. 우유처럼 희뿌연 거대한 바다 안개였다.

안개는 순식간에 소리 없이 배를 삼켰다. 냉랭한 기운에 다라는 몸이 부르르 떨렸다. 눈에 힘을 주고 앞을 보려 했지만 보이는 것은 안개와 석기시대 소녀의 어렴풋한 윤곽뿐이었다.

38. 안개

　나나는 숨을 깊이 들이마셨다. 이제는 래스린 섬조차 보이지 않았다. 머나먼 정령 바위도 자취를 감췄다. 연기나 겨울의 입김이나 구름처럼 배를 감싼 짙고 희뿌연 안개밖에 보이지 않았다. 섬도 바다도 아무것도 없었다. 오직 물이 새는 초록 배에 탄 다라머룸과 나나가 있을 뿐이었다.

　다라는 긴 한숨을 내쉬었다. 하지만 나나는 이대로 포기할 생각이 없었다. 아직 섬에 도착하지도 친친과 하비를 찾지도 못했다.

　나나는 안개 사이로 빛이 흐릿하게 비치는 걸 보았다. 오빠는 여전히 빛을 비추고 있었다. 나나는 심장이 들썩거렸다.

　다시 노를 잡아당겨 빛을 향해 조용히 움직였다. 천천히 천천히 안개를 뚫고 나갔다. 숲에서 사냥하던 밤이 떠올랐다. 높은 나뭇가지에 누워 언제 나타날지 모르는 사냥감을 무작정 기다렸다. 눈을 크게 뜨고 앞을 보았다. 바다에 돌고래 떼가 있다면 다른 생물도 있을 수 있었다.

　나나는 비명을 꽥 질렀다. 부리가 노란 새 한 마리가 안개 속에서 갑자기 나타나 바다를 향해 다이빙하듯 급강하했다. 그러고는 다시 하늘로 솟구쳤다. 놀라운 일이었다. 그리고 놀라운 새였다.

둘은 안개로 조금은 옅어진 어둠 속을 노 저어갔다. 사방으로 튀는 물보라와 휘몰아치는 바람 사이로 다라의 노랫소리가 들려왔다. 벌처럼 윙윙거리는 노래였다.

나나는 잠시 들쥐 소년이 생각났다. 뼈 피리로 늑대의 노래를 부르던 들쥐 소년. 늑대의 노래를 부를 수만 있다면 친친을 찾을 수 있을 텐데.

"친친."

나나가 혼잣말을 중얼거렸다.

안개 속 텅 빈 곳을 바라보다 문득 이 바다가 늑대가 헤엄쳐서 건너기에 얼마나 넓은지 생각했다. 얼마나 험한 바다인지. 친친이 정말 이 바다를 건널 수 있었을지….

나나는 목이 메었다. 생각을 떨치려고 고개를 저었다. 다시 다라머룸의 콧노래에 귀를 기울였다.

"무슨 노래냐?"

나나가 물었다.

"아무것도 아냐. 어렸을 때 아빠가 불러주던 노래. 그냥 말도 안 되는 노래야."

"말도 안 되는 노래."

나나는 다라의 말을 따라했다. 다라의 이상한 말 중에 어떤 것은 소리 내어 말해보면 기분이 좋았다. 이국의 과일을 먹는 느낌이었다.

갑자기 귀에 거슬리는 날카로운 소리가 들렸다. 배의 바닥이 날카로운 못으로 긁히는 듯한 느낌이 났다.

배가 흔들리다가 차츰 멈춰 섰다.

나나는 물 밖으로 노를 들어 올렸다. 나나와 다라는 창백해진 얼굴로 마주 보았다. 무슨 일이 벌어진 건지 알 것 같았다.

"안 돼! 암초야! 이 섬 주위에는 온통 암초투성이야. 암초에 부딪힌 것 같아."

다라가 낮은 탄식을 내뱉었다. 나나는 입을 열 엄두도 못 냈다.

안개는 더 짙어졌다. 차갑고 작은 물방울이 피부에 닿았다. 나나는 노의 끄트머리도 볼 수 없었다. 파도는 배를 들어 올려 뾰족한 암초 위를 더 길게 지나게 했다. 쇠를 날카로운 못으로 긁는 것 같은 소리에 이가 떨렸다.

나나는 바닥을 내려다보았다. 물이 더욱 빠른 속도로 배에 스며들었다. 이제 발목 높이에서 물이 찰랑거렸다. 나나는 다라의 다른 한쪽 장화로 물을 퍼냈다.

또 다른 파도가 밀려왔다. 이번에는 더 높았다. 파도는 암초에서 배를 높이 들어 올렸다. 다라와 나나는 안도의 한숨을 내쉬었다. 하지만 미처 다 내쉬기도 전에 다시 심장이 덜컥 내려앉았다. 배는 다른 암초 위로 떨어졌다. 뼈에 구멍을 뚫는 듯한 소리가 났다. 하지만 그보다 더 소름끼쳤다. 훨씬 더.

나나는 말문이 막힌 채 무언가를 가리켰다. 암초가 배의 가장 약한 곳을 건드린 것이다. 배의 옆구리에 난 금은 이제 톱니바퀴처럼 울퉁불퉁한 구멍이 되었다. 창촉처럼 날카로운 검은 암초가 구멍을 파고들었다.

파도가 배를 세게 흔들었다. 나나와 다라는 소리를 질렀다. 배에 난 구멍이 더욱 커지는 것을 속수무책으로 바라볼 수밖에 없었다. 그 다음 강한 파도가 배를 암초에서 들어 올려 앞으로 멀리 보냈다.

"안 돼!"

나나가 소리쳤다.

구멍으로 차가운 바닷물이 쏟아져 들어왔다.

나나와 다라는 손으로 구멍을 막아보았지만 역부족이었다. 손가락 사이를 비집고 들어오는 강력한 물줄기는 막을 수 없었다.

39. 난파

다라는 장화로 정신없이 물을 퍼냈다. 퍼내고 퍼내고 또 퍼냈다. 하지만 별 효과가 없었다. 바닷물은 더 빠른 속도로 쏟아져 들어왔다. 이제 피그린 호는 확실하게 기울고 있었다. 다라는 멈추지 않고 물을 퍼냈다.

거대한 파도가 배를 강타했다. 배는 빙글 돌며 다른 암초에 부딪혔다. 배가 갈라지기 시작했다.

"도와주세요! 도와주세요!"

다라는 끝이 안 보이는 희뿌연 바다 안개 사이로 외쳤다. 만약 나나의 오빠가 진짜 등대에 있다면 이 간절한 외침을 들을 수 있기를 빌었다.

등대 불빛이 안개를 뚫고 바다 위를 비췄다. 배는 이제 등대에 아주 가까이 와 있었다.

"도와주세요! 하비! 도와주세요!"

다라가 외쳤다. 그러다 갑자기 다라가 웃기 시작했다.

"왜 웃어?"

나나의 얼굴이 일그러졌다.

"우리 진짜 바보 아니냐!"

다라가 흥분한 목소리로 소리쳤다.

"등대 말이야! 등대는 우리에게 경고를 보낸 거였어. 배가 난파될 수 있으니 접근하지 말라고 한 거야. 우리는 그것도 모르고 계속 노를 저어 가까이 갔으니."

다라는 나나가 이해하지 못하는 걸 알았다. 하지만 지금 중요한 건 그게 아니었다. 이미 배의 한쪽 끝이 물속으로 가라앉고 있었다.

공포가 메스꺼운 느낌으로 솟구쳤다. 그들은 침몰하고 있었다.

귓가에는 《래스린 섬에서 진짜로 일어난 전설 이야기》에 나오는 유령이나 인어의 목소리가 어렴풋이 맴돌았다.

"도와주세요! 도와줘요!"

다라가 다시 한번 외쳤다.

하지만 대답은 없었다. 다리가 차가운 바닷물 쪽으로 미끄러졌다. 노 젓는 자리를 잡아봤지만 오래가지 못했다. 배가 더 기울어졌다. 다라는 비명을 질렀다. 순식간에 바다에 빠졌다.

얼음장처럼 차가운 기운이 다라를 휘감았다. 숨이 막히고 충격으로 가슴이 옥죄어 왔다. 다라는 물에 가라앉길 기다렸다. 물결이 바다 깊은 곳으로 끌고 들어가길 기다렸다. 하지만….

아무 일도 일어나지 않았다.

다라는 가라앉지 않았다.

다라가 몸을 내려다보았다. 구명조끼. 보트창고에서 가져온 구명조끼! 다라는 구명조끼를 입었다는 사실도 까맣게 잊고 있었다. 안도의 한숨을 내쉬며 눅진한 구명조끼를 꽉 끌어안았다. 몸에 온기가 돌았다. 구명조끼를 챙겨 입을 생각을 했다는 사실에 스스로를….

잠깐! 나나!

다라는 안개와 어둠과 소용돌이치는 하얀 물보라 사이를 두리번거렸다. 나나는 구명조끼를 입지 않았다! 수영도 제대로 못했다.

"나나!"

다라가 소리를 질렀다. 나나는 어디에 있지?

그때 머리 위로 큰 파도가 덮쳐 다라를 아래로 눌렀다. 다라는 숨을 헐떡이며 다시 물 위로 떠올랐다.

"나나!"

다라는 숨이 막혀 애처롭게 쌕쌕거렸다.

어두운 바다에 둥둥 떠 사방으로 돌고 돌았다. 나나는 어디에도 없었다. 심장이 뛰는 소리가 귀에 들렸다. 다라는 눈에 불을 켜고 안개 속을 살폈다.

"나나! 대답해!"

귓가에 들리는 것은 쾅 하고 부서지는 파도 소리와 휘파람 같은 바람 소리, 쿵쾅거리는 심장 소리뿐이었다. 그때 거인이 물을 마시는 것 같은 꾸르륵 소리가 들렸다. 다라는 고개를 돌렸다. 피그린 호의 코가 물속으로 사라지고 있었다. 거칠게 공중제비를 도는 듯한 파도 아래로 미끄러져 들어가고 있었다.

40. 파도

차가운 바닷물이 나나의 가슴을 철썩 때렸다. 나나는 숨을 쉴 수도 말을 할 수도 없었다. 다라가 부르는 소리를 들었지만 대답이라고는 아주 작게 끽 소리를 낼 수 있을 뿐이었다. 잠시 후 파도가 얼굴을 정면으로 덮쳤다. 나나는 숨이 막혀 캑캑거리며 수면 아래로 가라앉았다.

흐릿한 물속을 뚫고 들어오는 빛이 보였다.

분명 하비가 보내는 빛이었다.

나나는 다리를 굴렀다. 손에는 여전히 노가 들려 있었다. 두 손으로 노를 힘껏 움켜쥐었다. 노가 위로 뜨면서 나나도 함께 뜨기 시작했다.

위로. 위로. 하얀 공기 방울이 뿜어져 나왔다.

마침내 수면 위로 올라갔다. 찬바람이 나나의 젖은 뺨을 후려쳤다. 나나는 게걸스러울 정도로 숨을 크게 들이마셨다.

앞에 뜬 노를 잡고 발을 구르고 또 굴렀다. 안개를 헤치며 헤엄을 쳤다. 파도가 나나를 위로 들어 올려서 앞으로 보냈다. 거품이 사라지며 납작해지면 나나를 다시 아래로 떨어뜨렸다. 나나는 파도가 어디로 데려가는지

167

알 수 없었다. 저 멀리 깊은 바다로 데려가는지 얕은 해안으로 데려가는지 짐작도 할 수 없었다.

나나는 선택의 여지가 없었다. 강물에 떠내려가는 나뭇잎처럼 의지할 데 없는 신세였다. 기진맥진한 데다 숨도 제대로 쉬지 못했다. 그저 노를 움켜쥔 채 발을 구르고 구르다 파도에 몸이 밀려가길 반복했다. 어느 순간 파도가 나나를 단단히 붙잡고 번쩍 들어 올렸다. 나나는 안개 위까지 올라갔다. 나나는 비명을 질렀다.

눈앞에 오록스 뿔처럼 뾰족한 바위가 보였다. 높은 파도는 더 크게 몸을 불리더니 한순간에 물거품으로 부서졌다. 나나는 앞으로 내동댕이쳐졌다.

빙글 돌고 앞으로 굴렀다 뒤로 굴렀다 정신을 차릴 수 없었다. 눈을 떴을 때 달이 까만 바다 위에 물거품처럼 떠 있었다. 노는 바위에 부딪혀 쪼개졌다. 몸이 아래로, 아래로 가라앉았다. 고요한 암흑 속으로.

깊은 어둠 속에서 나나는 친친을 떠올렸다. 바다에 뛰어들어 나나를 끌어 올린 늑대. 나나를 구한 늑대.

"친친! 친친!"

친친을 생각하니 가슴이 찢어졌다. 검푸른 물속에서 친친을 찾아보았지만 역시 아무것도 보이지 않았다.

늑대가 이 바다를 헤엄쳐 건너는 것은 불가능한 일이었다.

"오, 친친!"

눈에서 눈물이 흘렀다. 수면 아래서 나나는 마침내 진실과 마주했다. 친친은 이 세상에 없었다. 나나의 용감하고 가엾은 늑대는 진짜로 떠났다.

나나가 다시 발을 굴렀다. 발끝이 단단한 무언가를 스쳤다. 설마…? 나나는 힘을 줘서 몸을 아래로 구부렸다가 세게 발을 굴렀다.

얼굴이 물 위로 올라갔다. 가쁘게 숨을 내쉬었다. 다른 파도에 한 번 더 앞으로 밀려갔다.

무릎이 땅에 닿았다. 모래인가? 모래사장이었다! 발아래가 부드러운 모래밭이었다. 나나는 웃고 싶었다. 또 울고 싶었다.

뒤에서 파도가 밀려와 등을 찰싹 쳤다. 앞으로 몸이 획 쏠리더니 그대로 고꾸라졌다. 나나는 기침을 하며 땅콩 가루처럼 마른 모래가 나올 때까지 기어갔다. 마침내 안전하다는 것을 알았을 때 팔과 다리에 힘이 풀리며 그대로 쓰러졌다.

나나는 완전히 지쳐버렸다. 눈이 감겼다. 숨만 내쉬었다. 그저 숨만 쉬었다.

41. 작은 만

다라는 휘청거리며 물 밖으로 나왔다. 다리에 힘이 풀려 축축한 모래 속으로 발이 푹푹 빠졌다. 숨이 잘 쉬어지지 않아 그 자리에 멈춰 서서 기침을 했다. 기침은 구역질로 바뀌었다. 얕은 물가에 양 손과 양 무릎으로 몸을 지탱한 채 속이 텅 빌 때까지 토했다.

무언가가 파도에 실려와 발에 부딪혔다. 흠뻑 젖은 소매로 입가를 닦으며 돌아보았다. 다라의 노란 장화 두 짝이었다. 다라는 장화를 집으며 자기도 모르게 웃을 뻔 했다. 장화를 신고 휘청거리며 자리에서 일어났다. 바다 안개는 해협 쪽으로 서서히 이동하고 있었다. 다라가 검푸른 물결을 물끄러미 보았다. 그러고는 달빛 젖은 모래로 시선을 옮겼다.

나나는 어떻게 되었을까? 텅 빈 속에 두려움이 차올랐다. 나나는 어디에 있을까?

"허우프흐흐…. 허우프흐흐!"

뒤편에서 이상한 숨소리가 들렸다. 목이 쉰 것 같았다.

다라는 천천히 고개를 돌렸다.

다라가 서 있는 곳은 초승달 모양의 작은 만이었다. 수직으로 깎아지른 거대한 검은 절벽으로 둘러싸여 있었다. 절벽 앞은 잿빛 물개로 가득했다. 백 마리는 되어 보였다. 커다란 놈과 새끼가 모래 위에 아무렇게나 드러누워 자고 있었다. 달빛 아래 잿빛 가죽은 은빛으로 빛났다.

"허우프!"

다라의 제일 가까이에 있는 물개가 콧김을 내뿜었다. 다라는 물개의 수염이 씰룩거리는 것을 보았다. 마치 살이 통통한 물고기라도 먹는 꿈을 꾸는 것 같았다. 춥고 온몸이 떨렸지만 다라는 웃지 않을 수 없었다. 물개라니!

그때 다라는 물개 중 한 마리가 깨어 있다는 것을 알아차렸다. 높은 절벽이 드리우는 어두운 그늘 속에서 큰 물개 한 마리가 느릿느릿 기어 나와 다른 곳에 자리를 잡았다. 다른 물개는 다 자는데 왜 녀석만 깨어 있는지 궁금했다. 그때 녀석의 생김새가 어딘가 다르다는 것을 눈치 챘다. 다라는 눈을 가늘게 떴다. 저게 뭐지?

다라가 잠든 물개들을 피해 조심스럽게 다가갔다. 발아래 모래가 부드러웠다. 점점 가까이 갈수록 왠지 사람 같아 보였다. 다라는 가슴이 두근거리기 시작했다. 곧 다라는 확실히 알아볼 수 있었다. 그렇다. 나나였다! 다라는 심장이 쿵쾅거렸다. 하지만 바로 옆까지 갔을 때 나나가 전혀 움직이지 않는다는 것을 깨달았다. 모래밭에 엎드린 채 아무런 움직임이 없었다.

다라는 몸이 후들거렸다. 가슴 속에서 두려움이 소용돌이쳤다. 다라는 마른침을 삼켰다.

"나나?"

다라가 쉰 목소리로 힘없이 말했다.

나나는 움직이지 않았다. 은백색 달빛 아래 검은 머리카락 한 가닥만이 팔랑거렸다.

42. 노래

나나는 온힘을 다해 모래 위에서 몸을 굴렸다. 눈을 번쩍 떴다. 달빛에 눈을 깜빡이며 알 수 없는 잿빛 형체를 보았다.

처음에는 바위인지 알았다. 하지만 미지의 형체가 고개를 들었다. 새카만 눈으로 나나를 빤히 보았다. 나나는 뒷걸음질 쳤다. 바위가 아니라 생명체였다. 단 한 번도 본 적이 없는 생명체였다. 물고기처럼 다리는 없는데 늑대처럼 코가 있었다. 수염도 있었다.

나나는 경계하며 창을 잡는 손을 모래 위로 슬쩍 뻗었다.

녀석들은 나나를 노려보거나 으르렁거리지 않았다. 다만 나나를 향해 천천히 눈을 끔뻑거릴 뿐이었다.

"허우프!"

녀석이 아빠가 잠잘 때 내는 소리를 냈다.

"허어어어우프!"

뒤에서도 소리가 들렸다.

나나는 고개를 휙 돌렸다. 몸집이 작은 녀석이 나나 옆에서 잠들어 있었다. 나나는 손과 무릎으로 기어 나와 어둠 속에서 옅은 달빛이 비치는 해안을 둘러보았다. 모래 위를 이 알 수 없는 생명체가 가득 메웠다. 낮은 숨소리를 내면서 평화롭게 쉬고 있었다.

그때 나나의 귀에 저벅 저벅 저벅 발소리가 들렸다. 머리가 아찔해졌다. 겁을 먹은 채 주위를 둘러보았다. 다른 생명체가 아니었다. 다라였다. 햇빛 같은 온기가 온몸에 밀려들었다.

다라는 나나에게 천천히 다가와 옆에 쭈그리고 앉았다.

"나나?"

다라의 목소리에 힘이 하나도 없었다.

달빛에 비친 다라의 얼굴이 겁에 질린 듯 창백했다. 순간 다라가 사람이 아니라 영혼 같아 보였다. 나나는 다라가 산 건지 죽은 건지 궁금했다.

잽싸게 손을 뻗어 다라의 팔을 꼬집었다.

"아야! 뭐 하는 거야?"

다라가 화들짝 놀라며 소리를 질렀다.

"살아있네! 살아있다, 다라머룸!"

나나는 배시시 웃으며 다라를 향해 팔을 내밀었다.

"뭐? 어떡하라고?"

다라가 나나의 팔을 보며 고개를 갸웃거렸다.

하지만 다라도 곧 이해했다. 나나의 팔을 꼬집었다.

나나는 따끔한 느낌이 온몸을 빠르게 통과하는 것을 느꼈다. 안도의 한숨을 내쉬었다.

"그럼 너도 살아있는 거네, 나나?"

다라가 웃었다.

나나는 고개를 끄덕였다. 살아있다는 기쁨에 깊은 슬픔이 섞여 있었다.

"왜 그래, 나나?"

"친친."

나나가 속삭였다. 다라에게 그리고 자신에게.

"그래. 안타깝게 되었어, 나나."

다라가 나지막이 말했다.

나나는 다라를 보았다. 눈물이 고여 다라의 얼굴이 흐릿하게 보였다.

밤바람이 불어왔다. 나나는 후들거리는 다리로 자리에서 일어서서 친친을 데려간 바다를 바라보았다.

"뭐 해?"

다라가 물었다.

나나는 말없이 눈을 감았다. 시간이 되었다. 나나는 친친의 영혼이 잠들지 못 한 채 떠돌길 바라지 않았다. 친친을 보내줘야 할 때가 왔다. 친친이 편안하게 영혼의 잠에 들 수 있도록 놓아줘야 했다.

나나가 양팔을 넓게 벌렸다. 빨간 비옷이 펄럭거렸다. 나나는 친친을 위해 조용히 노래를 부르기 시작했다. 친친이 살아있던 날들을 추억하며.

나나는 노래했다. 여름을 네 번 지난 여자아이가 캄캄한 동굴 속에서 작고 희미한 소리를 들었던 일을, 소리를 따라 용감하게 어둠속을 기어갔던 일을, 버려진 늑대 굴을 발견했던 일을.

나나는 웃으며 노래했다. 그 아이가 늑대 굴에서 가장 작은 늑대 새끼를 발견했던 일을, 가죽옷으로 고이 감싸 집으로 데려왔던 일을.

175

나나는 노래했다. 아빠가 늑대 새끼를 보았을 때 당장 돌려보내라고 했던 일을, 집에서 키울 수 없다고 했던 일을, 세상에는 처음부터 되는 일과 안 되는 일이 정해져 있다고 했던 일을.

나나는 노래했다. 늑대를 꼭 키우고 싶었던 그 아이가 아빠의 마음을 돌릴 때까지 눈물과 약속으로 싸웠던 일을.

나나는 노래했다. 새끼 늑대가 자라서 스스로 먹이를 사냥할 줄 알게 될 때까지 젖 꽃과 벌레를 잡아서 먹였던 일을.

나나는 노래했다. 늑대가 언제나 나나 옆에 머물렀던 일을, 호박색 눈동자로 지켜줬던 일을, 위험한 일이든 좋은 일이든 냄새를 맡고 알려주었던 일을.

나나는 노래했다. 늑대의 땅파기와 사냥 솜씨 그리고 늑대의 노래. 노란 가시덤불과 모래 언덕, 차갑고 어두운 물을.

나나는 노래했다. 친친이 숨 쉬었던 모든 날을. 그리고 나나는 울었다. 또 웃었다. 친친을 생각하며 소리 내어 웃다가 다시 흐느꼈다.

"고마워."

나나는 파도와 바람결에 나지막이 목소리를 실어 보냈다. 나나의 말이 친친의 길고 부드러운 귓가에 닿길 바랐다. 영혼의 잠을 자는 동안에도 나나의 목소리를 들을 수 있기를, 둘은 영원히 함께 한다는 것을 알길 바랐다.

43. 고립

다라가 입술을 깨물었다. 나나의 노래를 전부 이해는 못 해도 온 마음을 다해 노래한다는 것은 알았다. 나나는 한 구절 한 구절 영혼을 실어 노래했다. 늑대는 가장 친한 친구였다. 다라도 콧날이 시큰했다.

다라는 손으로 뺨을 닦으며 바다를 바라보았다.

"고마워."

다라가 메아리처럼 나나의 말을 따라했다.

나나는 슬픈 얼굴로 살짝 고개를 끄덕였다. 그러고는 눈을 감았다. 다라도 눈을 감았다. 말로 다 할 수 없는 힘겨운 여정이 머리를 스쳐 지나갔다. 늑대는 나나와 다라가 래스린 섬에 올 수 있도록 도왔지만 정작 자신은 오지 못했다. 둘은 늑대 덕분에 래스린 섬에 올 수 있었다. 다라가 눈을 떴다. 나나와 다라는 수많은 역경을 딛고 결국 해냈다.

달빛이 물결 위에서 춤췄다. 물개들은 부드럽게 코를 골았다. 해협 너머 저 멀리 항구의 불빛이 반짝였다.

"래스린 섬에 왔어."

다라가 믿기지 않는다는 듯 속삭였다.

"래스린 섬."

나나의 목소리가 바람 소리보다 작았다. 다라는 나나를 보았다. 나나도 다라를 보았다. 나나의 눈은 밤하늘처럼 어두웠다.

"너 춥다, 다라머룸."

나나가 말했다.

다라는 자기도 모르게 이를 딱딱 부딪치고 있었다. 어깨에 두른 비옷을 벗어주려는 나나의 손도 덜덜 떨렸다.

"너도 춥잖아. 우리 움직이는 게 낫겠다. 일단 좀 걷자."

다라가 여린 미소를 띠며 말했다.

"어디로?"

나나는 곯아떨어진 물개들 너머를 바라보았다.

다라와 나나는 모래사장의 가느다란 달빛 위에 서 있었다. 앞으로는 컴 컴한 바다 뒤로는 가파른 절벽이었다. 다라가 계단이나 오솔길을 찾아 두 리번거렸다. 하지만 아무것도 없었다. 둘은 고립되었다.

44. 불

나나는 옆에 선 다라의 몸이 떨리는 걸 느꼈다. 숨소리가 거칠고 빨랐다. 곁눈질로 다라의 창백한 얼굴을 흘깃 보았다.

"이리 와. 우리 불 피워야 한다."

나나가 다라의 젖은 소매를 끌어당겼다.

"좋은 생각이야. 저쪽이 바람이 덜 불 것 같아."

다라는 이를 맞부딪치면서도 씩 웃었다. 떨리는 손가락으로 높은 절벽 아래를 가리켰다.

둘은 비틀비틀 모래와 돌밭에서 마른 풀과 나뭇가지를 모았다. 걸으니 몸에 온기가 조금 돌았다. 다라는 달달 떨리는 손으로 가방을 열었다.

"오, 이런! 성냥이 다 물에 젖었어!"

다라가 흠뻑 젖은 성냥갑을 꺼냈다.

나나는 멍하게 보다가 대수롭지 않다는 듯 어깨를 으쓱했다. 잡초와 마른 가지를 성기게 엮어 바위 위에 올렸다. 허리에 찬 가죽 주머니에서 부싯돌을 꺼냈다. 다라가 메이나 올리처럼 호기심 가득한 눈빛으로 보는 게 느껴졌다. 무릎을 꿇고 앉아 돌을 서로 부딪치고 부딪치고 또 부딪쳤다.

작은 불꽃이 일어나 불쏘시개에 옮겨 붙었다. 어둠 속에 연기 한 가닥이 뱀처럼 구불구불 피어올랐다.

"와!"

다라가 조용히 속삭였다.

나나는 활짝 웃으며 잡초 더미를 들어 살살 불었다. 작은 불꽃이 점점 커졌다.

"우와! 우와!"

다라가 외쳤다.

"너 불 모르냐?"

나나는 나뭇가지를 더 집어넣으며 웃었다.

"이렇게 피우는 건 처음 봐."

다라의 목소리에 놀라움이 배어 있었다. 신발을 신고 스라소니처럼 머리가 짧고 불빛이 번쩍거리는 머나먼 나라에서 온 이 아이는 많은 것을 알았지만 나나가 아는 것은 아무것도 몰랐다.

나나는 의기양양하게 모닥불에 입김을 불었다. 작은 가지를 던져 넣자 불길이 황금빛으로 춤을 추었다. 둘은 불 곁에 옹송그려 앉았다. 피와 뼈와 마음이 다 덥혀지는 것 같았다.

하지만 나나의 배만은 따뜻해지지 않았다. 텅 빈 배가 아우성쳤다.

"배고프다."

나나는 곯아떨어진 물개를 바라보며 입맛을 다셨다. 들쥐 소년의 창을 잃어버리지 않았다면 얼마나 좋았을까 아쉬워했다.

"물개는 먹는 거 아냐!"

나나의 눈길을 따라가던 다라의 눈이 휘둥그레졌다. 가방을 뒤져 노르스름한 달 모양의 무언가를 두 개 꺼냈다.

"자, 이거 받아."

다라는 나나에게 하나를 건넸다.

나나가 코를 처박고 킁킁거렸다. 꽃과 썩은 나뭇잎의 중간쯤 되는 냄새가 났다.

"뭐냐?"

나나는 바위 위에 두드렸다.

"바나나야. 먹어봐."

"먹어봐?"

나나가 활짝 웃으며 크게 한 입 베어 물었다.

껍질은 씹기 힘들었지만 알맹이가 부드럽고 달콤했다.

"바나나. 맛있다."

나나가 한 입 더 베어 물었다.

다라는 크게 웃음을 터뜨렸다. 우물우물 껍질을 씹는 나나를 보며 다라도 용감하게 껍질을 한 입 크게 물었다.

"맛있네?"

다라가 눈을 휘둥그레 떴다.

둘은 억센 줄기만 남을 때까지 바나나를 껍질째 우적우적 먹었다. 남은 줄기는 모닥불에 던져 넣었다. 치익 소리가 났다.

다라가 가슴에 껴입은 두툼한 옷을 벗어 바위에 펼쳐서 말렸다. 안에는 또 다른 옷을 입고 있었다. 불빛이 비쳐 불그스름하게 보였다. 축축한 옷이 모닥불의 열기에 마르면서 김이 났다. 나나가 입을 쩍 벌리고 길게 하품을 했다. 옆에 있던 다라도 전염이 된 듯 긴 하품을 했다.

"졸리다."

다라는 게슴츠레한 눈으로 끙 소리를 냈다.

"꼭 멧돼지 새끼 소리 같네."

나나가 웃음을 터트렸다.

웃음이 잦아드는 동안 나나는 나뭇가지를 불가에 더 던져 넣었다. 곁눈질로 다라를 힐끗 보았다.

"너는 여기 왜 오고 싶었냐?"

나나가 나지막이 물었다.

다라는 나나를 보았다. 다라의 표정이 사냥꾼 앞에 선 사슴처럼 비장해졌다.

다라가 활활 타오르는 불길을 바라보았다.

"오랫동안 꿈꿔온 일이었어. 산소 호흡기를 단 채 침대에 누워서 이곳에 오는 계획을 짤 정도로. 꿈이 이뤄진 거지. 힘든 과정 하나하나 지나 눈을 떠보니 운명처럼 이 섬에 오게 되었네."

다라가 웃었다. 행복해보이지 않았다. 나뭇잎 진액처럼 씁쓸한 눈빛이었다.

"그런데 이런 식으로 오고 싶진 않았어. 나는 내 두 팔로 노를 저어서 오고 싶었어. 부표 사이로 바다를 건너 항구로 당당하게 들어오고 싶었어. 올빼미 바위까지 달리고 그리고…."

다라의 뺨에 눈물이 흘러내렸다. 나나가 다라의 팔을 어루만졌다. 다라는 나나를 보며 엷은 미소를 지었다.

"그럴 수 있을 줄 알았어. 모두 열두 살에 심장 수술만 받으면 뭐든 할 수 있을 거라고 했거든. 다른 사람들이랑 똑같아 질 거라고 했어. 정상이 될 거라고 했어."

"정상이 뭐냐?"

나나가 고개를 갸웃거렸다.

"나도 모르지. 난 정상이 아니니까. 그것만은 확실해."

다라가 피식 웃었다.

"나는? 나는 정상이야?"

나나의 눈이 휘둥그레지며 떨리는 목소리로 물었다.

"걱정 마. 너도 정상 아니니까. 정상이라는 건 음… 으레 그래야 한다고 정해진… 뭐 그런 거야."

"여자로 태어났으면 사냥하면 안 된다. 이런 것?"

나나가 아빠의 목소리를 흉내냈다.

다라는 웃음을 터뜨렸다.

"그런 거지."

"다라머룸, 나는 정상 아니다! 너도 정상 아니다! 정상 같은 건 처음부터 없다!"

나나는 다라의 등을 힘차게 두드렸다.

"정상 같은 것은 처음부터 없다…."

다라는 춤추는 불꽃을 보며 조용히 생각에 잠겼다.

45. 비

빗소리가 들렸다. 굵은 빗방울이 모래밭으로 후드득 떨어졌다. 모닥불이 칙칙 소리를 냈다. 다라가 손을 내밀었다.

"겨우 몸 다 말렸더니 비가 오네."

다라는 어두운 하늘을 올려다보았다. 무의식적으로 비옷을 꺼내 입으려다 나나에게 주었다는 게 기억났다. 나나는 띠를 두르듯 한쪽 팔 밑에서 다른 쪽 어깨 위로 소매를 둘러서 묶었다.

불이 쉬익 거리며 꺼지기 시작했다. 빗줄기는 점점 더 굵어졌다.

"나나, 너 비옷을 제대로 입는 게 좋겠어."

다라가 빨간 비옷을 살짝 끌어당겼다.

나나는 고개를 갸웃거리며 이마를 찌푸렸다. 다라의 손에서 비옷을 홱 낚아챘다.

"뺏어가려는 게 아냐. 내가 어떻게 입는지 알려줄게."

나나가 수상쩍다는 표정으로 비옷의 매듭을 풀었다. 다라는 나나의 팔을 소매에 끼우고 앞단추를 채웠다. 마지막으로 모자를 머리에 씌어주었다.

"됐어!"

다라가 말했다.

"됐어?"

나나는 고개를 숙여 몸을 내려다보았다. 팔을 허수아비처럼 어색하게 벌렸다.

"나나, 움직여봐. 이제 몸이 젖지 않을 거야."

다라가 웃었다.

비는 더 세차게 쏟아졌다.

"안 젖는다!"

나나가 빨간 모자 아래로 활짝 웃어 보였다.

"그래. 근데 난 아냐! 이리 와봐. 비가 지나가는 동안 어디 가서 비 좀 피하자."

다라는 웃으며 바위를 폴짝 뛰어 절벽 쪽으로 더 가까이 갔다. 앞으로 튀어나온 바위 밑에 섰다. 빗물 웅덩이에 다라의 모습이 비쳤다. 머리가 헝클어지고 지저분하고 꾀죄죄했다. 완전히 정상이 아니었다. 하지만 행복했다.

"너 래스린 섬에 있어, 다라머름."

다라는 푸르스름한 달빛 아래 물속에 비친 자신에게 속삭였다. 어쩌면 나나 말이 옳았다. 어쩌면 정상이라는 것은 처음부터 없고, 살아가는 방법에는 해류처럼 숨겨진 수많은 길이 있는지도 모른다.

나나도 웅덩이를 바라보았다.

"깜짝이야."

나나는 겁에 질린 얼굴로 빠르게 뒷걸음질 쳤다. 손가락으로 작은 원을 그렸다.

"왜 그래? 뭐 하는 거야?"

다라가 물었다.

나나는 다시 웅덩이를 흘깃 보았다.

"나 못 알아봤다. 저 시뻘건 영혼이 누구지 생각했다."

나나가 웅덩이를 가리키며 키득거렸다.

"그러게 말이야. 진짜 너는 누구니, 나나?"

다라가 웃으며 말했다.

나나는 대단한 농담이라도 된다는 듯 한바탕 웃음을 터뜨렸다. 하지만 다라는 꽤 진지했다. 석기시대에서 온 소녀가 도대체 지금… 여기서… 무얼 하는 거지? 도대체 무엇 때문에 온 거지? 나나의 오빠가 진짜 이 섬에서 사라진 거면 어떡하지? 다라는 책에서 봤던 창을 든 털북숭이 우락부락한 원시인 그림을 떠올렸다. 등줄기가 서늘했다. 그들은 굉장히 사나워 보였다.

그때 바다 저 멀리서 무슨 소리가 들렸다. 사람 목소리인가? 다라는 움찔하며 빗줄기 사이로 어두운 바다를 바라보았다.

하지만 아무 소리도 들리지 않았다. 파도와 바람, 물개들의 코고는 소리만 들릴 뿐이었다. 달빛이 희미하게 내려앉은 어두운 바다와 바다 건너 먼 곳의 불빛만 보였다.

먼 곳.

다라는 엄마 아빠를 생각했다. 지금쯤이면 모두 곤히 잠들었을 것이다. 돌집의 편안하고 따뜻하고 아늑한 침대에서. 다라는 적막한 밤바다를 물끄러미 바라보았다. 마음 깊은 곳에서 그리움이 솟구쳤다.

다라가 이곳에 있다는 걸 아는 사람은 아무도 없었다.

바위 위 타다 남은 불씨에서 연기가 피어올랐다. 다라는 집으로 돌아갈 수 있을까?

46. 큰 동굴

"다라머룸! 이리 와봐! 얼른! 여기 좀 봐!"

나나가 절벽에서 튀어나온 키만큼 높은 바위에 걸터앉아 소리쳤다.

바위 옆으로 툭 터진 틈새가 보였다. 다라는 나나 옆으로 기어올랐다. 나나가 바위틈을 비집고 들어갔다.

동굴이었다.

나나는 코를 킁킁거렸다. 톡 쏘는 오래된 생선뼈와 해초 냄새가 났다. 작은 위험이라도 먼저 냄새를 맡고 알려주던 친친이 생각났다. 나나는 가슴이 따끔거렸다. 뒤에서 따라오는 다라의 숨소리를 들으며 눈물이 차올라 눈을 깜빡거렸다.

나나의 눈은 곧 어두움에 적응이 되었다. 작은 틈으로 비쳐드는 달빛에 이곳저곳을 유심히 보았다. 검게 빛나는 동굴 벽을 따라 고개를 들었다. 위로 위로 위로.

"엄청 큰 동굴이야!"

나나가 감탄했다.

"소리가 울려!"

뒤에서 다라가 외쳤다. 다라의 목소리가 되돌아와 나나의 말이 맞다고 말해주었다. 큰 동굴이었다. 나나가 앉아서 놀던 나무만큼 높고 숲속 빈 터만큼 넓었다.

나나는 동굴 벽을 더듬으며 오래전 이곳에 살았던 부족이 남긴 흔적이 있나 찾았다.

갑자기 동굴 안이 환해졌다. 나나는 비명을 지르며 두 손으로 얼굴을 감쌌다.

"걱정 마, 나야."

다라 목소리가 들렸다. 나나는 손가락 사이로 다라를 살짝 훔쳐보았다. 다라가 짧고 굵은 막대기를 들고 있었다. 막대기 끝이 눈부시게 빛났다. 나나는 눈을 끔뻑이며 손을 내렸다.

"손전등이야. 방수 손전등."

다라가 말했다.

"방구 뭐?"

나나의 눈이 흔들렸다.

다라의 웃음소리가 메아리쳤다. 하얗고 동그란 빛이 동굴 벽에서 춤을 췄다.

"방수 손전등. 너도 한번 해 볼래?"

다라가 손전등을 나나에게 내밀었다.

"방구?"

나나는 곤란한 표정을 지었다.

"아니, 방수. 물이 스며들지 않는다고. 한번 만져봐."

다라가 다시 웃음을 터뜨리며 나나에게 손전등을 내밀었다.

나나는 입술을 깨물었다.

"뜨거워?"

다라는 고개를 저었다.

나나가 조심스럽게 손전등을 잡았다. 창처럼 움켜쥐고 동굴 천장을 향해 마구 흔들었다. 나나는 큰 소리로 웃기 시작했다.

"잠깐만!"

다라가 소리쳤다.

눈이 휘둥그레진 나나가 그대로 멈췄다. 동그란 빛이 높은 천장에 고정되었다.

"저길 봐. 저 위에 뭔가가 있어."

다라의 손이 천장을 가리켰다.

47. 무법자

나나가 손전등을 가만히 비추었다. 동굴 천장 높은 곳에 작고 납작한 바위가 마치 선반처럼 튀어나와 있었다. 다라는 눈을 가늘게 뜨고 유심히 보았다. 어딘가 자연스럽지 않고 인공적인 느낌이 들었다. 주위의 종유석과도 달랐다.

저게 뭐지?

다라는 손전등을 다시 가져와 천천히 동굴 벽을 따라 올라가며 비췄다. 선반 모양의 바위가 하나만 있는 게 아니었다. 어둠 속 동굴 높은 곳에 수많은 선반 바위와 움푹 들어간 작은 공간이 있었다. 아래쪽 동굴 벽을 비췄다. 우묵한 작은 홈이 여기저기 보였다. 발을 디딜 만한 크기였다. 오랜시간이 지나서인지 바닷물이 들이쳐서인지 반질반질하게 닳아 있었다.

불현듯 다라는 그곳이 어딘지 알 것 같았다.

이 작은 만은 무법자의 만이 틀림없었다. 《래스린 섬에서 진짜로 일어난 전설 이야기》에 '은밀한 무법자' 편이 있었다. 수백 년 전 래스린 섬에 살았던 베스 부인이라는 여자의 이야기였다. 빵을 구워서 팔던 베스 부인

191

은 몸집이 작고 상냥했지만 실은 무법자였다. 약탈한 위스키와 화약과 보석을 무법자의 만 비밀 동굴에 숨겨두었다.

다라는 그동안 베스 부인이 실제 인물이라거나 무법자의 만이 실제 장소라고 생각해 본 적이 단 한 번도 없었다. 자기도 모르게 웃음이 터져 나왔다. 어쩌면 이 동굴 어딘가에 보물을 숨겨둔 장소가 있을 지도 몰랐다. 목을 쭉 빼고 천장의 선반 바위를 둘러보았다. 다라의 웃음소리가 동굴에 메아리쳤다. 베스 부인이 훔친 보석이 잊히거나 버려진 채로 동굴에 아직 남아있을까.

그때 한 가지 사실이 떠올랐다. 숨겨진 보석보다 더 좋은 사실이었다. 이야기에서 베스 부인은 절대로 잡히지 않는데 칠흑 같은 어둠이 내리면 사람들의 눈을 피해 집으로 돌아갔기 때문이다.

"비밀 터널을 통해서…."

다라가 조용히 속삭였다.

"비밀도 너를 통해서…."

나나가 따라했다.

다라는 손전등을 들고 동굴 깊숙한 곳까지 연결된 선반 바위를 비췄다. 동굴은 그 어디쯤부터 좁아지기 시작했다. 아무래도 그것은….

"비밀 터널이야!"

다라가 외쳤다.

만약 이야기가 사실이라면 터널은 나나와 다라를 항구 근처 폐허가 된 마을 베스 부인의 집으로 데려다줄 것이다. 결국 나나와 다라는 이곳에 갇힌 것이 아니었다.

"가자!"

다라가 따라오라고 나나에게 손짓했다.

다라는 깊은 어둠 속으로 앞장서 걸었다.

48. 징표

"안 돼! 잠깐만!"

나나가 외쳤다.

나나는 놀란 얼굴로 동굴 벽을 더듬고 있었다.

"손전등 줘봐, 다라머룸."

동그란 빛이 동굴 깊은 곳에서 춤을 추며 다가왔다.

"왜 그래, 나나?"

다라가 손전등을 건넸다.

나나는 동굴 벽을 비췄다. 헉 소리가 나왔다. 이제는 의심의 여지가 없었다.

바위에 사슴의 가지진 뿔처럼 생긴 그림이 새겨져 있었다. 나나는 익숙한 그림을 손가락으로 따라 그렸다.

"그게 뭐야? 글자야?"

"오빠야. 오빠가 여기 있었다."

나나는 오빠의 징표를 자세히 들여다보았다. 이상하게도 비바람에 닳은 것처럼 희미했다. 하지만 오빠의 징표인 것은 확실했다. 나나는 심장이 터질 것만 같았다.

"하비가 여기 있다!"

"어디?"

다라는 주위를 두리번거렸다.

"그건 아직 모른다."

나나가 축축한 벽을 불빛으로 물들이며 동굴 안으로 걸어 들어갔다. 하비의 징표가 더 있는지 유심히 찾았다. 징표를 찾으면 하비가 간 길을 뒤쫓을 수 있었다.

다라도 나나의 뒤를 따라 동굴 벽을 살폈다.

"이것 봐!"

나나가 물고기가 펄떡이듯 움찔했다. 징표처럼 보이는 그림이 있었다. 나나는 어둡고 천장이 낮은 오른편 동굴 벽을 가리켰다. 재빨리 다가가 까치발로 섰다.

나나의 얼굴이 창백해졌다. 손에서 손전등이 미끄러져 돌바닥에 떨어졌다. 텅 소리가 울리며 불이 꺼졌다. 동굴 안은 완벽한 어둠의 장막에 뒤덮였다.

다라가 비명을 질렀다. 나나도 꽥 소리를 질렀다. 적막이 흘렀다. 똑 똑 똑 똑 동굴 천장에서 물 떨어지는 소리, 해안의 파도 소리만 들렸다.

"나나, 괜찮아?"

다라가 속삭였다.

"괜찮다."

나나의 목소리가 떨렸다.

"어떻게 된 거야? 너 어디 있어?"

"여기 있다."

나나는 다라가 발을 천천히 끌며 다가오는 소리를 듣고 팔을 앞으로 내밀어 휘저었다. 두 사람의 손가락이 닿았다. 둘은 동시에 비명을 질렀다.

"뭐야? 너 뭘 본 거야?"

다라가 목소리를 낮춰 물었다.

나나는 다라의 손을 잡고 말없이 동굴 벽에 새겨진 그림 앞으로 갔다. 다라와 손을 포개 그림을 손가락으로 따라 그렸다. 조금 전 본 사슴 뿔 모양의 하비의 징표였다.

하지만 그 위에 다른 그림이 하나 더 있었다. 커다란 날개 모양이었다.

나나와 다라는 그림을 손으로 더듬었다.

"이게 무슨 의미야, 나나?"

다라가 숨죽여 물었다.

"콘도르. 콘도르의 징표다. 콘도르가 여기에 있다."

어둠 속에서 나나의 목소리가 흔들렸다.

49. 싸움

다라의 눈이 커졌다.

"콘도르? 그게 누구야? 아니 그게 뭐냐고 물어야 하나?"

그때 다라의 귀에 어떤 소리가 들렸다. 비명이나 아우성치는 소리보다 더 무서운 소리. 나나가 어둠 속에서 흐느끼고 있었다.

"괜찮아?"

다라는 조용히 옆으로 다가가 나나의 손을 찾았다. 하지만 손으로 뭘 어떻게 해야 할지 몰라 그저 어색하게 손등을 두드렸다.

나나는 다른 손을 다라의 손 위에 얹고 똑같이 두드렸다. 다라는 피식 웃음이 나오려는 것을 참았다. 나나도 흐느끼는 도중에 이상한 코웃음 소리를 냈다.

"콘도르가 뭐야?"

다라가 다시 물었다. 이번에는 나나도 입을 열었다. 둘은 어둠이 깊게 깔린 동굴 바닥에 나란히 앉았다. 서로의 보이지 않는 손을 토닥였다. 나나가 자기 이야기를 시작했다.

197

다라는 모든 말을 다 이해하지는 못했다. 나나의 부족과 땅과 힘을 잃고 쇠약해진 아빠가 콘도르와 맺은 협상과 사라진 오빠와 자길 데려가려고 콘도르와 그 부하들이 찾아온 끔찍한 밤에 대해.

"콘도르!"

나나는 그 이름을 입에 담는 것만으로도 역겹다는 듯이 침을 뱉었다.

"콘도르!"

다라도 똑같이 외치고 침을 퉤 뱉었다.

나나가 다라의 손을 꼭 잡고 계속 이야기했다.

"그래서 도망쳤다. 내 늑대와 함께 달리고 달리고 또 달렸다. 하비를 찾아서 달렸다. 하비 어른이다. 힘세다. 우리 지켜줄 수 있다. 온힘을 다해 여기까지 왔다. 여기… 래스린 산까지. 하지만…."

나나의 목소리가 흔들렸다.

"하비 못 찾았다…. 친친도 잃었다…. 이제 나는 혼자다."

"내가 있잖아."

다라가 나나의 손을 꼭 잡았다.

"너는 아이다, 다라머룸. 힘도 없다."

다라는 움찔했다. 나나가 말을 이었다.

"아빠처럼 숨 못 쉬는 병 있다. 콘도르 못 이긴다. 날 도울 수 없다."

나나의 말이 말벌처럼 날카롭게 다라를 쏘았다. 다라는 나나를 잡은 손을 획 뺐다.

"다라머룸?"

나나가 말했다.

"다라머룸이라고 부르지 마! 네가 나에 대해 뭘 알아? 내가 뭘 할 수 있고 뭘 할 수 없는지 아무것도 모르잖아! 지금까지는 다른 사람들이 하라는 대로 살았어. 내가 뭘 할 수 있는지, 뭘 하면 안 되는지 말해주는 대로. 그래, 나는 아프니까! 나도 알아. 콘도르와 싸워서 이길 수 없고 네 힘센 오빠와는 팔씨름 상대도 안 되겠지. 하지만 꼭 치고받고 싸워서 이기는 것만이 승리의 유일한 방법은 아냐. 싸움에서 이기는 다른 방법도 있어. 더 영리한 방법. 더 나은 방법. '돌고래 길'이나 '은밀한 무법자'처럼."

다라가 날카로운 말투로 몰아붙였다.

나나는 대답이 없었다. 적막이 내려앉은 어둠 속에서 다라가 가쁜 숨을 내쉬었다.

"됐고. 나나, 일단 손전등을 찾아서 비밀 터널로 가자. 우리의 유일한 탈출구…."

"안 돼, 다라머룸! 콘도르 있다! 콘도르가 여기까지 오빠를 따라왔다! 그 터널에 콘도르 숨어 있다!"

나나가 두려움에 몸서리치며 목소리를 높였다.

다라는 고개를 절레절레 흔들었다. 나나는 자기가 옳다고 확신했다. 다라는 나나가 틀렸다고 확신했다. 나나의 이야기는 그저 이야기였다. 다라는 동굴 벽의 날개 모양 그림을 다시 손으로 쓸어보았다. 세월에 닳아 아주 오래된 느낌이었다.

"잘 들어, 나나. 만약 콘도르가 이 터널을 지나갔다면 그건 아마 수천 년 전의 일일 거야. 지금까지 콘도르가 터널 속에 숨어 있을 리는 절대 없어. 그러니 어서 가자."

"안 돼. 우리는 터널 안 간다. 다른 길로 간다. 네가 새로운 길 만들면 된다, 다라머룸!"

나나는 완강했다.

"뭐? 그게 무슨 말이야? 새로운 길을 만들다니?"

"너 어른 아니다! 힘도 없다! 하지만 머나먼 얼음 나라에서 왔다! 산도 옮길 수 있다!"

"나는 머나먼 얼음 나라 같은 데서 오지 않았어. 맨델에서 왔다고! 나나, 잘 들어. 다른 길로 네 오빠를 찾으러 가고 싶으면, 그래 행운을 빌게. 나는 이 길로 갈 테니까. 혼자서. 어차피 처음부터 이 섬에 누구랑 같이 올 생각도 아니었어. 그것도 옛날 옛적 석기시대에서 온 사람이랑은!"

다라가 코웃음 쳤다.

"나 옛날 사람 아니다."

나나도 쏘아 붙였다.

"더는 시간낭비 할 생각 없어. 이런 고약한 냄새가 나는 캄캄하고 오래된 동굴에 앉아 벽에 그려진 낙서나 보면서!"

다라가 자리를 박차고 일어섰다. 발을 크게 뗐지만 한 치 앞도 보이지 않아 팔로 암흑 속을 더듬으며 느릿느릿 걸었다. 발에 손전등이 걸렸다. 손전등이 덜거덕거리며 굴러갔다.

"다라머룸? 어디 가려고?"

나나의 목소리가 작아졌다.

"이 터널로 간다니까."

"안 돼, 다라머룸! 터널 들어가면 안 된다! 콘도르 징표 있다! 콘도르 가

200

까이 있다!"

"됐어, 그만해."

다라가 무릎을 꿇고 손전등을 찾아 바닥을 더듬었다.

"다라머룸, 쉿!"

"너나 쉿해!

"들어봐!"

그때 다라의 귀에도 들렸다. 선명하게 들렸다.

탁 탁 탁. 자갈 위를 걷는 발걸음 소리였다. 해안에서 동굴 쪽으로 가까이 다가오고 있었다.

다라는 갑자기 혼란스러워지기 시작했다. 나나가 다라의 시간으로 왔다면 하비나 콘도르도 올 수 있었다.

탁 탁 탁.

다라의 손에 손전등이 잡혔다. 손전등을 바닥으로 향하게 하고 스위치를 켰다. 다행히 작동했다. 다라는 눈을 깜빡이며 나나 쪽을 보았다. 나나의 겁먹은 눈이 보였다.

탁 탁 탁. 소리가 더욱 가까워지더니 뚝 끊겼다.

다라는 손전등을 끄고 숨을 죽였다. 다른 소리가 들리기 시작했다.

액 액 액 액!

"콘도르야."

나나는 얼굴이 하얗게 질렸다.

둘은 서로를 향해 손을 뻗었다. 손전등을 켰다. 손을 잡고 암흑 속으로 달려갔다. 비밀 터널을 향해.

50. 터널

나나는 터널을 빠르게 달렸다. 마음속이 두려움으로 소용돌이쳤다. 안 돼! 안 돼! 안 돼! 감당하기에는 너무 잔인한 진실이었다. 나나는 이미 아빠와 오빠, 늑대를 잃었다. 그 상황에서 콘도르가 어둠을 뚫고 다가오고 있었다. 나나는 숨이 막혔다. 다라의 손을 꽉 잡았다. 젖은 바위 위를 찰싹 찰싹 찰싹 발로 스치며 달렸다. 앞으로는 동그란 빛이 축축한 검은 바위와 동굴 식물과 천장에서 늘어진 종유석을 오가며 춤을 추었다.

나나와 다라는 점점 숨이 거칠어졌다. 돌고래처럼 헉헉거렸다. 굴은 점점 좁아져 한 사람씩 앞뒤로 가야 했다. 나나는 다라의 흔들리는 가방을 따라갔다. 다라의 숨소리가 들쑥날쑥했다.

"다라머룸? 괜찮아?"

나나가 숨을 헐떡이며 물었다.

"괜찮아."

다라가 숨을 몰아쉬었다.

하지만 다라의 발은 힘없이 바닥을 내딛고 꼭 쥐었던 주먹은 밤나무 이

파리처럼 힘이 풀렸다.

나나는 어깨 너머를 돌아보았다. 캄캄하고 캄캄하고 캄캄했다. 별도 달도 없는 밤하늘 같았다. 두려움으로 가슴이 조여 왔다. 나나는 발걸음을 재촉했다.

앞장서 가던 다라가 멈춰 섰다. 몸을 앞으로 굽히고 손으로 무릎을 짚었다. 다라는 거칠게 숨을 몰아쉬었다. 찢어지고 갈라지는 숨소리를 들으며 나나는 움찔했다. 들썩이는 다라의 어깨를 부드럽게 어루만졌다. 하지만 다라는 나나의 손길을 뿌리쳤다.

"괜찮다니까."

동그란 빛이 동굴을 비췄다. 나나의 눈에 새로운 움막을 지을 때 아빠와 오빠가 자르던 나무 장대 같은 것이 보였다. 이 터널은 단순한 동굴이 아니었다. 사람이 만든 터널이었다. 눈앞에서 길이 두 갈래로 나뉘었다.

"어디로 가야 하지? 어느 길로 가야 해?"

나나가 숨죽여 물었다.

확실한 것은 다라가 숨을 잘 쉬지 못 한다는 것과 멀리서 들리는 소리에 나나의 마음이 얼어붙고 있다는 것뿐이었다.

동굴 속에 발걸음 소리가 울려 퍼졌다. 달리는 소리가 아니었다. 천천히 다가오고 있었다. 사냥감이 덫에 걸렸다는 것을 아는 사냥꾼의 발걸음이었다. 사냥꾼은 서두를 필요가 없었다.

나나는 마른침을 삼키며 귀를 기울였다. 발소리 뒤로 또 다른 소리가 들렸다.

탁.

탁.

스윽.

탁.

탁.

스윽.

집에서 보낸 마지막 밤의 기억이 어둠속에서 빙빙 돌았다. 빈터와 모닥불, 조카들의 웃음소리, 호두 빵이 지글거리던 소리, 아빠가 다가오는 소리, 친친이 으르렁거리는 소리, 뼈 피리 소리.

그리고 숲속에서 들리던 발걸음 소리.

나나는 입안이 바짝 말랐다. 그 소리가 다시 들리는 듯 했다. 그들이 지금 여기에 있는 것 같았다.

탁.

탁.

스윽.

나뭇잎 위를 지나는 콘도르의 발소리 탁 탁. 둔해 보일 정도로 긴 곰 가죽 망토가 땅에 끌리는 소리 스윽. 탁. 탁. 스윽.

탁.

탁.

스윽.

"다라머룸! 우리 어디로 가야 해?"

나나가 다급하게 속삭였다.

51. 갈림길

하지만 다라도 어느 길로 가야할 지 알지 못했다. 어두운 터널 한 쪽을 바라보았다. 그리고 다른 한 쪽을 바라보았다. 다라는 축축하고 희박한 공기 속에서 숨이 막혔다. 귓가에 엄마의 목소리가 맴돌았다.

"좋지 않아."

다라는 말없이 나나에게 손전등을 건네고 산소 호흡기를 찾아 가방 주머니를 뒤적거렸다.

숨이 한 줄기 햇살처럼 가슴속으로 부드럽게 퍼져나갔다.

그때 다라의 귀에도 나나에게 들리는 소리가 들렸다. 뒤편 저 멀리서 천천히 발을 끌며 누군가가 다가오는 소리. 나나의 말은 꾸며낸 이야기가 아니었다. 진짜 누군가 따라오고 있었다. 둘은 쫓기고 있었다.

다라는 일단 심호흡 연습을 했다.

둘… 셋… 넷….

"어느 길로 가냐고!"

나나가 다라를 다그쳤다.

다라는 곰곰이 생각하고 또 생각했다. 하지만 머릿속이 안개가 낀 것처럼 뿌옇기만 했다. 산소 호흡기를 주머니에 아무렇게 쑤셔 넣는데 축축한 종이에 손이 닿았다. 머릿속에 퍼뜩 떠오르는 게 있었다. 지도! 말도 안 되는 래스린 섬의 말도 안 되는 이야기를 모은 말도 안 되는 책에 딸린 말도 안 되는 지도.

정말 말도 안 되는 놀랍고 훌륭한 지도였다.

다라는 축축한 지도를 꺼내 조심히 펼쳤다.

"그건 또 뭐냐? 우리 어디로 가냐고!"

나나가 버럭 성질을 냈다.

"지도야. 그림으로 그린 길. 여기 좀 손전등으로 비춰봐."

다라는 손가락으로 지도 위 무법자의 만을 짚었다. 천천히 점선으로 표시된 비밀 터널을 따라갔다.

"이쪽이야!"

다라는 오른쪽 길을 가리켰다. 지도를 접어 주머니에 넣고 서둘러 가방을 멨다.

"너 먼저 가."

다라가 숨을 헐떡였다. 나나는 비밀 터널을 앞장서 나갔다. 다라는 젖은 벽을 붙잡고 몸을 가누며 천천히 나나 뒤를 따라갔다.

다라는 심장이 새털처럼 팔랑대면서 동시에 북처럼 시끄럽게 뛰는 것을 느꼈다. 좋은 징조가 아니었다. 사실 전혀 좋지 않았다. 경고 신호였다. 하지만 조금만 참으면 얼마간은 괜찮을 것이다.

다라는 발을 끌며 어두운 벽을 따라 걸었다. 저만치 앞에서 나나의 손전등 빛이 춤을 췄다. '기다려! 같이 가!'라고 외치고 싶었지만 입을 열 수 없었다. 뒤에서 콘도르의 발소리가 들리고 있었다. 다라가 콘도르의 소리를 들을 수 있다면 콘도르도 다라의 소리를 들을 수 있었다.

다라는 몸이 휘청거렸다. 바위벽을 따라 세워진 장대를 움켜쥐고 차가운 바위에 이마를 기댔다. 눈을 꼭 감았다 떴다. 눈앞에 반딧불이가 나는 것처럼 작은 빛이 빙빙 돌았다.

"내가 왜 이러고 있지?"

다라가 중얼거렸다. 숨을 크게 몰아쉬었다. 다라는 집으로 돌아가야 했다. 엄마 아빠와 다시 만나야 했다. 다라는 지금 여기서 뭘 하는 걸까? 래스린 섬 비밀 터널에서 한밤에… 달리고 도망치고… 도대체 어쩌다가 이렇게 된 걸까? 꿈에도 상상하지 않던 일이었다.

다라의 심장이 점점 빨리 뛰었다. 더 팔랑대고 쿵쾅거렸다.

"다라머룸…."

굵은 목소리가 다라의 핑 도는 머리 옆으로 미끄러지듯 다가왔다.

콘도르라는 작자인가? 다라는 뭐가 뭔지 아무것도 분간할 수 없었다. 이래서 롤러코스터도 못 타고 공포영화도 못 봤다.

어지러웠다. 머릿속이 뱅글뱅글 돌았다.

빙빙 도는 피가 싸늘하게 식었다.

온 세상이 비틀거렸다.

그리고 기울었다.

차갑고

음울한

쾅 소리와 함께
문이 닫혔다.

52. 탁 탁 스윽

나나가 뒤를 돌아보았다. 터널 안은 적막에 둘러싸인 채 깜깜하기만 했다. 발자국 소리도 숨소리도 들리지 않았다. 손전등을 비춰보았지만 아무것도 보이지 않았다.

다라머룸은 어디 있지?

그리고 콘도르는?

나나가 침을 꿀꺽 삼켰다.

손전등을 끄고 뒤를 돌아 토끼처럼 살금살금 기어갔다. 축축한 돌 벽을 손으로 짚으며 온 신경을 귀에 집중했다.

숨소리가 희미하게 들렸다. 얇고 빠른 숨소리. 다라머룸의 숨소리!

다시 손전등을 켰다. 다라가 고사리 줄기처럼 몸을 둥글게 말고 바닥에 쓰러져 있었다. 얼굴은 달처럼 하얗게 질렸고 입술이 파랬다.

나나는 달려가 다라를 일으켜 앉혔다. 어깨를 흔들고 이름을 불렀다.

다라는 반응이 없었다. 스라소니 털 같은 머리카락이 난 머리가 화살 맞은 사슴처럼 맥없이 뒤로 젖혀졌다.

나나가 다라의 팔을 세게 꼬집었다.

"아야."

다라가 미세하게 입술을 달싹였다.

"살아있다!"

나나는 속삭이며 다라의 겨드랑이에 양 팔을 끼워 끌었다. 코가 다라의 머리에 가까이 닿아 간질간질했다. 나나는 코를 킁킁거렸다. 소금기를 머금은 박하 향과 사과 향이 났다. 하지만 그 냄새 뒤로 터널에 퍼진 익숙한 냄새가 코끝을 스쳤다. 거짓과 위협과 공포가 스민 냄새.

구역질나는 피비린내.

다라가 숨을 크게 헐떡였다. 나나는 미끄러운 돌바닥에서 휘청거리며 뒷걸음질 쳤다. 비밀 터널의 길이 조금씩 위로 경사지고 있었다. 나나가 가쁜 숨을 내쉬었다. 다라의 몸은 마치 돌멩이가 든 자루처럼 무겁게 축 늘어져 있었다.

나나는 헉헉거리며 다라를 끌고 터널이 끝날… 때까지 오르막을 올라갔다.

나나가 다라를 바닥에 내려두고 눈앞에 나타난 벽을 짚었다. 앞도 옆도 다 벽이었다. 뚫린 곳은 왔던 길뿐이었다. 터널은 어디로도 연결되지 않았다. 길을 잘못 선택한 것이다!

지치고 화가 나고 두려워 눈물이 고였다. 나나는 널브러진 다라 옆에 무릎을 꿇고 앉았다. 양손에 얼굴을 파묻었다. 어떻게 이럴 수가! 이럴 수는 없었다! 완전히 헛수고를 한 셈이었다!

탁.

탁.

스윽.

나나의 눈에 눈물이 그대로 얼어붙었다. 두려움이 나나를 휘감았다. 어둠속 피비린내는 점점 더 짙어졌다. 나나는 숨을 죽였다.

발걸음은 어느새 근처까지 와 있었다. 콘도르는 조금도 서두르지 않고 침착하게 다가왔다. 이미 막힌 길이라는 걸 알고 있다는 듯이.

나나는 뾰족한 이를 드러내며 음흉한 미소를 짓는 콘도르의 얼굴을 떠올렸다. 온몸에 소름이 돋고 구역질이 났다. 하지만 더 달아날 곳이 없었다. 숨을 곳도 없었다.

창이 없던 어린 시절, 위험할 땐 무조건 몸을 숨겨야 했던 그때처럼 웅크렸다. 바닥에 누워 숨을 헐떡이는 친구와 점점 가까워지는 콘도르 사이에서 그저 귀를 기울이며 기다렸다.

53. 툭 툭 툭

어둠 속에서 다라의 눈꺼풀이 실룩거렸다. 귓가에 빗소리가 스쳤다. 다라가 마른 입술을 핥았다. 여기가 어디지? 다라는 침대 옆 스탠드 스위치에 손을 뻗었다. 하지만 손가락이 닿은 것은 차가운 바위였다. 이게 무슨…?

어렴풋이 기억이 되살아났다. 터널. 다라는 터널 속에 있었다.

하지만 어떻게 빗소리가 들리는 거지? 다라는 자리에서 몸을 일으켜 세웠다. 빗방울이 위쪽에서 툭 툭 툭 떨어지는 소리가 들렸다. 말이 되지 않았다.

"나나."

다라는 희미하게 속삭였다. 목소리가 너무 작아서 자기 귀에도 들릴 듯 말 듯 했다.

"쉿!"

나나가 옆구리를 찔렀다.

"나나! 위를 봐. 천장으로 길이 나 있는 것 같아."

나나가 비옷을 부스럭거리며 자리에서 일어났다. 천장에 작은 문이 있었다. 나나는 온힘을 다해 꿍 소리를 내며 문을 위로 밀었다. 마른 진흙과 자갈과 모래와 알 수 없는 것들이 우수수 쏟아졌다. 다라는 옆으로 몸을 굴렸다. 흐릿한 달빛이 터널 안으로 새어 들어왔다.

신선하고 소금기가 가득한 공기, 서늘한 바람과 별빛과 빗방울도 들이쳤다. 다라는 고개를 들어 이 모든 것을 꿀꺽 삼켰다. 크게 웃고 싶었다. 소리치고 싶었다. 하지만 숨 쉴 힘 빼고는 아무런 힘이 남아있지 않았다.

"다라머룸, 일어나. 서둘러!"

나나가 다급하게 속삭였다. 콘도르의 발걸음 소리가 빨라졌다.

다라는 나나의 부축을 받아 자리에서 일어섰다. 벽에 떨리는 몸을 기대고 머리 위로 떨어지는 어렴풋한 빛을 바라보았다.

"다라머룸, 올라가."

두려움에 휩싸인 나나의 목소리가 날카로웠다.

"아니, 난 안 될 것 같아."

다라는 유령처럼 창백한 목소리로 중얼거렸다. 다라는 너무 쇠약해져 있었다.

"너 할 수 있다, 다라머룸!"

나나가 다라를 밀어 올렸다. 다라는 팔을 들어 머리 위로 난 출구의 둘레를 잡았다. 하지만 체중을 지탱할 힘이 없었다. 손에 힘이 풀려 그대로 바닥으로 미끄러졌다.

"못 하겠어. 너 먼저 가, 나나."

다라가 가쁜 숨을 내쉬었다.

나나는 더는 망설이지 않고 출구로 기어 올라가 검푸른 어둠 속으로 사라졌다. 이전에 나나가 했던 말이 다라의 귓가를 스쳤다.

"너는 아이다. 힘도 없다. 콘도르 못 이긴다. 날 도울 수 없다."

결국 나나는 다라를 포기했다. 쓰레기처럼 다라를 버렸다.

다라는 얼굴 위로 떨어지는 빗방울을 맞으며 가만히 누워 있었다. 이제는 완전히 지쳤다. 눈을 감고 콘도르의 그림자가 얼굴 위로 드리우길 기다렸다. 날카로운 창끝으로 가슴을 겨누기를 기다렸다.

54. 나나

"비켜봐. 얼른. 저쪽으로 가."

나나가 달빛이 드리우는 천장 구멍 위에서 속삭였다.

다라가 옆으로 몸을 굴렸다. 나나는 두 손으로 커다란 돌을 들고 와서 구멍 가장자리에 놓았다. 그러고는 등으로 힘껏 밀었다. 돌이 터널 바닥으로 쾅 하고 떨어졌다.

구름처럼 뿌연 흙먼지가 구멍 사이로 피어올랐다.

"다라머룸?"

나나가 입술을 깨물며 터널 속으로 고개를 내밀었다.

"응."

다라는 쌕쌕거리며 기침을 했다. 나나는 가슴이 조마조마했다.

기침을 하고 있을 시간이 없었다. 콘도르의 발소리가 창 던지면 닿을 거리만큼 가까워진 것 같았다.

"다라머룸! 돌을 밟고 올라와! 내 손 잡아!"

나나의 목소리가 다급해졌다.

다라는 비틀거리며 돌덩이 위에 올라섰다. 걸음마를 하는 아이처럼 기우뚱했다. 나나가 팔을 뻗어 다라의 팔을 잡았다. 있는 힘을 다해 다라를 끌어 올렸다. 다라가 조금씩 위로 올라왔다. 윗몸이 땅에 닿자 옆으로 몸을 굴려 터널에서 빠져나왔다.

나나가 숨을 헐떡이며 둥근 나무문을 들고 와 다시 천장 구멍을 막았다. 문 위에 돌덩이를 쌓아 올렸다. 콘도르가 아무리 힘이 세도 절대 문을 들어 올리지 못하도록 잔뜩 쌓았다.

"하!"

나나는 콧방귀를 뀌듯 외치며 귀를 나무문에 갖다 댔다. 약이 바짝 오른 사냥꾼의 한숨소리를 기다렸다. 하지만 아무 소리도 들리지 않았다.

나나가 고개를 획 들었다. 가엾은 다라에게 생각이 미쳤다. 너무 약해져서 자기 몸을 들어 올리지도 못하는 머나먼 얼음 나라 소년. 나나는 다라 옆으로 기어갔다. 다라는 눈을 감고 있었다. 희미한 달빛 아래 숨을 가쁘게 내쉬는 다라의 가슴과 파랗게 질린 입술이 보였다.

일단 비를 피해야 했다. 비밀 터널의 천장 구멍은 무너져가는 돌집 가운데로 나 있었다. 돌집의 조금 남은 지붕 아래는 젖지 않았다.

나나는 지붕 아래로 다라를 조심히 끌었다. 비옷을 벗어 다라에게 덮어 주었다. 머리 위 '부엉' 소리에 나나는 흠칫 놀라 펄쩍 뛰었다. 하늘 위에서 거대한 흰 부엉이가 빠르게 날아와 산사나무 가지에 걸터앉았다.

산사나무 잎!

숨 못 쉬는 병에는 산사나무 잎이 효과가 있었다. 나나는 아빠가 숨을 잘 못 쉴 때 산사나무 잎으로 약을 만들어 본 적 있었다. 부엉이가 앉은 나무에서 잎을 잔뜩 땄다. 너른 바위를 찾아 잎을 펼치고 둥근 돌로 콩콩 찧었다. 충분히 짓이겨졌을 때 빈 열매 껍데기에 담아 다라에게 가져갔다.

다라는 잠이 들어 있었다. 들쥐처럼 얕고 빠르게 숨을 쉬었다. 나나가 허리춤 가죽 주머니에서 돌칼을 꺼내 다라의 윗옷을 조금 잘랐다. 맨 가슴에 으깬 산사나무 잎을 바르려는데 초승달처럼 생긴 흉터가 보였다. 손끝으로 부드럽게 흉터를 쓸었다. 깨끗이 아문 오래된 상처였다. 입술을 깨물며 상처를 물끄러미 보았다.

가슴팍에 산사나무 잎 약을 부드럽게 펴 바른 뒤 다시 비옷을 조심스럽게 덮었다.

다라는 아무 미동도 없이 누워 있었다. 나나가 귀를 다라 가까이에 댔다. 약이 효과가 있다면 거친 숨소리가 가라앉을 것이다. 나나는 비옷을 한 번 더 바짝 끌어올렸다. 나나도 옷을 단단히 여몄다. 초승달이 새겨진 다라의 가슴이 오르내리는 것을 가만히 지켜보았다.

"너는 누구냐, 다라머룸?"

나나가 조용히 속삭였다.

다라는 나나와 달랐다. 같은 부족이 아니었다. 나나의 세계를 몽땅 바꾸어버린 머나먼 얼음 나라에서 온 소년이었다. 나나는 어째서 다시 소년에게 돌아왔을까? 왜 소년을 콘도르에게서 구했을까? 그리고 소년은 대체 왜 바다에서 나나를 구했을까? 이해가 안 되는 것이 너무 많았다. 아무것도 말이 되지 않았다. 서로 다른 부족끼리는 본래 돕지 않았다. 그게 부족의 법칙이었다.

나나가 한숨을 쉬며 몸을 부르르 떨었다. 비는 그쳤지만, 밤공기가 쌀쌀

217

했다. 옅은 구름이 보름달 앞으로 빠르게 흘러갔다. 나나는 마음속이 물음표로 가득 찰 때면 나무에 올랐다. 하지만 이곳에는 나무가 보이지 않았다. 그래서 바위 위에 올라가 주위를 둘러보았다. 희뿌연 달빛 아래 나무는 없고 잡초와 덤불만 무성했다.

"나나…. 나는 누구지?"

나나가 어둠 속에서 혼잣말을 내뱉었다. 풀들이 말없이 대답을 속삭였다.

나방 아이 나나. 이글의 딸이자 하비의 여동생. 누구보다 숲을 빨리 달리는 뛰어난 사냥꾼. 이곳에서 나나는… 자신이 낯설었다. 잎도 열매도 모든 게 달라진 덤불처럼 나나도 다른 사람이 된 것 같았다.

만약 아빠가 여기 있다면 뭐라고 할까? 나나를 알아볼까? '나의 딸'이라고 외치며 머리를 쓰다듬을까? 나나는 눈에 눈물이 차올랐다. 달빛이 눈앞에 어룽거렸다.

바다 너머 래스린에서 숨을 못 쉬는 소년을 구한 나나를 아빠는 자랑스러워할까? 아니면 고개를 절레절레 흔들까?

"골칫덩이."

나나가 혼잣말을 중얼거렸다. 어쩌면 아빠가 그렇게 말할 지도 모른다.

끔찍한 얼굴이 연기처럼 나나의 마음속에 스며들었다. 콘도르는 도대체 어떻게 나나가 이곳에 있다는 걸 알았을까? 혹시 아빠가 나나를 데려오라고 콘도르를 보낸 건 아닐까? 진흙처럼 빚어 여자답게 만들라고?

나나는 머나먼 얼음 나라의 '정상'이라는 이상한 말처럼 여자다운 건 처음부터 없다고 말하고 싶었다. 하지만 한숨이 나왔다. 당장 집으로 돌아가 아빠를 만난다고 해도 이 모든 이야기를 들으려고 하지 않을 것이 분명했다. 상상으로 꾸며낸 이야기라고 할 게 뻔했다. 집에서 나나는 열두 살 여자아이일 뿐이었다. 나나의 말은 아무도 귀담아듣지 않았다. 하비만이 나나의 말에 귀를 기울였다. 하비를 찾아야 했다.

하비에게도 나나가 필요했다. 바다에서 나나는 하비가 비추는 빛을 보았다. 자기를 찾아달라고 보내는 빛이 분명했다. 하지만 정말 하비가 이 섬에 있다면 왜 이제는 빛을 비추지 않을까? 나나는 입술을 깨물고 동굴 벽에서 본 징표를 떠올렸다. 하비의 징표 위에 콘도르의 징표가 있었다. 설마 콘도르가….

갑자기 끔찍한 기억이 되살아났다. 모닥불 옆에서 콘도르가 아빠에게 했던 말이 귓가에 서늘하게 울려 퍼졌다.

"콘도르가 당신의 아들을 찾아주겠소. 당신 아들을 데려오겠소."

그때 콘도르의 부하들이 곁눈질로 숨죽여 액 액 액 웃었다. 그들은 나나를 비웃은 게 아니었다. 하비였다. 콘도르의 잔인한 손바닥 위에 놓인 하비의 운명을 비웃었다.

나나는 자리에서 벌떡 일어났다. 돌무더기를 쌓아놓은 둥근 문을 보았다. 콘도르가 그 아래 터널에 있었다. 하지만 그리 오래 갇혀 있지는 않을 것이다. 곧 이 둥근 문을 찾을 것이다. 콘도르는 머리 회전이 빠르고 잔꾀에 밝았다. 거짓과 속임수에도 능했다.

"오, 하비. 빛을 비춰줘. 빛을 비추면 오빠를 찾을게!"

나나는 어둠 속에서 간절하게 속삭였다.

그 순간 눈가에 빛이 번득였다.

나나는 다 무너져 가는 돌집의 돌무더기 위로 기어올랐다. 바다와 하늘이 만나는 저 멀리 수평선을 바라보았다.

긴 탑의 끝에서 빛이 번쩍였다.

빛은 바다 위를 왔다 갔다 했다. 나나는 눈을 가늘게 뜨고 빛을 바라보았다.

"하비!"

나나는 벅찬 마음에 소리를 질렀다. 아직 콘도르가 하비를 찾지 못 한 게 분명했다.

곧 무너질 것 같은 돌무더기에서 풀쩍 뛰어내렸다. 다라는 여전히 잠들어 있었다. 숨을 잘 쉬는지 살폈다. 이제 좀 진정되었을까? 아직 확실히는 알 수 없었다. 하지만 일단 잠을 푹 자게 두는 것이 최선이라는 것은 알았다.

나나는 막대기를 쥐고 다라 주위로 원을 그렸다.

"괜찮을 거다. 금방 돌아온다, 다라머룹. 오빠 찾아서 온다."

나나가 나지막이 말했다.

밤의 새가 날카롭게 울었다. 나나는 어둠 속으로 달려갔다.

55. 초록 덩어리

다라는 꿈결에 누군가 속삭이는 소리를 들었다. 새 소리와 달리는 발소리도 귓가에 맴돌았다. 다라가 눈을 번쩍 떴다.

허리를 곧추세우고 자리에 앉았다. 빨간 비옷이 진흙 바닥으로 스르르 떨어졌다. 다라는 다 허물어져 가는 작은 집 안에 누워 있었다. 버섯 냄새와 양 냄새가 희미하게 났다. 왜 이런 곳에서 자고 있었을까?

다라는 무슨 일이 있었는지 떠올리려 애썼다. 머릿속이 뒤죽박죽이었다. 어두운 터널 속을 달렸고… 그러다… 심장이 갑자기….

다라는 가슴에 손을 올렸다.

"으웩."

옷 속을 내려다보았다. 가슴에 짙은 초록색의 진득한 반죽 같은 것이 붙어 있었다. 그러고 보니 옷도 찢어진 채 펄럭거렸다. 다라는 초록 덩어리를 손가락으로 찍어 냄새를 맡아 보았다. 잎 냄새 같기도 땅 냄새 같기도 했다. 어렸을 때 톰이랑 정원에서 만들던 물약 냄새와도 비슷했다. 이게 뭐지? 누가 이런 역겨운 초록색 반죽을 몸에 바른 거지? 도대체 왜?

기억이 하나둘 되살아났다. 나나. 래스린 섬. 무법자의 만. 콘도르.

나나는 다라를 터널에서 끌어올렸다. 가슴에 이 걸쭉한 것을 바른 것도 아마 나나일 것이다. 다라는 숨을 크고 깊게 들이쉬었다. 숨이 잘 쉬어졌다. 이 괴상망측한 것이 숨 쉬는 데 도움을 준 것 같았다. 다른 사람들처럼 숨이 쉬어졌다.

"나나? 어디 있니? 나나?"

나나는 아무데도 보이지 않았다. 갑자기 뒷덜미의 솜털이 곤두섰다. 설마 콘도르? 콘도르에게 붙잡힌 걸까?

다라가 조심스럽게 주위를 둘러보았다. 터널의 천장 구멍을 막은 나무 문은 여전히 돌 더미에 깔린 채 굳게 닫혀 있었다. 콘도르는 터널 위로 빠져나오지 못 한 게 틀림없었다.

다라는 비틀거리며 집 밖으로 나갔다. 크고 둥근 달이 세상을 비추었다. 다라는 한때 사람들이 먹고 일하고 이야기를 나누고 놀았던 작은 마을의 폐허 사이를 거닐었다.

"나나? 너 여기 있니? 여기 숨었어?"

다라가 속삭였다.

하지만 여전히 적막이 흘렀다. 이상하게 바람 소리도 나지 않았다. 달빛이 내린 들판의 잿빛 긴 풀만이 조용히 흔들렸다. 다라는 마른침을 삼켰다.

'괜히 겁먹을 것 없어.'

마녀나 유령이나 소름끼치게 웃는 남자 같은 쓸데없는 상상을 하지 않으려 애썼다.

돌아서서 드넓고 어두운 바다를 바라보았다. 동쪽 바다 저 멀리 수평선에서 동이 터오고 있었다. 바다와 하늘이 맞닿은 곳에 연한 버터 색을 띤 노란빛이 어렴풋이 보였다. 곧 아침이 밝을 것이다. 해가 떠오르면 이 모든 이상한 것들은 깨끗이 사라지고 모든 것이 정상으로 돌아올 것이다.

"정상."

다라는 혼잣말을 하며 피식 웃었다.

천천히 밝아오는 새벽빛을 바라보았다. 다라는 '정상'을 진정으로 원하는 걸까? 다라를 둘러싼 모든 것이 달라지고 있었다. 어쩌면 이미 달라졌을 수도 있었다.

다라는 언제나 다음 상황을 알고 싶어 했다. 달력과 계획 세우기와 예측하기를 좋아했다. 다음 모퉁이를 돌면 무엇이 나오는지 미리 알고 싶었다. 하지만 이 새벽의 래스린 섬은 전혀 예측하지 못 한 것이었다. 황금 야생 토끼가 아닌 석기시대 소녀를 발견한 것도 마찬가지였다. 어쩌면 소녀가 다라를 발견한 것일 수도 있지만. 물론 가끔은 이해하기 힘든 일들이 일어났다. 전혀 예상하지 못 한 방향으로 상황이 흘러가기도 했다.

어쨌든 지금 확실할 것 한 가지는 나나가 사라졌다는 사실이었다. 콘도르가 터널에서 빠져나오기 전에 먼저 나나를 찾아야 했다.

다라는 베스 부인의 무너진 집으로 돌아갔다. 터널의 천장 구멍을 막은 돌 더미 옆에 앉아 귀를 기울였다. 터널에서는 아무 소리도 들리지 않았다. 콘도르는 어디에 있는 걸까? 나나는 또 어디로 갔을까? 왜 다라를 구하고 혼자서 떠난 걸까?

다라는 바닥에서 진흙과 초록 얼룩 투성이가 된 비옷을 집어 들었다. 바닥에 원이 보였다. 다라가 누웠던 바로 그 자리였다. 나나가 그린 것이 틀림없었다.

아마도⋯ 나나의 세계에서 쓰는 신호 같았다. 다라는 나나가 어디에 있는지 알 것 같았다.

하비. 하비의 신호. 빛을 비춰라.

"등대!"

다라가 군청색 하늘을 바라보며 외쳤다. 바다에서 나나는 하비가 빛으로 신호를 보내고 있다고 생각했다. 까치발로 서면 등대에서 보내는 불빛이 보였다. 다라는 달렸다. 하지만 심장이 생각났다. 지금 달리는 것은 그다지 좋은 생각이 아니었다.

속도를 늦추어 걷기 시작했다. 어슴푸레 빛나는 빛을 따라갔다. 이상하게 마음이 찜찜했다. 어깨 너머로 무너진 집을 힐끗 돌아보았다. 저 멀리 올빼미 바위를 올려다보았다. 뭔가를 두고 왔나? 달랑거리는 가방 끈을 만지작거렸다. 무언가가 번득 떠올랐다. 지도! 다라는 얼른 주머니에서 지도를 꺼내 손전등을 비췄다.

갑자기 두려움에 속이 울렁거렸다.

비밀 터널. 무법자의 만에서 시작된 비밀 터널은 두 갈래로 갈라졌다. 갈림길의 오른쪽은 베스 부인의 집으로 이어지고 왼쪽은 등대로 곧장 이어졌다.

다라는 숨이 막혔다. 콘도르가 비밀 터널에 있었다. 베스 부인의 집이 아니라면 콘도르가 갈 수 있는 유일한 장소는 등대였다.

56. 빛을 비춰

　나나는 하늘 높이 우뚝 솟은 돌기둥 아래에 서 있었다. 고개를 뒤로 한참 꺾어야 꼭대기가 보일 정도로 높았다. 꼭대기에서 내보내는 빛은 검은 물결 저 멀리까지 눈부시게 비췄다. 나나는 머리가 핑 돌고 속이 울렁거렸다. 이렇게 높은 기둥은 태어나서 처음 보았다. 말도 안 되는 높이였다. 영혼의 힘을 빌려서 지은 게 틀림없었다.

　하지만 하비가 저곳에 있다면, 저 높은 돌기둥 안에 갇혀 나나를 기다린다면 두려움을 쓴 약처럼 꿀꺽 삼키고 하비를 찾으러 가야 했다. 하비를 구해야 했다.

　사다리가 빙빙 돌며 돌기둥을 감싸고 있었다. 숲에서 질긴 덩굴과 가지를 엮어 만든 사다리와 비슷했다. 하지만 이 사다리는 바람에 흔들리지 않았다. 돌기둥에 철썩 붙어 있었다. 돌보다 차갑고 얼음보다 미끄러웠다.

　나나는 사다리를 꼭 잡고 한 발씩 오르기 시작했다. 밝은 빛이 꼭대기에서 비치는 거라면 하비는 꼭대기에 갇혀 있는 게 분명했다. 나나는 다람

225

쥐처럼 사다리를 오르고 또 올랐다. 바람이 점점 거세게 불어와 머리카락을 춤추는 뱀처럼 사정없이 흐트러뜨렸다. 그래도 멈추지 않았다.

올라가는 내내 오빠를 생각했다. 하비. 하비는 항상 나나를 지켜줬다. 나나가 태어나던 날부터 보살폈다. 하지만 지난겨울 하비의 아내 두더지가 영혼의 잠에 든 이후, 하비는 어딘가 조금… 달라졌다. 슬픔이 하비를 바꾸어놓았다. 말이 없는 날들이 이어졌다.

나나는 계속 올랐다. 차가운 사다리와 세찬 바람에 손이 꽁꽁 얼었다. 발아래 섬은 점점 작아져 올리가 만든 돌멩이 마을처럼 보였다. 고개를 들고 위를 보았다. 그리고 계속 올랐다.

나나는 긴 겨울 내내 하비를 웃게 하려고 애썼다. 살찐 멧돼지를 잡고 재밌는 옛날이야기를 들려주고 우스꽝스러운 몸짓도 서슴지 않았다. 아빠는 배꼽이 빠지도록 웃었지만 하비는 모닥불만 멍하니 볼 뿐이었다. 슬픔에 가득 차서 입을 닫아버렸다.

"하!"

나나가 크게 외쳤다. 잃어버린 오빠를 찾을 것이다. 오빠를 지킬 것이다. 아빠가 뭐라고 하든 상관없었다. 아무리 여자다운 삶을 배워야 한다고 해도 호두 빵을 굽고 사슴 가죽을 무두질하고 부싯돌을 깨는 삶을 살아야 한다고 해도 따르지 않을 것이다. 아빠가 틀렸다는 걸 보여줄 것이다. 반드시 오빠를 찾아 함께 집으로 가서 콘도르로부터 모두를 구할 것이다.

나나는 캄캄한 바다 위 어두운 섬을 흘깃 내려다보았다. 저 어둠 속에 콘도르가 있었다. 콘도르도 하비를 찾고 있었다.

"하!"

나나가 다시 한번 외쳤다. 이제 거의 꼭대기에 다다랐다. 하비가 빛을 비추는 바로 그곳. 콘도르는 한발 늦었다. 멍청한 콘도르. 여기에 하비가 있었다. 거대한 돌기둥 속에서 빛을 비추고 있었다. 그리고 나나가 왔다. 나나는 하비를 데리고 집으로 돌아갈 것이다.

갑자기 어렴풋이 사람 목소리가 들렸다.

발아래를 내려다보았다. 언덕 비탈에서 작은 불빛 하나가 반딧불이처럼 천천히 춤을 췄다.

"다라 손전등이다."

나나가 속삭였다. 다라의 숨 못 쉬는 병이 나은 것이다. 어쩌면 다라도 함께 집으로 돌아가게 될 것이다. 아빠가 다라의 스라소니처럼 짧은 머리털과 부스럭거리는 옷을 본다면 뭐라고 말할까? '완전히 이상한 놈이군!' 아빠의 목소리가 귓가에서 쟁쟁거렸다.

나나는 다라에게 손을 흔들었다. 그러고는 꼭대기에 닿을 때까지 마저 올랐다. 빛을 비추는 꼭대기는 돌 벽이 아니었다. 얼음처럼 투명했다. 나나는 한쪽 눈을 가리고 부드러운 투명 벽에 코를 대고 눌렀다. 그리운 오빠의 얼굴을 기대하며 안을 뚫어져라 보았다.

하지만 아무도 없었다.

마치 빛이 살아 있는 생명처럼 스스로 이리로 갔다 저리로 갔다 움직일 뿐이었다. 저 아래 바다보다 더 차갑고 어두운 파도가 나나의 마음속으로 밀려들었다.

하비는 없었다.

나나가 거대한 어둠을 향해 고개를 돌렸다. 빛은 마치 비질을 하듯 바다 위를 쓸었다. 바다 너머는 나나가 제 발로 뛰쳐나온 집이었다. 희망이 사라졌다.

하비는 이곳에 없었다.

"다 끝났다."

나나가 혼잣말을 중얼거렸다. 모든 것이 사라졌다. 나나 자신조차도 사라졌다.

갑자기 머리가 빙빙 돌았다. 눈물이 차오르고 손과 무릎이 떨렸다. 까마득한 발아래를 흘긋 내려다보았다. 겁이 덜컥 났다. 사다리를 잡은 손이 후들거렸다. 한 칸 아래 손잡이를 잡으려다 손이 미끄러졌다. 다음 순간 나나는 떨어지고 있었다.

57. 촛대 바위

다라가 비명을 질렀다.

"나나!"

다라는 양손으로 머리를 감싸며 가쁜 숨을 내쉬었다.

그때 나나가 고양이처럼 몸을 버둥거리며 손을 앞으로 뻗었다. 간신히 사다리에 손이 닿았다. 손잡이를 잡고 이어서 발을 사다리 가로대에 걸쳤다.

다라는 크게 한숨을 내쉬었다. 한발 한발 내려가는 나나를 유심히 보았다. 나나가 어딘가 달랐다. 몸이 축 처져 있었다.

다라는 해변 쪽을 초조하게 두리번거렸다. 콘도르는 어디에 있을까? 터널을 탈출했을까? 다라가 마른침을 삼켰다. 입안이 바짝 말라 있었다. 등대는 해안절벽 끝에 세워져 있었다. 앞바다에 촛대 모양 바위가 보였다. 사나운 물결을 뚫고 서 있는, 등이 굽은 거인들의 행렬 같았다. 해안이 황량해서 콘도르가 몸을 숨길 만한 곳은 없어 보였다. 다라는 귀를 기울였다. 동틀 무렵 어스름 속에 바람이 잠잠해졌다. 무성한 수풀만 바람에 조용히 나부꼈다. 다라는 다시 등대로 고개를 돌렸다.

"나나, 힘내!"

다라가 눈을 가늘게 뜨고 외쳤다. 나나는 이제 거의 반쯤 내려왔다. 비밀 터널이 등대로 이어진다면 터널의 출구는 어디일까? 콘도르는 아직 보이지 않았지만 미리 준비를 해야 했다. 다라는 다시 지도를 꺼냈다. 등대 쪽으로 향하는 점선이 끊어진 지점이 보였다.

다라는 지도를 내리고 실제 위치를 찾아보았다. 그때 심장이 덜컥 내려앉았다. 조심스럽게 타닥타닥 발을 내딛는 소리와 스윽 소리가 들렸다. 갑자기 소리가 멈췄다. 그쪽에서도 이쪽 소리를 엿듣고 있는 것 같았다.

다라는 속이 울렁거렸다. 고개를 들어 나나를 힐끗 보았다. 나나는 여전히 사다리를 내려오고 있었다. 나나를 놀라게 하고 싶지 않았다. 다라는 입술을 깨물고 귀를 바짝 기울였다. 이번에는 절벽 기슭에서 철썩거리는 파도 소리와 심장소리만 들렸다.

그때 살금살금 움직이는 소리가 다시 들리기 시작했다. 등줄기가 서늘해졌다. 뒤꿈치를 들고 천천히 소리가 나는 쪽으로 향했다. 다라는 절벽 앞에 멈춰 섰다. 아래에서 바다가 큰 솥처럼 소용돌이치며 들끓었다. 소리는 절벽 아래에서 들려왔다. 분명 지도에서 비밀 터널은 바다로 연결되지 않았다. 길 위로 연결이 되었어야 했다. 어쨌든 콘도르가 비밀 터널로 따라오고 있다면 지켜봐야 했다. 절벽으로 조금 더 가까이 다가갔다. 다라는 빨리 달리거나 노를 젓지는 못해도 다행히 키가 컸다. 뻣뻣한 풀 위에 엎드려 조금씩 절벽 쪽으로 기어갔다. 숨을 죽이고 절벽 아래를 내려다보았다.

그때 무언가가 공기를 가르며 휙 다가와 날카로운 소리를 내며 다라에게 돌진했다. 다라는 비명을 지르며 한 팔로 얼굴을 감싸고 다른 한 팔을 크게 휘저었다. 낯선 부드러운 것이 손끝을 스쳤다. 다라는 눈을 번쩍 떴다. 거대한 갈매기가 검은 물결 위에서 원을 그리며 날았다. 그리고 또다시 크게 한 바퀴 돌았다. 다라의 눈이 새를 따라갔다. 새는 절벽에서 튀어나온 바위에 위태롭게 걸쳐진 거대한 둥지 근처로 날아갔다. 절벽을 따라 선반 바위까지 아주 좁은 길이 나 있었다. 그 순간 숨이 턱 막혔다. 둥지 뒤로 무성한 잡초로 뒤덮인 터널 출구가 보였다. 새가 급강하해 둥지로 들어갔다. 다라는 재빨리 절벽에서 뒷걸음질 쳤다. 가방에서 산소 호흡기를 꺼내 입에 물었다. 잠시 누워서 숨을 골랐다. 그러고는 앉아서 나나를 보았다.

나나는 사다리를 거의 다 내려왔다. 눈이 빨갛게 충혈되어 있었다.

하비를 찾지 못한 게 틀림없었다. 물어볼 필요도 없었다. 다라는 형제자매에 대해 생각했다. 만약 찰리가 사라진다면, 다라의 도움을 간절히 필요로 하는 데 아무 도움도 주지 못했을 때의 마음을 상상했다. 눈에 눈물이 고였다.

다라는 나나에게 다가갔다. 나나가 마지막 가로대에서 훌쩍 뛰어내렸다. 둘은 단단한 흙바닥에 마주보고 섰다.

"하비 없다."

나나가 말했다.

"알아. 안타깝게 됐어."

다라가 대답했다.

둘은 서로를 빤히 보았다. 절벽 아래서 파도가 요동쳤다. 그 순간 둘은 서로가 서로의 전부라는 걸 깨달았다. 나나가 몸을 떨었다. 다라가 비옷을 내밀었고 나나는 입었다.

우뚝 솟은 촛대 바위 위에서 첫 번째 바닷새가 깨어났다. 새는 배가 고프다는 듯 빽빽거렸다. 옆에 있던 새가 대답하듯 더 크게 울었다. 옆의 새와 그 옆의 새도 덩달아 울었다. 세가락갈매기와 바다오리, 재갈매기 수백 마리가 와자지껄하게 떠들고 깍깍거리고 빽빽거렸다. 너무 시끄러워서 다라는 귓청이 찢어질 것 같았다. 새들은 한 마리 한 마리 깨어나 뒤뚱거리더니 날개를 활짝 펴고 날아올랐다. 촛대 바위가 갑자기 살아 숨 쉬는 것처럼 보였다. 거대한 갈매기들이 머리 위를 빙빙 돌다 날카롭게 울었다. 하지만 다라의 귀에는 다른 소리도 들렸다.

누군가 절벽을 힘겹게 오르는 소리. 다라는 등줄기가 서늘해졌다. 갈매기 소리가 아니었다. 터널의 출구로 나온 무언가가 나나와 다라를 향해 절벽을 기어오르고 있었다.

"도망쳐!"

다라가 크게 소리쳤다.

58. 재회

다라와 나나는 노란 가시덤불 뒤에 몸을 숨겼다. 얽히고설킨 가지 사이로 절벽을 보았다. 어렴풋이 어둑한 형체가 모습을 드러냈다. 등대를 향해 손과 무릎으로 땅을 짚으며 천천히 기어왔다.

나나는 고개를 갸웃거렸다. 콘도르가 왜 기어 오지? 다친 건가?

어둑한 형체는 달빛이 비치는 쪽으로 점점 가까이 다가왔다. 나나는 숨이 막혀 입이 떡 벌어졌다.

다라가 나나의 팔을 잡았다. 둘은 마주보았다.

"저건…. 저건…."

다라는 눈이 휘둥그레진 채 말을 잇지 못했다.

"친친!"

나나가 벌떡 일어났다. 옅은 새벽 빛 사이로 친친이 서 있는 풀밭으로 달려갔다.

친친이었다!

나나가 사랑하는 친구!

"오, 친친!"

나나가 몸을 날리며 친친의 목을 감싸 안았다. 부드러운 잿빛 털에 얼굴을 파묻고 냄새를 맡았다. 숲과 바다와 고기와 불과 집의 모든 것이 배어 있는 냄새를. 희망의 냄새를. 외로움과 두려움과 모든 허기를 없애는 냄새를.

"친친!"

나나가 흐느꼈다.

"친친!"

나나는 웃었다.

"친친! 너 영혼의 잠에 든 줄 알았다! 네 마지막 영혼의 노래도 불렀다! 오, 친친! 나의 늑대! 도대체 어디에 있었나?"

"나나…."

다라가 조심스럽게 입을 열었다.

나나는 친친의 목덜미에 파묻은 얼굴을 들었다. 못마땅한 표정으로 다라를 보았다. 지금은 나나와 친친의 시간이었다.

"나나, 이것 봐. 친친이 다친 것 같아."

다라의 목소리가 굳어 있었다.

친친이 나나를 보았다. 나나도 친친을 보았다. 호박색 눈동자에 고통의 기미는 없었다. 서로를 다시 찾은 기쁨만 가득했다. 친친이 나나의 뺨을 핥았다. 다라가 잘못 본 게 틀림없었다. 그때 친친의 다리가 나나의 눈에 들어왔다. 두 앞다리는 평소처럼 굳건하게 뻗어 있었다. 하지만 뒷다리는 힘이 풀린 채 접혀 있었다. 나나는 숨이 쉬어지지 않았다.

"오, 친친! 가엾은 늑대! 어쩌다 이렇게 된 거야?"

나나는 가슴이 찢어질 것 같았다. 도대체 친친에게 무슨 일이 있었던 걸까. 날카로운 암초 사이에 끼었을까? 부러진 통나무처럼 거친 물살에 요동쳤을까?

친친의 등과 궁둥이는 이끼처럼 부드러웠다. 옆구리에 상처가 있었지만 낑낑거리지도 않았다.

"아무래도 허리를 다친 것 같아. 우리 집 고양이도 허리 다쳤을 때 주저앉아 있었거든. 하지만 좀 쉬니까 괜찮아졌어."

다라가 조용히 말했다.

"친친도 괜찮아지나?"

"아마 친친은 너랑 헤어진 순간부터 널 찾아서 쉬지 않고 달렸을 거야. 내가 전문가는 아니지만 잠도 자고 푹 쉬고 나면 어쩌면…."

다라가 말을 얼버무렸다.

"참, 나나. 친친은 지금 엄청 목 마를 거야."

다라의 말이 맞았다. 친친은 더울 때처럼 혀가 말려 있었다. 하지만 헐떡거리지는 않았다.

다라가 가방에서 뭔가를 꺼내 비틀었다. 그러고는 입술에 살짝 갖다 댔다. 꿀꺽꿀꺽 소리가 났다. 나나는 마른 입술을 핥았다.

"물이야."

다라가 호리병박처럼 생긴 것을 나나에게 건넸다. 나나는 호리병박을 손에 꼭 쥐고 다라를 따라했다. 그러고는 손을 오목하게 오므려 물을 따랐다. 친친이 할짝할짝 핥았다. 금세 물이 동났다. 나나는 물을 더 얻으려

235

고 다라에게 갔다.

탁. 탁. 스윽.

탁. 탁. 스윽.

친친이 뒷다리를 끌면서 따라왔다. 나나와 다라는 눈을 크게 뜨고 마주 보았다. 낯설지 않은 소리였다.

액 액 액 애애액.

나나가 주위를 두리번거렸다.

검은 바위 위에 앉은 갈매기의 노란 눈동자가 나나를 빤히 보고 있었다.

액 액 액.

갈매기는 한 번 더 울더니 날개를 활짝 펼쳐서 날아올랐다.

나나가 오므린 손바닥에 다시 물을 부었다. 나나는 익숙한 친친의 냄새에 코를 킁킁거렸다. 익숙한 냄새에 상처의 피 냄새가 섞여 있었다. 나나는 영롱하게 빛나는 친친의 눈동자를 바라보았다.

"터널 속에 있던 건 콘도르가 아니었다. 너였다, 친친. 너였다!"

나나가 속삭였다.

친친이 물을 핥다 말고 고개를 번쩍 들었다. 그럼 나였지! 대답이라도 하려는 듯 입을 벌렸다. 하지만 아무 소리도 나오지 않았다.

"목이 상했나봐!"

친친 옆에 쭈그리고 있던 다라가 말했다.

친친이 대답하듯 소리 없이 짖는 시늉을 했다.

"가엾어라."

다라는 냄새를 맡을 수 있게 손을 내밀었다. 친친이 다라의 손바닥을 핥았다. 나나는 놀라워하며 질투가 반쯤 섞인 눈빛을 보냈다. 친친은 나나의 늑대였다. 친친은 다른 사람을 핥지 않았다.

"친친 목소리 안 나와도 냄새는 잘 맡는다."

나나가 피식 웃으며 말했다.

"무슨 말이야?"

"친친 냄새 아주 잘 맡는다. 위험하고 나쁜 것들 기가 막히게 알아챈다. 친친이 너를 좋아한다는 뜻이다."

나나가 어깨를 으쓱하며 씩 웃었다.

다라도 웃으며 친친의 부드러운 목덜미를 쓰다듬었다.

"그럼 나도 친친을 좋아한다고 말해줄래?"

친친이 소리 없이 짖었다. 나나와 다라는 마주보고 웃었다. 친친은 나나의 무릎에 무겁고 지친 머리를 기댔다.

59. 소

다라가 잠든 친친을 바라보았다. 나나는 친친의 털을 계속 쓰다듬었다. 다라와 나나와 친친은 어쩌다 이곳에 있게 된 걸까. 셋은 결국 어떻게 될까. 모든 게 말도 안 되는 커다란 우연일까? 그저 운일까?

다라는 섬에 도착한 이후 처음으로 행운의 황금 야생 토끼를 떠올렸다. 주머니를 뒤져보니 놀랍게도 작은 토끼 조각상이 그대로 들어 있었다. 다라는 작고 뾰족한 귀를 감싸 쥐었다. 황금 야생 토끼!

"옛날 옛날 아주 먼 옛날, 이 세상이 생겨났을 때…."

황금 토끼를 향한 열망과 호기심과 애타는 마음이 생각났다. 다라는 씩 웃었다. 결국 래스린 섬에 왔다. 갑자기 황금 토끼를 찾는 일은 더 이상 중요하지 않게 느껴졌다.

나나와 친친을 슬쩍 보았다. 다라는 더 특별한 것을 찾았다. 어쩌면 더 큰 행운이었다. 친친의 다친 다리를 생각하면 늑대에게는 여전히 행운이 필요하겠지만.

바람결에 긴 넋두리 같은 신음 소리가 떠다녔다.

"이게 무슨 소리냐?"

나나가 다라의 팔을 세게 붙잡았다.

"나도 모르겠어."

다라는 마른침을 삼켰다.

구슬픈 신음 소리가 다시 들려왔다. 다라는 <u>으스스</u>한 달을 겁먹은 눈으로 흘긋 보았다.

동트기 전 어스름 속에 무언가가 어슬렁어슬렁 다가왔다.

다라는 문득 모래언덕이 떠올랐다. 손전등을 비추며 안도의 한숨을 내쉬었다.

"소야. 소."

다라가 키득거렸다.

"소?"

나나는 손전등을 다시 비추며 미심쩍다는 듯 말했다.

"오록스네! 무리는 어디에 있지?"

나나가 주위를 두리번거렸다.

"옛날에 이 섬에 사람들이 살 때는 떼로 키웠겠지만 지금은 몇 마리 안 남았을 걸."

"키워? 오록스를 키워?"

나나는 눈이 휘둥그레졌다.

"우유랑 고기 같은 걸 얻으려고 집 옆에 두고 키웠지. 당시에는 밀도 길렀어. 저기 봐. 수백 년 전부터 있던 밀밭이야."

다라가 잿빛 풀이 흔들리는 땅을 가리켰다.

"일밭?"

나나는 고개를 갸웃거렸다. 다라가 옆에 있는 밀 줄기에서 낱알을 떼어 나나에게 건넸다.

"밀. 이게 밀이야."

"밀."

나나는 손톱으로 하나를 집어 천천히 씹었다. 그러고는 다라의 손바닥에서 낱알을 한 움큼 쥐고 주머니에 넣었다. 잠깐 생각하는 듯 하더니 주머니에서 뭔가를 꺼냈다.

"다라머룸? 이거 어떠냐? 내 부싯돌 줄 테니 손전등 나 주라."

"좋아."

다라가 흔쾌히 찬성했다. 나나는 다라의 손에 부싯돌 두 개를 쥐어주고 만족스러운 얼굴로 손전등을 주머니에 넣었다.

다라가 부싯돌을 서로 부딪치며 웃었다. 불꽃은 일지 않았다.

다시 한번 음매 소리가 들렸다. 이번에는 조금 더 멀리서 들렸다.

60. 두려움

나나가 주머니에서 치료제를 꺼내 친친의 상처에 발랐다. 친친의 두툼한 털을 쓰다듬고 또 쓰다듬었다. 나나는 기뻤지만, 마음 한편이 슬프고 무거웠다.

"친친, 나는 네게서 도망쳤다. 널 콘도르로 오해했다. 콘도르가 날 잡으러 온 거라고 착각했다. 친친 너였는데! 네가 날 따라온 거였는데! 넌 날 절대 떠나지 않았다. 그런데 나는…. 네 앞에서 문을 닫아버렸다."

친친은 졸음에 겨운 얼굴로 나나의 뺨에 흐르는 눈물을 핥았다. 나나가 턱을 친친에게 비볐다. 친친의 털은 집처럼 부드러웠다.

"너일 거라고는 상상도 못 했다. 너인 줄도 모르고 무서워했다…."

나나가 고개를 들고 머나먼 얼음 나라에서 온 스라소니 머리의 다라를 흘깃 보았다.

"다라머룸, 난 너도 무서웠다."

나나가 속삭였다.

"나도 너 진짜 무서웠거든. 우리는 잘 모르는 것들을 두려워하잖아. 익

241

숙하지 않은 것들을."

다라가 씩 웃었다.

"네가 발 넣은 노란 거. 많이 무서웠다. 그런 거 처음 봤다."

나나가 심각한 표정을 지었다.

"장화? 이게 무서웠다고? 눈 딱 감고 발 한 번 넣어봐. 무서운 건지 아닌지."

다라가 피식 웃었다.

"장화!"

나나도 따라 웃으며 노란 장화에 살금살금 발을 밀어 넣었다.

"내 발 바나나 되었다!"

나나는 발을 꼼지락거리며 외쳤다.

"바나나 하나 추가!"

다라가 나머지 한 쪽도 건넸다.

나나는 노란 바나나 같은 발을 내려다보며 키득거리다 씩 웃었다.

그러고는 바다를 물끄러미 바라보았다. 어느새 아침이 밝았다. 하늘의 가장자리가 붉게 물들고 샛별이 반짝였다. 익숙하지 않은 것은 두렵다. 하지만 진정으로 두려운 것은 아닐 수도 있다. 두려움을 손으로 꼭 쥐면 얼음처럼 스르르 녹을 지도 모른다.

해가 떠오르자 바다 건너 정령 바위가 어렴풋이 보였다.

"집."

나나는 무엇이 두려운지 정확히 깨달았다.

집으로 돌아가는 것이 두려웠다.

콘도르 때문만은 아니었다. 이제는 하비가 없다는 것을 알았기 때문이다. 아빠에게 '아니요'라고 함께 말해줄 사람이 없었기 때문이다.

"그럼 다른 길이라도 있느냐? 더 좋은 길이라도 있어?"

나나가 '아니요'라고 하면 아빠는 이렇게 호통 칠 것이다.

나나는 침을 꿀꺽 삼켰다.

"처음부터 길이라고 정해진 건 없어요."

나나가 혼잣말을 중얼거렸다. 섬 어딘가에서 소가 낮고 길게 울었다. 하늘처럼 높은 돌기둥과 바람에 속삭이는 밀밭을 물끄러미 바라보았다. 마음속에서 부싯돌이 맞부딪치며 불꽃을 일으키듯 새로운 생각들이 번쩍였다.

나나는 온몸에 전율이 흘렀다. 두려움을 얼음처럼 감싸쥐기로 마음 먹었다.

"집에 가야겠어, 다라머룸."

나나가 나지막이 말했다.

61. 집

다라가 서운한 얼굴로 고개를 끄덕였다. 이제는 헤어져야 할 때였다.

"그런데 어떻게 가? 집으로 돌아가는 방법을 알아, 나나?"

다라는 바람이 세차게 부는 절벽 꼭대기에서 주위를 둘러보았다. 혹시 마법의 문이나⋯ 다른 차원으로 가는 창문이나⋯ 다라가 미처 알지 못하는 무언가가 있는지도 모르니까.

나나의 눈동자에는 걱정하는 기색이 보이지 않았다. 다라가 농담이라도 한 것처럼 팔꿈치로 쿡 찌르며 활짝 웃었다.

"나는 모른다, 다라머룸! 머나먼 얼음 나라에서 온 네가 안다!"

"나도 몰라, 나나."

다라가 놀라서 손사래 쳤다.

하지만 나나는 더 큰 웃음을 터뜨릴 뿐이었다.

다라는 육지를 바라보았다. 벌써 작은 빛들이 맨델을 향하는 큰길을 따라 꿈틀거렸다. 돌집에서도 엄마 아빠가 곧 잠에서 깨어날 것이다. 다라는 입술을 깨물었다. 엄마 아빠는 다라의 방 앞에서 소곤거리다 '방해 금지' 메모를 못 본 척 문을 열 것이다. 아빠는 커튼을 걷고 엄마는 늘 그렇듯이 '일어나, 잠꾸러기' 하고 소곤거릴 것이다. 그러고는 부드럽게 이불을 젖힐 것이다…. 엄마 아빠는 다라 대신 이불 속 가득한 구겨진 래스린의 전설과 마주하게 될 것이다.

다라는 가슴에 돌덩이가 얹힌 것 같았다. 도대체 무슨 생각으로 여기까지 온 걸까? 엄마 아빠는 다라가 무사하기만을 간절히 빌며 가슴을 졸일 것이다.

다라 역시 집으로 돌아가야 했다.

다라가 고개를 돌려 나나를 보았다. 나나는 표정이 복잡했다. 어리둥절하고 못마땅하고 안쓰러운 마음 어딘가에 있는 표정이었다.

"너 길 잃었다, 다라머룸. 길 잃었다."

나나가 다라의 팔을 부드럽게 쳤다.

다라는 눈을 깜빡거리며 나나를 보았다. 다라가 길을 잃을 수는 없었다. 다라는 자신이 어디에 있는지 정확히 알고 있었다.

안개가 자욱한 먼바다에서 낮고도 구슬픈 뱃고동 소리가 들려왔다. 둘은 바다를 향해 고개를 돌렸다. 다라의 눈이 수평선 위로 천천히 떠가는 화물선의 흐릿한 불빛을 따라갔다. 배는 항구와 항구 사이 보이지 않는 길을 따라 바다를 누볐다. 어디로 향하는지 바닷길이 어떻게 이어질지 언제나 정확히 알았다.

"그래, 어쩌면 길을 잃었는지도 몰라. 나는 평생 기다리고 또 기다렸어. 다른… 사람이 되는 날을. 나를 바꿔줄 수술 날만 기다렸어. 조금 바꾸는 게 아니라 완전히 바꿔줄 그날."

나나는 멍하게 눈만 깜빡였다.

다라가 나나가 이해하기 쉽게 말을 바꿨다.

"나도 힘세고 덩치 크고 강한 사람이 되고 싶었어. 하비처럼… 콘도르처럼… 크고 강한 사람."

"너 크고 강하지 않다."

나나가 고개를 저으며 웃었다.

"나도 알아."

다라는 가슴이 따끔거렸다.

"나도 크고 강하지 않다."

나나가 크고 강한 목소리로 외쳤다.

다라는 피식 웃었다.

"친친도 크고 강하지 않다. 사람도 아니다."

나나는 자기가 던진 말에 웃음을 터뜨렸다. 하지만 이내 진지한 얼굴로 손을 동그랗게 오므려 다라에게 속삭였다. 비밀 이야기라도 하는 것처럼.

"크고 강해 보이는 사람도 사실 크고 강하지 않다, 다라머룸."

나나는 스스로도 놀라운 생각이라는 듯 고개를 끄덕였다.

"콘도르? 하비? 아빠? 콘도르는 몸집이 땅딸막하고 역겨운 냄새가 나는 거짓말쟁이다. 하비는 슬픔에 빠져 쇠약해졌다. 아빠는… 너무 아빠다."

둘은 동시에 소리 내어 웃었다. 친친이 자다가 몸을 움찔했다.

"너는 바뀌지 않아도 된다, 다라머룸. 너 다라머룸이다."

나나가 결론은 간단하다는 듯 어깨를 으쓱하며 부드럽게 말했다.

"하지만 나는…. 네가 생각하는 그런 사람이 아니야, 나나. 네가 생각하는 엄청난 힘 같은 거 없어. 머나먼 얼음 나라에서 오지도 않았어. 네가 집으로 돌아갈 수 있는 방법? 당연히 몰라. 우리집에 어떻게 가야 할지도 모른다고."

다라는 왠지 거짓말쟁이가 된 느낌이었다.

"너 다라머룸이다."

나나는 다시 한번 어깨를 으쓱했다. 나나를 설득할 수 있는 말은 아무것도 없는 것 같았다.

나나가 말하는 다라의 이름에서 전사의 기운이 느껴졌다. 다라는 드넓은 바다와 황금빛으로 물든 하늘을 바라보았다. 하늘에서는 노란 호박색과 붉은 색 띠가 묘하게 어우러지며 점점 퍼져 나갔다.

"돌고래다!"

나나가 헉 소리를 내며 외쳤다. 손으로는 촛대 바위 쪽을 가리켰다. 돌고래 떼가 물 위로 뛰어올랐다. 몸을 휙 젖히며 다시 다이빙했다. 물결 위에서 매끈한 등이 반짝거렸다.

"정말 돌고래네."

다라가 경이로워하며 속삭였다. 문득 그런 생각이 들었다. 돌고래는 그들이 돌고래라는 걸 알까? 얼마나 놀라운 존재인지 알까? 돌고래는 그저 그들 자신으로 존재할 뿐이다. 나나가 자신이 석기시대에서 왔다는 걸 모르는 것처럼. 친친이 자신이 사나운 야생 늑대라는 것을 모르는 것처럼. 황금 야생 토끼가 자신이 특별하다는 걸 모르는 것처럼. 어쩌면 나나는 다라조차 모르는 다라 안의 무언가를 볼 수 있는지도 모른다.

다라는 일어서서 등대를 향해 맨발로 걸어갔다. 가시덤불에서 멀어지자 바람이 다시 거세게 불어왔다. 다라가 두 팔을 양옆으로 활짝 펼쳤다. 바람이 머리를 헝클어뜨리고 몸을 흔들도록 내버려두었다. 소금기 섞인 작은 물방울이 뺨에 닿아 따끔거렸다. 다라는 입을 벌리고 신선한 공기를 크게 들이마셨다.

문득 누군가의 시선이 느껴졌다.

다라가 나나를 휙 돌아보았다. 나나는 여전히 가시덤불 옆에 앉아 잠든 친친을 쓰다듬으며 돌고래를 보고 있었다.

돌풍이 불어와 다라의 찢어진 후드티셔츠가 깃발처럼 나부꼈다. 다라는 절벽 아래쪽 비밀 터널 출구를 유심히 보았다. 야생화가 이른 아침 어스름에 보랏빛으로 빛났다. 해안선과 금빛으로 물든 바다도 눈을 크게 뜨고 살폈다. 하지만 아무것도 보이지 않았다.

다라는 여전히 누군가의 시선을 느꼈다.

심장이 점점 빨리 뛰었다. 다라는 절벽 반대편으로 고개를 돌렸다. 절벽과 베스 부인의 집이 있는 폐허 마을 사이의 움푹 팬 땅에서 키가 큰 밀과 풀이 바람에 흔들렸다. 밀밭에 몸을 숨긴 채 누군가 다라를 보고 있는 걸까?

다라는 밀밭의 금빛 물결을 눈으로 좇았다. 바람이 불어와 꽃대가 휙 하고 움직였다. 저 아래쪽에서는 파도가 요란하게 부서졌다. 다라는 마른침을 삼켰다.

그때 뒤에서 부스럭 소리가 들렸다.

다라가 고개를 돌렸다. 그리고 입을 막았다.

황금 야생 토끼였다. 옅은 황금색 토끼가 불과 몇 미터 떨어진 곳에서 앞다리를 들고 서 있었다. 거의… 사람처럼 보이는 푸른 눈으로 다라를 뚫어져라 보고 있었다.

다라가 천천히 손을 내밀었다. 래스린 섬의 전설 속 '황금 야생 토끼'에 나오는 모습 그대로였다. 토끼는 금속 조각상처럼 가만히 서서 움직이지 않았다. 정적이 흘렀다. 토끼가 눈을 한 번 깜빡이자 다라는 놀라서 펄쩍 뛰었다.

다라는 토끼의 푸른 눈동자를 유심히 보았다. 토끼도 다라에게서 눈을 떼지 않았다. 엄청난 시간이 흐른 것 같았다. 영원에 가까운 시간 같았다. 다라는 지구가 천천히 도는 것과 아래쪽에서 무겁게 끌어당기는 힘을 느끼고 있었다. 숨을 깊이 들이마셨다. 다시 내쉬려는데 토끼가 한 번 더 눈을 깜빡였다. 그러고는 코를 찡긋하고 꼬리를 흔들며 달아났다.

"안 돼!"

다라가 외쳤다. 하지만 황금 토끼는 기다란 밀 사이로 모습을 감췄다. 처음부터 없었던 것처럼 흔적도 없이 사라졌다.

가시덤불 아래가 소란스러웠다. 나나가 친친을 꼭 잡고 벌떡 일어섰다. 친친은 나나의 손아귀에서 빠져나와 뒷다리를 끌며 밀밭으로 달려갔다. 친친의 눈빛이 맹수의 눈처럼 날카롭게 빛났다.

"안 돼! 멈춰!"

다라가 소리를 질렀다.

62. 황금 야생 토끼

나나가 친친을 부르며 쫓아갔다. 밀밭으로 있는 힘을 다해 뛰었다. 키보다 더 큰 밀 사이로 들어갔다. 밀을 밟고 헤치며 마구 달리는 늑대를 따라 달렸다. 황금빛 햇살에 눈이 부셨다.

"멈춰! 거기 서!"

나나가 외쳤다. 저 야생 토끼는 살아있는 동물 정령이었다. 나나는 토끼의 하늘처럼 푸른 눈동자에서 번쩍이는 빛을 보았다.

"친친, 멈춰!"

나나가 달려가며 외쳤다. 늑대는 멈출 생각이 없어 보였다. 펄쩍펄쩍 뛰는 늑대의 발소리와 파도가 부서지는 소리, 바람이 아우성치는 소리, 심장이 쿵쾅거리는 소리가 귓가를 울렸다. 눈앞이 핑 돌았다. 바다에서처럼 어지럽고 아찔했다. 아침 햇빛이 너무 밝고 주위는 온통 시끄러웠다. 점점 숨이 가빠왔다. 짠 생선과 바나나와 산사나무와 해초 냄새가 콧속으로 훅 밀려들었다. 나나는 숨을 크게 들이쉬다 발이 미끄러지며 휘청거렸다. 밀밭 옆 이끼 낀 땅 위로 그대로 쓰러졌다.

나나가 손과 무릎으로 땅을 짚은 채 숨을 헐떡였다. 마른 먼지가 자욱한 공기를 들이마셨다.

고개를 들어 옆을 보니 올빼미 바위가 보였다. 손바닥으로 차가운 바위를 짚고 엉거주춤 일어났다. 여전히 가쁜 숨을 몰아쉬며 손차양으로 눈부신 아침 햇살을 가렸다.

"세상에, 이런."

나나는 다리에 힘이 풀려 다시 주저앉았다.

눈앞에 환하게 빛나는 땅 위로 노란 가시금작화가 흐드러지게 핀 대평원이 펼쳐져 있었다. 다라의 노란 장화에서 발을 빼 이끼 위에 대고 꼼지락거렸다. 부드러움이 생생하게 느껴졌다.

나나는 놀라움에 웃음이 터졌다. 발아래 래스린 산의 울퉁불퉁한 바위들을 내려다보았다. 산기슭에서는 오록스 몇 마리가 풀을 뜯고 있었다. 그 옆으로 드넓은 강이 흙색과 푸른색으로 소용돌이치며 바다로 흘러 들어갔다.

눈으로 강을 거슬러 돌무더기 언덕까지 따라갔다. 강물이 굽이치고 휘어지며 언덕 너머 짙은 초록 숲을 통과했다. 그리고 그 숲에 나나의 정령 바위가 있었다. 나나의 집. 뜨거운 눈물이 뺨을 타고 흘렀다.

부드러운 털이 종아리를 간지럽혔다.

"내 늑대!"

나나는 손으로 입을 막았다. 친친이 나나의 옆에 서 있었다.

눈물을 닦으며 몸을 굽혀 친친의 잿빛 머리털을 헝클어뜨렸다. 친친은 뒷다리를 곧게 펴고 늠름하게 서 있었다. 나나는 심장이 뛰었다.

"너 다 나았다!"

친친이 나나의 코를 핥았다.

나나는 다시 몸을 일으켜 세웠다. 다라의 빨간 비옷이 부스럭거렸다.

"다라머룸?"

나나가 주위를 둘러보았다. 밀밭도 하늘처럼 높은 등대도 보이지 않았다. 무너져 내린 돌집도 사라졌다. 나나는 입술을 세게 깨물었다.

"다라머룸?"

나나가 떨리는 목소리로 한 번 더 외쳤다. 거센 바람이 나나의 목소리를 삼켰다.

63. 실제

"나나! 나나! 친친! 어디 있니?"

다라가 밀밭으로 뛰어갔다.

갑자기 바람이 잠잠해졌다. 마치 누군가 스위치를 끄기라도 한 것 같았다. 다라는 자리에서 돌고 또 돌았다. 나나도 친친도 없었다. 심지어 둘의 발자국마저 보이지 않았다.

"나나!"

대답이 없었다. 절벽 기슭에서 세차게 부서지는 파도소리와 머리 위를 빙빙 도는 바닷새 우는 소리만 들렸다.

다라는 나나의 이름을 외치며 걸었다. 가슴이 서늘하고 무거워졌다. 친친이 절벽으로 돌진해 뛰어내렸으면 어쩌지? 나나가 친친을 구하겠다고 절벽을 타고 내려갔으면? 둘 다 절벽 아래로 떨어졌으면? 아니면….

다라가 키보다 큰 밀을 헤치고 밭 바깥으로 나왔다. 놀랍게도 다라는 올빼미 바위 옆 이끼 긴 땅 위에 서 있었다.

다라는 절벽 쪽으로 천천히 다가갔다. 이를 꽉 물고 절벽 아래를 내려다보았다. 다행히 까만 바위와 파도만 보였다. 다라는 가방에서 쌍안경을 꺼냈다. 올빼미 바위에 기대 절벽과 바다 위를 둘러보았다. 빨간 비옷과 잿빛 털이 보이지 않는지 살폈다.

"나나, 어디에 있니?"

다라가 혼잣말을 중얼거렸다. 진짜 사람은 갑자기 이렇게 사라지지 않는다.

"진짜 사람은⋯."

다라는 쌍안경을 천천히 내리며 되뇌었다. 요즘에는 아무도 동물 가죽을 옷처럼 걸치고 다니지 않는다. 늑대와 친구로 지내지도 않는다. 바나나를 껍질째 먹지 않는다. 다라는 입술을 깨물었다.

어쩐지 쑥스럽고 멋쩍어 얼굴이 달아올랐다. 4학년 때 스테판 백스터가 황금 토끼 같은 것은 다 지어낸 이야기라고 했을 때가 떠올랐다. 있을 수도 없고 있지도 않다고 혀를 찼다. 다라는 몸을 움찔했다.

나나를 만난 일은 있을 수 없는 일이었다. 다라는 수영을 하고 나서 귀에 든 물을 빼려고 머리를 흔드는 것처럼 세차게 고개를 저었다. 나나는 있을 수 없는 아이였다. 이 모든 게 다라의 공상이었을까?

다라는 올빼미 바위에 기댔다. 차갑고 거칠고 단단한 바위를 손으로 쓸어내렸다. 바위는 상상이 아니었다.

갑자기 다라의 손끝이 멈췄다. 손이 스친 자리를 다시 천천히 쓸어올렸다.

코를 가까이 대고 바위 표면을 유심히 보았다.

바위에 무언가가 아로새겨져 있었다. 아주 오래된 흔적 같았다. 긴 시간

동안 닳고 닳았지만 무슨 모양인지는 알 수 있었다. 다라는 손끝으로 따라 그렸다.

세모. 또 하나의 세모. 두 세모는 꼭짓점 중 하나가 맞닿아 있었다. 나비넥타이나 날개 모양 같았다. 나비 아니면… 나방.

"나방. 나방 아이 나나?"

어쩌면 나나가 동굴에서 말한 그… 징표일까? 나나의 징표. 여기 있었다는 것을 말해주는 징표. 길을 잃지 않도록 알려주는 징표. 집으로 돌아가는 길을 가르쳐주는 징표.

나방 모양 징표를 다시 손으로 따라 그렸다. 얼얼한 전율이 바위에서 손끝으로 핏줄로 전해졌다. 꼬집힌 것처럼 가슴이 따끔거리는 걸 보니 꿈은 아니었다.

"고마워, 나나."

다라가 씩 웃으며 나지막이 말했다. 손바닥을 나나의 징표 위에 대고 거친 바다 너머를 바라보았다.

바닷새들이 끽끽 울며 하늘로 날아올랐다. 새들은 바다로 급강하해 깐 닥거리며 서로 물어뜯을 듯이 푸드덕대다 이내 사이좋게 파도를 탔다. 새벽녘 래스린 섬이 이렇게 활기찰 줄 누가 알았을까? 다라의 상상 속 래스린 섬은 책 속 그림처럼 적막한 섬이었다. 하지만 실제로는 바다오리가 청어를 은색 콧수염처럼 물고 다니고 부비새가 바다로 쏜살같이 첨벙 뛰어들었다. 등이 검은 거대한 갈매기는 바위에 걸터앉아 먹잇감을 찾아 눈을 부릅뜨고 있었다.

그리고 석기시대 소녀와 늑대가 있었다. 다라 역시 이 섬을 그들과 함께 걸었다. 있을 수 없는 일이지만 사실이었다.

어쩌면 세상에는 상상할 수 없는 일들이 생각보다 많을지도 모른다. 미처 예상 못 하거나 생각 못 한 일들이 곳곳에서 기다리고 있을지도 모른다. 좋은 일이든 나쁜 일이든. 이상하고 놀랍고 무서운 일이든. 아무도 알 수 없는 것이다. 지도도 정답도 없다.

"래스린 섬."

다라가 혼잣말을 되뇌었다. 밤이면서 동시에 아침인 하늘을 바라보았다. 어두우면서 동시에 아름다운 빛으로 일렁이는 바다를 바라보았다. 다라는 불가능한 것과 가능한 것을 생각했다. 그들이 사실은 얼마나 같은 것인지 생각했다.

64. 바위에 새긴 징표

나나는 돌칼을 주머니에 넣었다. 바위에 새긴 징표를 쓰다듬으며 손바닥으로 꾹 눌렀다. 그리고 눈을 감았다.

"고마워, 다라머룸."

잠깐 바위에서 사람의 손길 같은 온기와 부드러움이 느껴졌다.

다른 한 손은 친친의 머리에 얹었다.

"집에 가자."

나나는 눈을 뜨며 중얼거렸다.

강과 대평원과 끝이 보이지 않는 숲을 향해 달려 내려갔다.

주머니 속에서 손전등과 밀알이 달가닥거렸다. 새로운 생각들이 불꽃처럼 번쩍였다. 아빠와 하비와 콘도르는 꿈에도 상상 못 할 생각이었다. 있을 수 없는 일이라고 말할 게 뻔한 생각이었다.

오록스 몇 마리가 나나의 발소리에 흩어졌다. 강가에는 진흙 속에 어지럽게 찍힌 발굽 자국만 남아있었다. 나나는 강물을 한 움큼 떴다. 먹으려는 찰나에 사슴 해골이 보였다.

뼈가 얕은 물가 사방에 흩어져 있었다. 살점은 하나도 붙어 있지 않았다. 나나가 먹을 것은 고사하고 친친에게 줄 고기 한 점 보이지 않았다.

나나는 물을 떠먹으며 사슴 두개골을 흘깃 보았다. 턱뼈는 사라지고 뿔과 머리뼈만 남아 있었다. 눈알 자리는 움푹 패 있었다. 사슴이 노려보는 것만 같아 뒷목이 서늘했다.

나나가 얕고 빠르게 흐르는 강물을 잰걸음으로 건넜다. 노란 장화 때문에 발이 물에 젖지 않았다. 이상한 마법 같았다. 어쩌면 올리와 메이는 노란 장화를 겁낼지도 모른다. 두려워하거나 원하거나 둘 중 하나일 것이다.

물을 건너던 나나가 몸을 움찔했다.

고개를 돌려 다시 사슴 두개골을 흘깃 보았다. 그때 강물의 잔물결에 빨간 비옷이 시뻘겋게 비쳤다. 나나는 모자를 뒤집어썼다. 무시무시한 모습이었다. 콘도르는 이전에 한번도 이런 것을 본 적 없을 것이다. 마음속에서 다라의 목소리가 들렸다.

"우리는 잘 모르는 것들을 두려워하잖아. 익숙하지 않은 것들을."

문득 아빠가 들려준 이야기가 떠올랐다. 살아있는 동물 정령에 관한 전설이었다. 그 이야기는 언제 들어도 오싹했다. 오래된 기억을 더듬자 아빠의 목소리가 귓가에 맴돌았다.

"만약 손이나 눈이나 혀를 악하게 쓰면 깊고 깊은 밤에 살아있는 동물 정령이 찾아오지. 반은 짐승, 반은 여자인 동물 정령은 고요하고 기묘한 노래를 부르며 사냥을 하지. 바로 그 사악한 자를!"

나나는 몸을 부르르 떨었다.

껍질을 깨고 나오려는 병아리처럼 생각 하나가 마음을 톡 건드렸다.

65. 징표

톡톡톡. 톡톡톡.

"됐다!"

다라가 외쳤다. 올빼미 바위 위 돌가루를 입으로 후 불었다. 다라는 나나의 징표 옆에 자신의 징표를 새겼다. 감탄하는 눈빛으로 가만히 보았다.

다라의 'D'와 다라머룸의 'D'. 하나는 다른 하나의 그림자였다. 하나를 둘로 나눈 것이었다.

다라는 주머니칼을 가방에 집어넣고 갓 새긴 징표를 손끝으로 어루만졌다. 나나가 래스린 섬에 다시 오게 되는 날, 이 징표를 보고 다라가 실제로 있었다는 걸 알게 될 것이다. 집으로 돌아가는 길을 찾았다는 것도. 다라는 그 모습을 상상하며 흐뭇하게 웃었다.

다라가 눈을 가늘게 뜨고 래스린 해협 너머를 바라보았다. 모래 언덕 뒤로 낮은 구릉 위에 돌집이 어렴풋이 보였다. 이곳에서 보니 집이 아주 작았다. 작은 바닷가 마을 작은 집의 작은 창문 속 자신의 얼굴을 상상했다.

다라는 눈을 감았다. 침대 위에 편안하게 웅크린 자신을 마음속으로 그렸다. 옆에서는 산소 측정기계가 윙윙 돌아간다. 엄마는 다라의 머리카락을 쓰다듬고 아빠는 '다라해'라고 속삭인다. 찰리가 옆 침대에 다리를 꼬고 걸터앉아 《래스린 섬에서 진짜로 일어난 전설 이야기》를 천 번째로 읽어준다.

다라는 가족이 필요했다.

혼자서도 충분히 할 수 있다는 것을 보여주려고 이 섬에 왔지만 실제로는 그 반대를 알게 되었다. 다라는 사람이 필요했다. 친절하고 재미있고 완전히 정상이 아닌 나나 같은 사람. 다라를 있는 모습 그대로 받아주는 사람. 다라에게 그들이 필요하듯 다라를 필요로 하는 사람.

엄마와 아빠와 찰리와 톰 같은 사람들.

그리고 이야기. 불가능해 보이지만… 진실인 이야기가 필요했다.

다라는 징표를 손끝으로 쓸었다. 이제는 자신을 받아들여야 했다. 이제는 다른 누군가가 되려고 애쓰지 말아야 했다. 다라가 심장에 손을 올렸다. 나나가 바른 으깬 초록 잎은 말라서 거의 다 벗겨졌다. 손톱으로 남은 잎을 살살 긁어냈다. 언젠가는 심장 수술을 받게 될 것이다. 그날이 온다고 해도 갑자기 꽃과 유니콘과 별똥별이 가득한 세상이 열리지는 않을 것이다. 수술 후에도 다라는 여전히 다라일 것이다. 누구나 그렇듯 어떤 부분은 형편없고 어떤 부분은 대단한 모습으로 살아갈 것이다. 실은 모든 사람은 자기 자신을 그렇게 끌어안고 사는 것이다.

다라가 씩 웃으며 천천히 한숨을 쉬었다. 가슴이 조이는 익숙한 느낌이 들었다. 하지만 곧 아침 약을 먹을 수 있을 것이다.

"무적의 핑크 파워."

다라가 중얼거리며 입술을 깨물었다. 이제 진짜 집으로 돌아가야 할 시간이었다. 단지 어떻게 가야할지 모를 뿐이었다.

저 멀리 항구에서 작은 빛이 깜빡거렸다. 아마도 아침 일찍 배를 띄울 채비를 하는 어부들일 것이다. 만약 다라가 소리를 지르며 손을 흔들어 어부들의 눈에 띌 수만 있다면 그들이 섬으로 와서 구해줄지도 모른다.

그때 나나와 나나의 잃어버린 오빠가 떠올랐다.

"빛을 비춰. 그럼 내가 널 찾을게."

다라가 혼잣말로 되뇌었다. 손전등을 찾아 가방을 뒤졌다. 올빼미 바위 위에 올라가 손전등으로 신호를 보내면 어쩌면 어부들이….

오, 다라는 손전등을 나나의 부싯돌과 바꾼 것이 생각났다. 손에 걸린 건 부싯돌 두 개뿐이었다.

"좋지 않아."

다라가 투덜거렸다.

고기잡이배가 항구를 벗어나 부표 사이로 물살을 갈랐다. 더 허비할 시간이 없었다.

다라는 나나가 불을 어떻게 지폈는지 곰곰이 생각했다. 우선 마른 풀을 한 움큼 모았다. 이끼 낀 땅에 풀 더미를 놓았다. 그러고는 부싯돌 두 개를 서로 치고 치고 또 쳤다.

66. 구조 요청

아무 일도 일어나지 않았다. 작은 불꽃조차 일지 않았다.

다라가 고개를 들었다. 고기잡이배는 속도를 높이기 시작했다. 안 돼!

손이 안 보일 정도로 빠르게 부싯돌을 내리쳤다. 갑자기 아주 작은 불꽃이 마치 요정처럼 부싯돌에서 풀 더미로 뛰어내렸다.

"좋았어!"

다라는 나나처럼 마른 풀을 들어 후후 불었다. 불꽃이 조금씩 타올라 풀더미 중앙에서부터 붉은 빛이 번쩍일 때까지 계속 불었다. 들어 올렸던 풀을 내리고 잔가지를 불꽃의 먹이처럼 집어넣었다. 불씨가 꺼지지 않도록 두 손으로 바람을 막았다. 마침내 연기가 자욱하게 피어오르자 다라는 고개를 들어 고깃배를 찾았다. 올빼미 바위 옆 곳 가까이에 배가 보였다.

"저기요! 여기예요, 여기! 도와주세요!"

다라가 손을 흔들며 외쳤다.

불 속으로 마른 가지를 더 집어넣었다. 다시 고개를 들었을 때 배는 이미 곳에서 멀어져 있었다.

"돌아와요!"

다라가 있는 힘껏 소리를 질렀다. 배는 통통 소리를 내며 래스린 섬에서 점점 더 멀어졌다.

다라는 털썩 주저앉아 올빼미 바위에 기댔다. 가슴이 꽉 조여 왔다. 익숙한 느낌이었다. 다라는 섬에 발이 묶여 버렸다.

항구 너머에서 종소리가 희미하게 들렸다. 아침 일곱 시를 알리는 교회 종소리였다. 다라는 고개를 저으며 마른 가지를 불에 넣었다. 여덟 시 반이 될 때까지 계속 불만 때고 있었다. 마침내 엄마와 아빠는 다라의 방에 들어가 다라가 없다는 것을 알게 될 것이다. 놀라서 속이 타들어갈 것이다. 다라는 무거운 마음에 입술을 꽉 깨물었다.

엄마 아빠는 경찰에 신고한 후 구급차를 부르고 소방서에도 전화를 걸 것이다.

다라는 별 볼 일 없는 불가에 앉아 바다 건너에서 파란 불을 번쩍이며 울리는 사이렌 소리나 듣고 있어야 할 것이다. 이게 도대체 뭐 하는 짓이람!

엄마도 울고 아빠도 울 것이다. 어쩌면 뉴스에도 나오고 눈물을 글썽거리며 인터뷰를 할 것이다.

"가엾은 엄마 아빠…."

다라는 생각만으로도 눈물이 터질 것 같았다. 하지만 꾹 참았다. 올빼미 바위에 기댄 채 가만히 심호흡하려고 애썼다. 덫에 걸린 새처럼 가슴 속에서 파닥거리는 심장을 생각하지 않으려 노력했다.

가방 주머니를 열어 휴대용 산소 호흡기를 꺼내 입에 물었다. 눈앞이 핑 돌았다. 부드러운 이끼 위에 몸을 웅크린 채 누웠다. 눈이 감겼다.

다라는 모닥불의 마지막 연기 자락이 밝은 아침 하늘 높이 피어오르는 것을 보지 못했다.

하얀 고깃배가 통통 소리를 내며 뱃머리를 돌려 래스린 섬의 작은 항구로 들어오는 것을 보지 못했다.

이름이 고등어인 점박이 양치기 개가 올빼미 바위를 향해 쏜살같이 달려와 다라의 얼굴을 핥는 것을 느끼지 못했다.

양치기 개가 주인인 어부가 올 때까지 짖고, 짖고, 또 짖는 소리를 듣지 못했다.

어부가 크고 떨리는 손으로 다라의 손목을 잡고 맥박을 재는 것을 알지 못했다.

어부가 기도를 중얼거리며 돌아서서 배로 번개처럼 달려가 "구조 요청! 구조 요청! 구조 요청!"이라고 간절하게 무전을 보내는 소리를 듣지 못했다.

67. 새끼

나나는 서늘하고 어둑한 초록 숲으로 들어갔다. 이끼와 썩은 나뭇잎의 익숙한 냄새에 웃음이 나왔다. 걸음을 멈추고 사슴 두개골을 든 자세를 고쳤다. 묵직한 머리 뼈의 가지진 뿔에 넝쿨이 자꾸 엉켰다. 사슴은 이렇게 거추장스러운 것을 머리에 얹고 어떻게 숲을 쏘다녔을까.

그때 어디선가 작고 처량한 울음소리가 들렸다. 나나는 긴장한 채로 귀를 기울였다. 친친이 옆에서 으르렁거렸다.

"쉿. 무슨 소리인지 들어야 한다."

나나가 친친을 타일렀다.

소리는 대평원에서 숲으로 이어지는 길목에서 들렸다. 나나가 뒤를 돌아 걸어온 길을 유심히 살폈다. 나무 밑 얕은 구덩이에 자그마한 털 뭉치가 웅크리고 있었다. 털 뭉치가 고개를 들고 다시 애처롭게 울었다. 무리에서 뒤처진 오록스 새끼였다.

나나는 조금 더 가까이 다가갔다. 잡아먹기에는 너무 작았다. 살코기보다 뼈가 더 많아 보였다. 친친이 옆에서 나나의 다리를 툭툭 건드렸다. '나나, 나 줘! 내 거야!'라고 말하는 듯 낮게 으르렁거렸다.

"친친, 목소리 찾았다! 그래, 너도 배고프겠지. 가서 네 배부터 채워!"

나나가 고개를 까딱하자 친친은 오록스가 누운 나무쪽으로 빠르게 달려갔다. 잠시 후 울음소리가 그쳤다. 친친이 사뿐히 걸어오는 발소리가 들렸다.

또다시 사슴뿔이 넝쿨에 걸렸다. 나나는 열한 번째 멈춰 서서 넝쿨을 풀며 친친을 흘깃 보았다. 나나의 입에서 헉 소리가 났다.

입술 사이로 웃음이 새어나왔다.

"지금 뭐 하는 거냐, 이상한 늑대?"

나나가 머리를 절레절레 흔들었다.

친친은 멋쩍은 듯 나나를 힐끔 보더니 고개를 돌리며 딴청을 피웠다. 친친의 뾰족한 주둥이에 오록스 새끼가 물려 있었다. 오록스는 다친 곳 하나 없이 눈을 꼭 감고 잠들어 있었다. 친친은 오록스가 늑대 새끼라도 되는 양 조심스럽게 다뤘다.

"친친! 그렇게 작은 오록스로 뭐 하려고?"

나나가 빙그레 웃었다. 문득 섬에서 보았던 소가 생각났다. 마음속에 좋은 생각이 떠올랐다.

나나와 친친은 각자의 특별한 짐을 들고 강변을 걸었다. 들쥐 소년과 함께 숨었던 동굴이 나왔다. 나나는 어두운 동굴 속을 들여다보았다.

"들쥐 소년."

나나가 작은 목소리로 소년의 이름을 불렀다. 소년은 이제 동굴에 없었다. 이상한 슬픔이 밀려와 나나 자신도 놀랐다. 소년이 따라나서겠다고 했을 때 허락했다면 어떻게 되었을까. 그때는 혼자가 더 자연스러웠다. 하지만 지금은, 다라를 만난 후부터는 혼자보다 친구와 함께하고 싶었다.

집이 점점 가까워질수록 나나는 발걸음이 무겁고 속이 울렁거렸다. 끔찍한 일이 벌어졌을지도 모른다는 두려움이 마음속에서 뱀처럼 꿈틀거렸다. 잔인한 콘도르는 충분히 그러고도 남을 사람이었다. 그리고 아빠…. 나나는 아빠를 실망시켰다. 아빠가 옳다고 믿는 길에서 도망쳤다. 아빠는 나나를 두 팔 벌려 환영하기는커녕 등을 돌릴지도 모른다. 또 하비…. 오, 하비. 오빠를 찾으려고 온갖 고생을 다 했지만 결국 찾지 못했다. 하지만 이대로 하비를 놓아버릴 수는 없었다.

강의 물살이 점점 빨라졌다. 고요한 초저녁 숲을 깨우는 물소리 뒤로 사람 목소리가 들렸다. 언덕 위 정령 바위 근처에서 누군가 크게 외쳤다. 익숙한 목소리에 귀를 바짝 기울였다.

나나는 갑자기 심장이 얼어붙었다.

"안 돼."

목소리가 떨렸다. 숲에서 액 액 액 하는 소리가 메아리쳤다. 콘도르였다.

나나는 손이 후들거리기 시작했다. 귓가에 또 다른 소리가 맴돌았다. 새끼 오록스가 낑낑거리며 울고 있었다.

"친친, 이 녀석 곧 영혼의 잠에 들 거다. 젖을 줄 엄마가 없다."

나나가 친친의 부드러운 머리를 어루만졌다.

친친은 새끼 오록스를 바닥에 내려놓고 강가로 갔다. 오록스는 갈색 눈으로 멀뚱멀뚱 보더니 친친을 따라갔다. 떨리는 다리로 친친의 잿빛 뒷다리 사이에 숨듯이 섰다. 나나는 꿀이 든 젖 꽃을 땄다. 작고 따뜻한 새끼 오록스를 들어 올려 품에 안았다. 다시 잠에 들 때까지 젖 꽃을 하나씩 먹었다.

"이 녀석 숨겨야 한다."

콘도르가 새끼 오록스를 발견하면 그 쭈글쭈글한 얼굴에 오록스의 피를 바를 게 틀림없었다. 나나는 생각만으로도 몸서리가 쳐졌다. 나나와 친친은 언덕 위 빈터로 기어 올라갔다. 주목나무에 난 둥지처럼 아늑한 구멍에 새끼를 숨겼다.

나나가 정령 바위 쪽을 흘깃 보았다. 가느다란 연기가 하늘로 피어오르고 있었다. 어느새 어둠이 내리고 물고기가 지글거리며 익는 소리와 사람들 목소리가 들렸다.

나나는 숨을 크게 들이쉬고 온 힘과 용기를 다해 주먹을 꼭 쥐었다. 창도 없고 나이도 어렸지만 돌처럼 단단한 마음과 빛으로 가득한 영혼이 있었다. 나나는 바다를 건넜고 래스린 산에 올랐다. 콘도르와 그의 부하들이 두려워 떨 만한 무언가도 보았다.

나나에게는 생각이 있었다. 나나가 사랑하는 모든 것들이 이 생각에 달려 있었다. 몸이 부르르 떨렸다.

"이제 준비됐다."

나나가 속삭였다. 그림자처럼 조용히 늑대와 함께 빈터를 향해 걸어갔다.

68. 짐승

　나나는 빈터 가장자리 가시 덤불 뒤에 몸을 숨기고 가지 사이를 유심히 보았다. 집은 평소와 달랐다. 모닥불이 활활 타오르고 뼈와 열매 껍데기가 여기저기 굴러다녔다. 불 옆 바위 위에 피를 칠한 남자 둘이 쪼그리고 앉아 누구의 창이 더 날카로운지, 누가 더 화살을 잘 쏘는지 옥신각신했다. 왠지 목소리가 익숙했다. 들쥐 소년과 동굴에 숨었을 때 나나를 잡으러 온 남자들 같았다. 나나는 침을 꿀꺽 삼켰다.

　식구들은 어디에 있지? 모닥불에서 떨어진 곳은 어둑해서 잘 보이지 않았다. 나나는 눈을 가늘게 뜨고 어둠속을 살폈다. 산딸기 덤불에서 메이가 폴짝 뛰어나왔다. 나나는 심장이 두근거렸다. 사랑스러운 장난꾸러기 메이! 당장 뛰어나가고 싶은 마음을 억누르느라 팔을 꼭 붙잡아야 했다. 메이가 불가로 달려갔다. 그 순간 모닥불 근처에 앉은 한 사람이 보였다. 두툼한 털로 뒤덮여 사람이라기보다 곰과 더 비슷한 모습이었다. 두려움과 역겨움이 벌레처럼 나나의 등을 오르내렸다.

　콘도르.

메이가 콘도르 앞에 무릎을 꿇고 앉아 오므린 양 손을 펼쳤다.

교활한 목소리가 저녁 공기를 흔들었다.

"한 번 볼까? 날 위해 무엇을 준비했지?"

콘도르가 몸을 앞으로 숙이고 메이의 손바닥 위를 들여다보았다.

"나 원 참! 겨우 쓴 열매 여섯 개?"

콘도르는 메이의 손목을 홱 비틀었다.

메이가 비명을 질렀다. 나나는 몸이 들썩였다.

"달달한 건 다 골라 먹고? 어둠 속에 숨어서 혼자 배가 터지도록 먹고? 감히 콘도르에게 이 따위 것을 가져 와?"

"아니에요. 그러지 않았어요. 저는… 저는….""

가엾은 메이의 목소리가 기어들어갔다. 나나는 눈앞이 뿌예졌다.

"입 닥쳐! 이 도둑 같은 게!"

콘도르가 메이를 들어서 바닥에 내팽개쳤다. 메이는 어두운 흙바닥을 뒹굴었다. 열매들이 사방으로 흩어졌다.

나나는 피가 얼어붙는 것 같았다. 고함을 지르지 않으려 주먹을 물어야 했다. 메이가 흐느꼈다. 피를 칠한 남자들은 액 액 웃었다. 아빠는 어디 있지? 왜 메이에게 달려오지 않지? 나나 옆에서 친친이 털을 곤두세우고 천둥처럼 낮게 으르렁거렸다.

"친친, 기다려."

나나가 속삭였다.

"독사, 이 도둑질이나 하는 멍청한 여자애를 다른 사람들 있는 데로 데려가. 덩굴로 꽁꽁 묶어놔."

콘도르의 부하 한 사람이 일어나 메이를 정령 바위 쪽으로 끌고 갔다. 메이는 남자를 깨물며 울고 발버둥쳤다.

나나의 눈이 남자를 쫓아갔다. 해질녘 어스름 속에 정령 바위에 묶인 아빠와 올리가 어렴풋이 보였다. 분노와 두려움으로 심장이 쿵 떨어졌다.

"오늘 밤이다. 달이 작고 가늘어지는 날. 이제 불을 끄면 짐승들은 마음 놓고 핏자국을 따라 이리로 올 것이다. 빈 입과 날카로운 발톱으로 우리가 베푸는 잔치를 즐길 것이다."

콘도르가 턱을 하늘로 쳐들고 말했다.

"액 액 액. 잔치지요. 암요. 장정 하나에 어린놈 둘. 먹을 게 넘쳐나지요! 액 액 액."

부하들이 낄낄거렸다. 기름이 잔뜩 낀 얼굴에 불빛이 붉게 어른거렸다.

"짐승들이 먹느라 정신없을 때 우리는 창과 화살로 사냥에 나서는 거지. 기가 막힌 작전이야."

콘도르가 의기양양하게 외쳤다.

"아, 기가 막힙니다!"

"참으로 기가 막힙니다!"

나나는 더 듣고 있을 수 없었다. 손으로 친친의 털을 꼭 쥐고 돌아서서 덤불 뒤로 빠져나왔다.

빈터의 작은 나무둥치의 움푹 팬 구멍 속으로 기어들어갔다. 눈에서 눈물이 흘러내렸다. 나나에게는 무기도 친구도 할 수 있는 것도 없었다. 가족은 붙잡히고 단 하나의 계획은 모래처럼 부스러졌다. 콘도르를 속일 수 있을 거라고 생각하다니 어리석었다. 마음이 두려움으로 가득 차 콘도르의 부하들을 속이지도 못 할 것 같았다.

　나나는 눈물을 닦았다. 친친의 귀가 곤두서 있었다.

　"무슨 소리가 들려?"

　나나가 숨죽여 물었다. 그때 나나의 귀에도 들렸다. 숲속에서 누군가 살금살금 다가오고 있었다.

69. 작전

나나의 품 안에서 새끼 오록스가 꼼지락거렸다.

'아직은 일어나지 마! 울면 안 돼! 제발!'

나나가 마음속으로 빌었다.

하지만 배가 고팠던 오록스는 감기는 눈꺼풀을 번쩍 들어 올렸다. 밤공기 사이로 오록스의 낑낑거리는 소리가 흘러나갔다. 마른 풀 위로 바스락거리며 다가오던 발걸음이 멈췄다. 나나는 숨을 참았다.

오록스도 숨죽여 귀를 기울이듯이 입을 꾹 다물었다. 하지만 갑자기 몸을 버둥대더니 순식간에 바닥으로 폴짝 뛰어내려 어둠 속으로 달아났다. 나나가 미처 잡을 틈도 없이 친친이 새끼를 쫓아갔다.

나무둥치 안에 혼자 앉으니 심장 뛰는 소리가 귓가에 울렸다. 시간이 멈춘 듯했다. 바람과 나뭇잎만 속삭였다. 그때 발소리가 다시 들렸다. 살금살금 걷는 소리가 아니었다. 저벅저벅 저벅저벅. 걸음 소리가 점점 커졌다.

빈터에 사람이 어렴풋이 보였다. 달빛에 비친 실루엣에 짐작 가는 사람이 있었다. 그는 친친과 새끼 오룩스와 함께 나란히 섰다.

"들쥐 소년?"

나나가 옹이구멍에서 슬그머니 빠져나오며 속삭였다.

"나나! 늑대를 보고 네가 돌아온 걸 알았어. 내가 뼈 피리로 늑대를 불렀어."

소년은 모아둔 덩굴 식물의 열매를 나눠주었다. 그동안 콘도르가 저지른 일에 대해서도 알려주었다. 나나는 슬픔에 젖어 콘도르의 계획을 떨리는 목소리로 전했다.

"나나, 아버지는 날 부끄러워해. 이제는 아버지의 아들로 살지 않을 거야. 혼자 잠을 자고 비를 맞으며 창 없이 다니더라도 아버지 밑에서 지내는 것보다 나아."

소년이 말했다.

나나는 눈을 껌뻑거렸다. 들쥐 소년이 어리고 약하다고만 생각했다. 다람머룹의 눈으로 소년을 처음부터 새롭게 바라보았다. 소년은 몸집이 크거나 힘이 세지는 않았지만 누구보다도 큰 용기가 있었다. 강인한 생각을 하고 행동으로 옮겼다. 동굴에서 소년이 함께 가도 되냐고 물었을 때 나나는 다른 사람이 필요하지 않았다. 하지만 이제 콘도르를 이길 수 있는 길은 힘을 합치는 것뿐이라는 것을 알았다.

나나와 소년은 머리를 맞댔다.

70. 핏자국

나나와 소년은 주목나무 위에서 콘도르의 부하들이 숲과 빈터와 정령 바위 사이에 핏자국을 남기는 걸 지켜보았다. 아빠와 올리와 메이의 팔과 다리에도 피를 뿌렸다. 세 사람은 바위에 묶인 채 흐느꼈다. 나나의 얼굴이 분노로 일그러졌다.

부하들은 창과 화살을 챙겨 움막 속으로 기어들어갔다. 콘도르는 어디 있지? 콘도르가 보이지 않았다.

곧 피 냄새를 맡은 짐승이 몰려올 것이다. 지체할 시간이 없었다. 소년이 뼈 피리를 닦았다. 나나는 마음을 굳게 먹었다. 이제 나나의 생각을 행동으로 옮길 시간이었다. 머리에서 발끝까지 무시무시한 동물 정령으로 변신할 것이다. 심장이 활활 타오르고 눈은 텅 빈 살아있는 정령. 하늘에서 별을 떨어뜨리고 깊고 검은 물로 땅을 휩쓰는 붉은 정령. 나나는 숨을 깊이 들이쉬었다. 들쥐 소년을 향해 고개를 끄덕였다. 다라머룸의 붉은 비옷의 모자를 뒤집어썼다.

나나와 소년은 수풀을 헤치고 빈터를 향해 다가갔다. 나무 그림자가 드리운 곳에서 사슴 두개골을 가면처럼 얼굴에 썼다. 눈구멍으로 앞을 보았다. 비옷 주머니를 더듬어 손전등 전원을 켰다. 빨간 비옷에 불빛이 비쳐 몸이 피처럼 붉게 보였다. 머나먼 얼음 나라 말을 낮고 불길하게 주문처럼 외며 한 걸음씩 앞으로 나갔다.

움막의 가죽 덮개가 펄럭였다. 밖을 몰래 훔쳐보는 남자들의 겁먹은 눈빛이 보였다.

"대장! 대장!"

떨리는 목소리가 들렸다.

"정령이여! 어서 오시오! 콘도르는 당신을 환영합니다!"

잠시 후 어둠 속에서 콘도르의 웃음 띤 목소리가 울려 퍼졌다.

나나는 움찔했다. 예상하지 못 한 반응이었다. 이제 어떻게 해야 하지?

그때 어둑한 그림자 위로 휙 소리가 들렸다. 새카만 눈동자에 머리가 벗겨진 독수리 한 마리가 달이 없는 하늘 위에서 쏜살같이 날아왔다. 들쥐 소년의 뼈 피리 소리가 독수리를 불렀다! 나나는 놀라움에 숨죽이며 독수리가 걸터앉도록 팔을 들었다. 독수리는 생각보다 무거웠다. 노란 발톱이 팔뚝을 너무 세게 움켜쥐어서 두개골 가면 뒤로 몸을 움찔했다.

"어서 오시오, 밤의 정령이여!"

콘도르의 목소리가 한층 더 밝아졌다. 콘도르는 왜 동물 정령을 두려워하지 않지? 움막 안에서는 남자들의 낮은 탄식 소리가 들렸다.

하늘에서 한 번 더 휘파람 같은 휙 소리가 들렸다. 나나의 거대한 사슴 뿔 위로 새하얀 올빼미가 내려앉았다. 나나는 온몸에 힘을 주었다. 올빼미가 노란 눈을 부릅뜨고 콘도르를 노려보았다. 콘도르는 곰 가죽을 뒤집어쓴 등을 구부린 채 천천히 다가왔다. 나나는 정체를 들킬까 봐 알 수 없는 말을 읊조리던 입을 슬그머니 닫았다.

들쥐 소년은 나나에게서 눈을 떼지 않았다. 뼈 피리로 가장 강렬한 노래를 연주했다.

늑대의 노래.

잠시 후 나무 그림자 속에서 친친이 잿빛 털을 휘날리며 걸어 나왔다. 노란 호박색 눈을 번쩍이며 나나와 콘도르 사이에 섰다.

뒤편 고사리 수풀에서 부스럭 소리가 났다. 가시덤불과 들장미덤불이 파르르 떨렸다. 사방으로 둘러싸인 숲에서 늑대들이 어슬렁거리며 기어 나왔다. 피 냄새에 이끌린 게 아니었다. 늑대의 노래를 듣고 달려온 것이었다. 늑대들은 콘도르 주위로 모여들었다. 콘도르를 동그랗게 둘러싸고 한 걸음씩 가까이 다가갔다.

콘도르의 얼굴이 늑대를 따라 옆으로 돌아갔다. 눈이 점점 커졌다.

"오, 자비로운 정령이여. 나는 한낱 보잘것없는 사냥꾼일 뿐입니다. 늑대 무리가 날 에워싸지 못하게 막아 주십시오. 자비를 베풀어 주십시오."

콘도르의 목소리가 가늘어졌다.

움막에 숨어 있던 콘도르의 부하들이 숲으로 달아나는 소리가 들렸다.

콘도르가 재빨리 무릎을 꿇었다. 이제 나나는 무엇을 해야 할지 알고 있었다. 정령 동물 가면 사이로 눈을 부릅떴다. 콘도르의 심장을 뚫고 나무 뿌리처럼 파고드는 맹렬한 눈빛이었다. 그러고는 고개를 젖혀 늑대처럼 울부짖었다. 친친이 나나를 따라 울었다. 콘도르를 둘러싼 늑대들이 하나씩 차례로 울부짖었다. 어둠이 무겁게 내릴 때까지 쉬지 않았다. 숲에 가득한 울음소리가 콘도르를 짓눌렀다.

친친이 주저앉아 떨고 있는 콘도르에게 다가갔다. 날카로운 주둥이로 콘도르의 곰 가죽 망토를 벗겼다.

콘도르는 더 이상 숨을 곳이 없었다. 야생 능금처럼 쭈글쭈글한 얼굴에서 땀과 눈물에 섞인 핏물이 흘러내렸다. 콘도르의 본래 얼굴이 드러났다. 전혀 강해보이지 않았다. 그저 평범한 사람이었다.

"목숨만 살려주십시오. 오, 위대한 정령이여. 날 보내주신다면 두 번 다시 이곳에 얼씬도 하지 않겠습니다. 약속합니다. 살아있는 동안에 아니 영혼의 잠을 자는 동안에도 절대로…."

콘도르가 속삭였다.

나나는 두 팔이 떨리는 걸 티내지 않으려고 애쓰며 번쩍 쳐들었다. 나나의 신호에 들쥐 소년이 마지막으로 나지막이 뼈 피리를 불었다. 모든 짐승에게 사냥하라고 말하는 노래였다. 올빼미와 독수리와 늑대가 콘도르 주위를 빙빙 돌았다. 얼굴이 하얗게 질린 콘도르는 정신없이 어둠 속으로 달아났다. 그리고 종적을 감추었다.

71. 길

나나는 가면을 쓴 채 있는 힘을 다해 언덕 위로 올라갔다. 돌칼로 밧줄을 끊고 아빠와 올리와 메이를 풀어주었다. 아이들은 겁에 질려 아빠의 가죽 옷에 얼굴을 묻고 울었다.

아빠가 절뚝거리며 몇 걸음 걷더니 다리에 힘이 풀려 그만 주저앉았다. 몰골이 말이 아니었다. 온몸이 상처와 멍투성이였다.

아빠를 바라보는 나나의 마음도 찢어졌다. 사슴 두개골 뒤의 나나 두 눈에 눈물이 고였다.

아빠는 동물 정령에게 평화의 악수를 청했다.

"선량한 정령이여, 고맙소. 우리의 목숨을 살렸소. 보답을 할 수 있으면 좋으련만… 좋은 뼈 칼과 사슴 가죽과 고기를 모두 그 자에게 빼앗겼소. 우리의 진심을 알아주기 바라오. 당신의 이야기는 전설로 길이 남기겠소. 해가 다시는 떠오르지 않을 때까지."

나나가 가면을 내렸다. 묵직한 사슴뿔을 바닥에 놓았다. 아빠는 말문이 막힌 표정으로 뒷걸음질 치며 나나를 멍하니 바라보았다.

하지만 곧 커다란 두 팔을 벌려 나나를 끌어안았다. 메이와 올리가 소리치며 달려와 두 사람 품으로 파고들었다. 마치 새끼 늑대가 무리를 향해 코를 비비듯이. 모두의 얼굴이 눈물로 흠뻑 젖도록 오랫동안 부둥켜안았다.

"어디 갔었어요, 나나?"

메이가 물었다. 나나는 겨울 내내 불가에서 이 이야기를 들려줄 생각이었다. 아직은 때가 아니었다.

"저 사람은 누구예요, 나나?"

올리가 아빠의 다리 뒤로 숨으며 물었다. 올리의 손은 나무 옆에 수줍은 듯 서 있는 들쥐 소년을 가리키고 있었다.

"들쥐 소년, 내 친구다. 아빠, 이 아이는 이제 우리 부족이 될 거예요."

허락을 구하는 게 아니었다. 나나는 처음부터 정해진 일인 양 말했다. 아빠가 나나를 물끄러미 보았다. 눈빛이 따뜻하게 반짝이고 있었다. 아빠가 고개를 끄덕였다.

"하비는 돌아왔나요?"

나나가 무거운 입술을 뗐다.

아빠는 지치고 슬픈 표정으로 고개를 저었다.

나나는 마음이 무너졌다. 하늘에 희미하게 빛나는 별을 바라보았다. 잃어버린 오빠를 생각했다. 눈물이 앞을 가렸다. 아무것도 예전과 같지 않았다.

나나의 식구들은 다 함께 강가로 내려갔다. 고약한 냄새가 나는 피를 씻어야 했다. 올리가 나나의 장화 한 짝을 신었다. 메이는 나머지 한 짝을 신었다. 들쥐 소년이 얕은 물가에서 한 발로 선 아이들의 손을 잡아주었다. 장화 속 발이 젖지 않는다는 사실에 모두 혀를 내둘렀다. 나나는 아빠에게 돌로 집을 짓고, 땅에 밀을 심고, 오록스를 기르면 추운 계절에 집을 옮기지 않아도 된다는 사실을 알려주었다. 일 년 내내 이곳에서 살 수 있다고 말했다. 아빠는 깜짝 놀랐다. 그동안 살아온 방식과 완전히 달랐다. 하지만 마음에 들었다.

숲의 새들이 노래하기 시작했다. 따사로운 첫 햇살이 하늘을 옅은 푸른색으로 물들였다. 가족들은 모두 빈터로 올라가고 나나만 강가에서 물을 먹는 친친을 기다렸다. 나나는 다라머룹을 떠올렸다. 바다 위로 뛰어오르는 돌고래 떼와 하늘빛 눈동자를 가진 토끼 정령, 대평원을 덮은 깊고 어두운 물과 땅 위에 흩뿌려진 별빛을 생각했다. 이 모든 불가능한 것들이 실제로 존재했다는 사실에 소름이 돋았다.

나나는 빙그레 웃었다. 머나먼 얼음 나라에서 다라머룹도 떠오르는 해를 바라보며 나나를 생각할 것이다.

나나는 눈을 감고 세상이 깨어나는 소리에 귀를 기울였다.

하류 쪽에서 희미하게 텀벙 텀벙 노 젓는 소리가 들렸다. 나나의 심장이 쿵쾅거렸다. 혹시….

나나는 강기슭을 따라 있는 힘을 다해 달려갔다. 아침 안개를 헤치며 나뭇잎이 켜켜이 쌓인 길을 달렸다. 굽이치는 강을 돌았을 때, 징검다리 너머로 통나무배 한 척이 강물을 가르며 다가오고 있었다.

나나는 소리를 질렀다. 기쁨과 놀라움의 비명이었다. 통나무배에 서 있는 사람은 바로 나나가 가장 사랑하는 오빠 하비였다.

나나를 본 하비도 기쁨의 함성을 질렀다. 배에서 풀쩍 뛰어내려 물살을 헤치며 나나를 향해 달려왔다.

둘은 빠르게 흐르는 맑은 강물 가운데 서서 서로를 부둥켜안았다. 이 믿을 수 없지만 실제인 이야기 때문에 심장이 터질 것 같았다.

72. 이야기

다라는 하얀 물거품이 둥둥 뜬 무릎 깊이의 물속에 서 있었다. 잿빛 사나운 바다 너머 래스린 섬을 유심히 보았다. 바람결에 작은 소리라도 실려 올까 귀를 기울였다.

하지만 특별한 건 없었다. 늘 듣던 소리만 들릴 뿐이었다. 바닷새가 빽빽거리는 소리, 아이들이 깔깔거리는 소리, 모래 언덕에서 풀을 뜯어먹는 소들이 음매 우는 소리. 그리고 또 하나, 다라를 향해 저벅 저벅 저벅 저벅 모래 위를 달려오는 소리.

다라가 휙 뒤를 돌았다.

"나야!"

찰리가 물을 첨벙거리며 다라 옆에 섰다.

"그냥, 엄마 아빠가 창문으로 너 지켜보고 있다는 거 알려주려고. 또 황금 토끼처럼 래스린 섬으로 헤엄쳐 갈 생각이라면 지금은 별로 좋지 않아. 수술 끝날 때까지 기다리는 게 나을 거야."

"형."

다라가 웃었다. 돌집 창문을 향해 손을 흔들었다.

"엄마 아빠는 병원에서 퇴원한 바로 그 순간부터 매처럼 내 주위를 맴돌고 있어."

다라는 한숨을 쉬었다. 휴대용 산소 호흡기를 꺼내 숨을 들이쉬었다.

"부모님 저러시는 것도 이해는 돼. 안 그러냐, 이 녀석아?"

찰리가 씩 웃으며 말을 이었다.

"네가 무슨 짓을 했는지 듣고 나는 일하다 말고 뛰쳐나왔어. 얼마나 빨리 달렸는지 운동화에 불이 나는지 알았다니까? 한밤중에 무인도로 떠난 녀석이 다음에 또 무슨 일을 벌일지 누가 알겠어?"

다라는 찰리의 옆구리를 쿡 찔렀다.

"아야!"

찰리가 몸을 휙 수그렸다.

"그런데 다라, 너 도대체 저기서 뭐 한 거니?"

다라의 눈이 찰리의 손가락을 따라갔다. 잿빛 바다 건너 래스린 섬에서 다라가 무엇을 했더라?

맨델 병원에서 눈을 떴을 때, 다라는 혼란스러웠다. 꿈을 꾼 것만 같았다. 지어낸 이야기처럼 모든 게 터무니없이 느껴졌다. 하지만 지금, 여전히 거친 잿빛 바다 앞에 서 있으니 역시 꿈이 아닌 것 같았다.

다라는 입술을 깨물었다. 황금빛 햇살이 구름 사이로 비쳐들었다. 래스린 섬의 지천에 깔린 노란 가시금작화와 보라색 야생화가 어렴풋이 빛났다. 다라는 가능한 것과 불가능한 것, 실제와 상상, 지금 여기와 그때 거기 사이의 안개처럼 흐릿한 선에 대해 생각했다.

슬며시 눈을 감았다. 눈앞의 암흑 속에서 돌고래가 뛰어올랐다. 물개가 코를 골고 바닷새가 깍깍거렸다. 동틀녘 금빛으로 깨어난 섬을 사슴 가죽 옷을 입은 소녀와 호박색 눈동자의 늑대가 걷고 있었다.

다라가 찰리를 흘끔 곁눈질했다.

"얘기해도 아마 못 믿을 거야."

"믿을게. 나에게도 아무도 못 믿을 이야기가 있으니까."

찰리는 씩 웃었다.

다라가 활짝 웃었다. 둘은 해변을 따라 걸으며 믿을 수 없는 이야기를 서로에게 들려주었다.

해변 끄트머리에 닿았을 때 찰리가 바다로 뛰어들었다. 다라는 방파제 위에 다리를 달랑거리며 앉았다. 모래사장 위로 길게 난 다라와 찰리의 발자국을 돌아보았다. 그 아래 깊숙한 곳에는 다라의 노란 장화를 신은 나나의 발자국과 친친의 네발 자국이 있다는 것을 알았다.

눈을 가늘게 뜨고 오래된 보트창고를 바라보았다. 문이 굳게 닫혀 있었다. 살아있는 거라곤 지붕에 걸터앉은 괴팍하게 생긴 갈매기 한 마리뿐이었다.

다라가 몸을 돌려 가방에서 책 한 권을 꺼냈다. 짙은 푸른색 표지에 별들이 소용돌이쳤다. 안에는 구겼다 편 책장 뭉치가 접착테이프로 붙여져 있었다. 다라는 표지의 둥근 은색 제목을 마치 돌에 새긴 징표처럼 어루만졌다.

"래스린 섬에서 진짜로 일어난 전설 이야기."

다라가 나지막이 속삭였다. 책을 펼쳐 지도를 물끄러미 보았다. 해지고 닳은 지도에서 아직도 희미하게 모닥불 냄새가 났다. 조심스럽게 책장을 넘겼다. 이야기가 오래된 친구라도 되는 듯이 흐뭇하게 웃었다. '은밀한 무법자'와 '올빼미 바위'와 '황금 야생 토끼'….

다라는 바로 뒤 백지의 첫 장을 펼쳤다. 같이 붙여둔 빈 종잇장이었다. 연필을 꺼내 부드러운 종잇장 맨 위에 적었다.

'미지의 섬으로 가는 길.'

그리고 자기만의 이야기를 써내려갔다.

끝.

옮긴이 허 진

중앙대학교 법학과를 졸업하고 기자로 일했습니다. 〈한겨레어린이청소년책 번역가그룹〉에서
공부했으며, 〈한겨레 아동문학 작가학교〉를 수료했습니다. 옮긴 책으로는 《에비와 동물 친구
들》《임파서블 보이》《바다 도시의 아이들 1, 2》가 있습니다. 어린 시절 읽은 좋은 책과 여
전히 친구 사이로 지내고 있습니다. 어린이와 청소년에게 좋은 친구가 될 만한 책을 찾아 기획
하고 번역하는 전문 번역가로 활동 중입니다.

The Way to Impossible Island
미지의 섬으로 가는 길

2022년 7월 22일 1판 1쇄 발행

글쓴이 | 소피 커틀리
옮긴이 | 허 진

발행인 | 지준섭
책임편집 | 구미진

출판등록 | 2018년 10월 25일 제25100-2018-000071호
주소 | 서울시 노원구 마들로5길 25, 102동 105호
전화 | 010-5342-4466 팩스 | 02-933-4456

ISBN 979-11-90618-09-0 43840